Ralph Sander

Kater Brown und die Klostermorde

AF721584

MIX
Papier aus verantwortungsvollen Quellen
Paper from responsible sources
FSC® C105338
FSC
www.fsc.org

Kater Brown – Die Serie

Kater Brown, der Kater mit der Spürnase, merkt schnell, wenn etwas faul ist – aber die Menschen verstehen seine Hinweise einfach nicht! Bis auf Alexandra Berger. Seit ihrem ersten gemeinsamen Mordfall weicht Kater Brown der Reisejournalistin nicht mehr von der Seite. Und zusammen können sie Morde aufklären, die auf den ersten Blick gar nicht nach einem Verbrechen aussehen.

Kater Brown ermittelt weiter:

Kater Brown und die tote Weinkönigin
Kater Brown und die Kämpfer des Ostens
Kater Brown und das Testament der Madame Maupu
Kater Brown und das Rätsel des Roten Raben

Über den Autor

Ralph Sander arbeitet seit vielen Jahren als Übersetzer und Autor. Unter diversen Pseudonymen sind von ihm etliche erfolgreiche Krimis erschienen. Nachdem er bereits eine Reihe von fiktiven samtpfotigen Helden für seine Krimis erschaffen hat, entstand mit Kater Brown zum ersten Mal eine Figur nach einem realen Vorbild: dem Sanderschen Familienkater Paulchen Panther.

Ralph Sander

KATER BROWN UND DIE KLOSTER-MORDE

Kriminalroman

be THRILLED

beTHRILLED

Vollständige ePub-to-Print-Ausgabe des in der Bastei Lübbe AG erschienenen Kriminalromans »Kater Brown und die Klostermorde« von Ralph Sander

beTHRILLED by Bastei Entertainment in der Bastei Lübbe AG

Lektorat/Projektmanagement: Judith Mandt/Dorothee Cabras
Titelillustration: © missbehavior.de
Covergestaltung: Pauline Schimmelpenninck Büro für Gestaltung, Berlin
Satz: Urban SatzKonzept, Düsseldorf
Druck: Books on Demand GmbH, Norderstedt

ISBN 978-3-7413-0037-0

www.be-thrilled.de
www.lesejury.de

Prolog

Blut.

Es roch nach Blut.

Kater Brown blieb stehen und hob den Kopf, um die Witterung aufzunehmen. Seine Schnurrhaare zitterten, die Schwanzspitze zuckte nervös hin und her. Irgendetwas stimmte nicht – stimmte ganz und gar nicht! So wie jede Nacht streifte er in der Dunkelheit über das Klostergelände, immer auf der Suche nach einer unvorsichtigen Maus, die glaubte, seinen wachsamen Blicken entgehen zu können.

Diesmal jedoch waren all seine Sinne in Alarmbereitschaft, und das lag nicht nur am Geruch nach Blut. Kater Brown spürte etwas Dunkles, Gefährliches. Der Tod hatte das Kloster heimgesucht. Ein brutaler, heimtückischer Tod, der so plötzlich gekommen war, dass das Opfer nicht mehr hatte reagieren können.

Ein leichter Windhauch wehte um das Kloster, der den Blutgeruch mit sich trug. Um nur ja kein Geräusch zu verursachen, folgte Kater Brown langsam und vorsichtig dem Geruch und gelangte schließlich zur Vorderseite des Klosters, auf den Platz vor dem Eingang, auf dem der alte Brunnen stand. Auf dem breiten Brunnenrand ließ Kater Brown sich gewöhnlich gern nieder, um in der Sonne zu dösen oder aus leicht erhöhter Position über sein Reich zu wachen.

Als er nun die Ecke des Gebäudes erreichte, blieb er abrupt stehen und blinzelte. Auf dem Boden vor seinem Lieblingsplatz lag ein Mensch – allem Anschein nach ein Mann! Sein

Kopf war blutüberströmt! Ein zweiter Mann stand über ihn gebeugt, in der Hand hielt er einen Hammer. Der Blutgeruch war hier am intensivsten.

Kater Brown setzte sich im Schatten der Hauswand hin und verfolgte neugierig das Geschehen auf dem Platz. Eine innere Stimme riet ihm, besser auf Abstand zu bleiben. Der Mann mit dem Hammer sah sich immer wieder nervös um. Erst nach einigen Augenblicken schien er ruhiger zu werden. Kater Brown reckte den Hals, während er beobachtete, wie der leicht gebückt dastehende Mann eine Plastiktüte hervorzog und sie dem am Boden Liegenden über den Kopf streifte. Dann packte er dessen Arme und zog ihn hinter sich her in Richtung Kapelle. Dabei schnaufte er angestrengt und blieb immer wieder keuchend stehen, um sich mit dem Ärmel über die Stirn zu wischen oder die Hände auf die Knie zu stützen und tief durchzuatmen.

Einige Minuten verstrichen. Der Mann kam mit seiner schweren Last kaum voran.

Plötzlich vernahm Kater Brown ein leises Fiepen unter der Hortensie neben sich. Kein Zweifel, eine Maus! Ein leiser Luftzug huschte an ihm vorbei, und etwas Braunes flitzte in Richtung Küchengarten davon. Hinterher!, schrie der Jäger in Kater Brown. Um die beiden Männer musste er sich später kümmern …

1. Kapitel

»Fräulein Hilde, ich bitte vielmals um Entschuldigung, dass ich so ohne Voranmeldung hereinplatze, aber es gibt wichtige Neuigkeiten von Ihrem Vater!«

»Hauptmann Brehm?«, erwiderte die Frau überrascht. »Was haben Sie hier zu su... zu su... Mann, Brehm, was ha... zu su... zu su... zu su...«, tönte es aus dem Autolautsprecher. Alexandra Berger schaltete entnervt vom CD-Player auf das Radio um. Mist, dabei hätte sie für das Magazin eigentlich noch eine Besprechung des Hörbuchs schreiben müssen!

»Heute ist einfach nicht mein Tag«, stöhnte sie und stellte den Ton leiser. Jetzt ließ sie auch noch der CD-Player im Stich, sprang auf der CD hin und her oder blieb an einer Silbe hängen! Bestimmt war das Schlagloch eben daran schuld, das sie zu spät bemerkt hatte. Mit einem lauten »Rums« war ihr rechtes Vorderrad hindurchgerumpelt, und dann hatte es gleich noch einmal einen heftigen Ruck gegeben, als das Hinterrad hineingeplumpst war.

Das Navigationsgerät hatte Alexandra auch schon vor einer Weile ausgeschaltet, nachdem sie von der nervigen Frauenstimme dreimal auf einen Waldweg gelotst worden war, der sich dann als unpassierbar erwiesen hatte. Stattdessen lag nun eine Straßenkarte auf dem Beifahrersitz, auf dem Alexandra den Weg zum Klosterhotel »Zur inneren Einkehr« nachvollzog. Zum wiederholten Mal lenkte sie den Wagen an den Fahrbahnrand und warf einen Blick auf die Karte.

»Mal sehen«, murmelte sie. »Da liegt Lengenich, und ich

müsste mich eigentlich genau … hier befinden.« Sie sah nach links und entdeckte, zwischen ein paar Bäumen versteckt, eine Kapelle. »Richtig, du bist da eingezeichnet«, sagte sie und tippte auf das kleine Kreuz auf der Karte gleich neben der mit rosa Textmarker hervorgehobenen Straße. Verfahren kann ich mich auch allein, dachte Alexandra, warf dem schwarzen, an der Windschutzscheibe befestigten Gerät einen grimmigen Blick zu und fuhr weiter.

Sie sah kurz auf die Uhr neben der Tachoanzeige und verzog den Mund. Mit fast zwei Stunden Verspätung würde sie ihr Ziel erreichen, aber das konnte sie nicht der Wegbeschreibung des Klosterhotels anlasten. Drei Baustellen hatten auf ihrer Strecke gelegen, die sie weitläufig hatte umfahren müssen. Dafür hatte Alexandra auch einige Irrwege in Kauf nehmen müssen, da die Baufirmen großzügig auf Umleitungsbeschilderungen verzichtet hatten. Dachten diese Leute denn, hier wären nur Einheimische unterwegs? Alexandra überlegte, ob sie in ihrem Artikel über das Klosterhotel nicht besser eine andere Route vorschlagen sollte. Damit würde sie sich nach ihrem Aufenthalt im Kloster noch einmal in Ruhe beschäftigen.

Sie griff nach ihrem Diktiergerät, das in der Mittelkonsole steckte, schaltete es ein und sprach ins Mikrofon: »Prüfen, ob Anfahrt über Aachen, Trier oder Luxemburg einfacher möglich ist.« Dann legte sie das Gerät auf den Beifahrersitz und warf dabei noch einmal einen raschen Blick auf die Karte.

Nach ein paar Kilometern tauchte am Straßenrand ein Ortsschild auf, und beim Näherkommen konnte sie den Ortsnamen Lengenich erkennen. »Na bitte, wer sagt's denn!«, meinte sie zufrieden und bremste auf die vorgeschriebene Höchstgeschwindigkeit ab.

Sie fuhr vorbei an Bauernhöfen, die schon bessere Zeiten erlebt hatten, und frisch renovierten Einfamilienhäusern. Ihre

Besitzer mussten es sich leisten können, in dieser Abgeschiedenheit zu leben, in der Arbeitsplätze rar gesät waren. Zu ihrer Rechten sah Alexandra eine Wirtschaft, gleich daneben ein leer stehendes Ladenlokal, in dem sich, den Überresten der Leuchtreklame nach zu urteilen, einmal ein Lebensmittelgeschäft befunden hatte. Aber das schien schon vor langer Zeit geschlossen worden zu sein.

Auf der linken Straßenseite wies ein Schild auf den Parkplatz eines Schwimmbades hin. Als Alexandra einen Blick auf die angrenzenden Liegewiesen warf, staunte sie nicht schlecht. Obwohl auf dem Parkplatz nur zwei Fahrzeuge standen, wimmelte es auf dem Freibadgelände von Kindern. Wie kann es in einem so winzigen Dorf so viele Kinder im schulpflichtigen Alter geben?, fragte sich Alexandra.

Drei Kilometer weiter fand sie die Antwort. An der Einfahrt zu einem weitläufigen Grundstück prangte ein großes Schild mit der Aufschrift *Schullandheim Lengenich.* »Daher also der Besucherandrang im Freibad«, murmelte sie. Im Vorbeifahren entdeckte sie zwischen den dicht stehenden Bäumen ein herrschaftlich wirkendes Gebäude, das Anfang des zwanzigsten Jahrhunderts erbaut worden sein musste, vielleicht sogar noch etwas früher. Es wirkte wie der Landsitz einer vermögenden Industriellenfamilie von anno dazumal.

In ihre Überlegungen versunken, hätte Alexandra beinahe den Wegweiser verpasst, der zwischen zwei Häusern nach rechts zeigte und die Richtung zum Kloster Lengenich angab. Zum Glück befand sich hinter ihr kein Wagen, sodass sie eine Vollbremsung machen konnte, um in die schmale Straße einzubiegen. Aber schon wenige Meter später endete Alexandras Abbiegeversuch an einem Holzgatter, das die komplette Fahrbahn versperrte. *Privatweg! Durchfahrt verboten!*, verkündete die krakelige Aufschrift auf dem Pappschild. Das alles wirkte amateurhaft, aber es änderte nichts an der Tatsache, dass ihr die Weiterfahrt hier verwehrt wurde.

Alexandra griff wieder nach der Landkarte und sah sich die Alternativrouten an, die zu ihrem Ziel führten. Nein, sie war nicht bereit, weitere Umwege in Kauf zu nehmen. Außerdem befand sie sich hier eindeutig auf der offiziellen Route zum Kloster, das belegte allein schon das Hinweisschild an der Hauptstraße. Dies konnte also unmöglich ein Privatweg sein!

Ratlos sah sie sich um, dann setzte sie den Wagen zurück und fuhr im Schritttempo weiter.

Nach einigen Metern entdeckte sie auf der linken Straßenseite eine weitere Wirtschaft. Der Biergarten vor dem Haus war trotz des schönen Wetters völlig verwaist. Alexandra stellte das Auto auf dem asphaltierten Parkplatz gleich neben dem Gebäude ab, griff nach ihrer Schultertasche, stieg aus und betrat kurz darauf das Lokal.

Die Wirtschaft verströmte den Charme längst vergangener Tage, einer Zeit, die Alexandra selbst nie erlebt hatte. Ihr kam es vor, als hätte sie eine Zeitreise in die Fünfzigerjahre angetreten, in denen Plastikelemente auch ganz unverhohlen nach Plastik hatten aussehen dürfen. Um die schlichten orangefarbenen Deckenlampen über den momentan nicht besetzten Tischen auf der rechten Seite des Gastraums schwirrten zahlreiche dicke Fliegen. Offenbar waren sie alle klug genug, einen Bogen um die klebrigen braunen Fliegenfänger zu machen, die wie abstrakte Kunstwerke um die Kabel der Lampen gewickelt worden waren.

An der Theke links neben der Tür saßen zwei Männer in robuster Arbeitskleidung. Beide drehten sich zu Alexandra um, bedachten sie mit einem kurzen abschätzenden Blick und wandten sich dann gleich wieder ab. Vermutlich handelte es sich bei ihnen um Landwirte aus dem Ort oder aus der näheren Umgebung, da ihre Gesichter von Wind und Wetter gegerbt waren, wie es bei Menschen der Fall war, die einen Großteil ihres Lebens unter freiem Himmel verbrachten und dabei schwere körperliche Arbeit verrichteten.

»Entschuldigen Sie«, sagte sie zu den beiden, die ihr weiterhin den Rücken zeigten. »Ich möchte zum Klosterhotel ›Zur inneren Einkehr‹, aber der Weg wird durch einen Zaun versperrt. Wissen Sie zufällig, ob es eine Umleitung gibt, bei der ich nicht so einen riesigen Umweg in Kauf nehmen muss?«

Der eine Mann stieß den anderen an, sagte leise etwas zu ihm, dann begannen sie beide zu lachen, nahmen aber von Alexandra weiterhin keine Notiz.

Sie wollte gerade die Frage mit größerem Nachdruck wiederholen, als aus einem Nebenraum hinter der Theke eine Stimme ertönte:

»Habt ihr eigentlich schon mal was von Höflichkeit gehört?« Ein Perlenvorhang wurde zur Seite geschoben, und eine Frau erschien hinter dem Tresen. Sie trug die recht nachlässig blondierten Haare hochtoupiert, als wäre für sie die Mode irgendwann Anfang der Achtzigerjahre stehen geblieben. Dasselbe galt auch für die pinkfarbene Jeans und das hellgrüne Oberteil, die beide eindeutig etwas zu eng waren.

Die Wirtin lächelte Alexandra an. »Kommen Sie ruhig näher, junge Frau! Die zwei beißen nicht. Ich muss mich für den Hannes und den Karl entschuldigen. Diese Stoffel wissen einfach nicht, wie man sich benimmt.« Nach einem vorwurfsvollen Blick zu den zwei Männern sah sie wieder zu Alexandra. »Wissen Sie was? Wir zwei unterhalten uns einfach so über die Herrschaften, als wären sie gar nicht da. Und wenn wir schon dabei sind, kann ich ja auch gleich mal die Theke abwischen.« Ehe die Männer sich's versahen, hatte die Wirtin ihnen die halb vollen Biergläser abgenommen und sie neben sich auf die Spüle gestellt. »Wer nicht da ist, kann auch nichts trinken, nicht wahr?«

Alexandra grinste, als sie vom Ende der Theke her beobachtete, wie Hannes und Karl empört die Augen aufrissen.

»Ach, hör schon auf, Angelika!«, protestierte der eine der Landwirte, der trotz seiner weißen Haare der Jüngere der beiden zu sein schien. »Gib mir …«

»Sieh an, du kannst ja doch reden, Hannes!«, unterbrach die Wirtin ihn in gespielter Begeisterung. »Dann bist du ja auch bestimmt in der Lage, der jungen Dame bei ihrem Problem zu helfen.«

»Seh ich etwa aus wie die Auskunft? Ich kann auch bei Harry mein Bier trinken. Da hab ich wenigstens meine Ruhe.«

»Mhm«, stimmte Angelika ihm zu. »Wenn du genug Geld dabeihast, um deinen Deckel zu bezahlen. Oder war das nicht der Grund, wieso Harry euch beide vor die Tür gesetzt hat?«

Der andere Mann, Karl, schüttelte frustriert den Kopf. Ihm musste noch mehr als seinem Zechkumpan an dem Bier gelegen sein, da er sich dazu durchringen konnte, sich zu Alexandra umzudrehen. »Sie sind fremd hier.«

Sie zuckte mit den Schultern. »Ja, deshalb brauche ich ja eine Auskunft.«

»Was er meint«, meldete sich nun auch Hannes zu Wort, »ist, dass Sie eine Fremde sind. Und wir in Lengenich haben's nicht so mit den Fremden.«

»Pah! *Ihr zwei* habt's nicht so mit Fremden«, korrigierte die Wirtin ihn.

»Nicht nur wir zwei«, widersprach Karl ihr. »Die meisten im Dorf …«

»Ja, ja, ich weiß«, schnitt ihm Angelika das Wort ab. »Nur dass die meisten im Dorf an den Fremden verdienen, also kann’s ja so schlimm auch wieder nicht sein.« Dann wandte sie sich an Alexandra. »Ich weiß nicht, ob Sie’s im Vorbeifahren gesehen haben, aber da vorn gibt es ein Schullandheim …«

»Das Gebäude, das aussieht wie eine Villa?«

»Ganz genau das«, bestätigte die Wirtin. »Das gehört der Stadt Bonn und wird das ganze Jahr hindurch von den Klassen der Bonner Schulen genutzt. Das bringt nicht nur Leben nach Lengenich, sondern auch Geld. Das Schwimmbad, der Imbiss, Harrys Kneipe und meine, wir profitieren alle davon …«

»Und das sind schon mehr als genug Fremde, die in unser Dorf einfallen! Und jetzt müssen diese bescheuerten Mönche auch noch so ein Walnusshotel aufmachen …«

»Das heißt Wellnesshotel, Hannes«, berichtigte Angelika ihn. »Und was die aufgemacht haben, ist eben kein Wellnesshotel. Aber um das zu wissen, müsstest du ja mal was anderes lesen als deine Revolverblättchen.«

»Angelika, so spricht man nicht mit seinen zahlenden Kunden«, hielt Karl ihr vor.

Die Frau nickte. »Du hast recht. So spricht man nicht mit seinen *zahlenden* Kunden. Nur habt ihr beide gestern Abend anschreiben lassen, und für das, was ihr mir heute weggetrunken habt, habe ich auch noch keinen Cent gesehen. Also erzähl mir nichts von zahlenden Kunden!«

»… und jetzt kommen noch mehr Fremde her«, fuhr Hannes unbeirrt fort. »Wir haben hier überhaupt keine Ruhe mehr.«

»Fahr mal ins nächste Dorf!«, empfahl Angelika ihm. »Dann kannst du dir angucken, was Ruhe bedeutet.« Auf Alexandras ratlosen Blick hin erklärte sie ihr: »Nicht ganz dreißig Häuser, davon stehen zwölf leer, weil da nichts mehr los ist, weil es da kein Geschäft mehr gibt und die Leute zu alt sind, um in einer

Gegend zu leben, in der sie für jede Kleinigkeit auf andere angewiesen sind. Freiwillig will da keiner hinziehen. Wir in Lengenich können froh sein, dass wir das Schullandheim haben, sonst säh's hier genauso aus.«

Alexandra nickte. »Eigentlich bin ich nur hereingekommen, um nach dem Weg zu fragen …«

»Tut mir leid, junge Frau, aber wenn die beiden Herrschaften erst mal in Fahrt gekommen sind, muss ich einfach Kontra geben«, sagte die Wirtin und lächelte entschuldigend. »Sie haben davon gesprochen, dass die Straße in Richtung Kloster gesperrt ist? Dann hat der alte Kollweck wieder zugeschlagen. Ihm gehört der Hof links von der Abzweigung. Die ersten paar Meter Straße waren früher mal die Zufahrt zu seinem Hof, aber dann hat das Land beschlossen, genau da eine Straße zu bauen. Kollweck hat sich lange gesträubt, die Fläche herzugeben. Wenn Sie mich fragen, ging es ihm nur darum, die paar Quadratmeter möglichst teuer zu verkaufen. Aber irgendwann ist den Leuten von der Verwaltung der Geduldsfaden gerissen, und dann haben sie ihn einfach enteignet. Das Ganze ist schon viele Jahre her, trotzdem macht er von Zeit zu Zeit die Straße dicht und behauptet, dass das immer noch sein Grund und Boden ist.«

»Und was soll ich jetzt machen?«, fragte Alexandra. »Ich habe mir auf der Karte angesehen, was für einen Umweg ich ansonsten fahren muss. Soll ich die Polizei rufen?«

Die Wirtin winkte ab. »Ach was, das dauert viel zu lange. Da hilft nur eines: den Krempel aus dem Weg räumen und Kollweck meckern lassen.« Sie sah die beiden Männer an der Theke auffordernd an, und als sie nicht reagierten, sagte sie: »Braucht ihr noch eine ausdrückliche Einladung, oder bewegt ihr jetzt euren Hintern hier raus und helft der jungen Dame?«

»Ist doch nicht mein Problem«, grummelte Karl und linste an Angelika vorbei nach seinem Bierglas, das nach wie vor auf der Spüle stand.

»Je schneller ihr für sie Kollwecks Hindernis aus dem Weg räumt, desto eher bekommt ihr euer Bier zurück.«

Schnaubend erhoben sich die beiden von ihren Hockern und zogen von dannen, jedoch nicht, ohne Alexandra missmutige Blicke zuzuwerfen.

»Na also«, meinte Angelika, »gleich haben Sie freie Fahrt. Sie glauben gar nicht, wozu Karl und Hannes fähig sind, wenn man ihnen droht, ihnen ihr Bier vorzuenthalten.«

»Danke, das war sehr nett von Ihnen«, sagte Alexandra und lachte. Sie verabschiedete sich und verließ das Lokal, um zu ihrem Wagen zu gehen.

Als sie zum zweiten Mal die Abzweigung in Richtung Kloster nahm, stellte sic erleichtert fest, dass Hannes und Karl das Gatter tatsächlich an den Fahrbahnrand geschoben hatten. Ein dritter, etwas älterer Mann stand bei ihnen, fuchtelte aufgebracht mit den Armen und redete lautstark auf sie ein.

Die drei waren so in ihre hitzige Diskussion vertieft, dass sie Alexandra gar nicht bemerkten, die kurz angehalten hatte und ihren Helfern durch das geöffnete Seitenfenster einen Dank zurief. Schmunzelnd gab sie wieder Gas.

2. Kapitel

Alexandra folgte dem Verlauf der asphaltierten Straße, die zwischen Bäumen und Feldern hindurch bergauf führte und immer steiler anstieg. Schließlich schlängelte sie sich in Serpentinen durch einen Wald auf die andere Seite der Anhöhe. Von hier hatte Alexandra einen herrlichen Blick auf das Tal dahinter. Ein schmaler Bach plätscherte zwischen saftig grünen Wiesen dahin, auf denen ein paar Kühe und Pferde zufrieden grasten.

Noch einmal beschrieb die Straße eine Linkskurve, und dann auf einmal erhob sich vor Alexandra das von der Mittagssonne beschienene Kloster. Das Erste, was einem Betrachter auffiel, war die Schlichtheit des Gebäudes, die für ein Kloster selbstverständlich war, nicht jedoch für ein Hotel. Aber es war gerade dieses Dezente, Verhaltene, was Alexandra so beeindruckte.

Das Hauptgebäude bestand aus einem breiten Bauwerk mit weiß gestrichener Front. Ein dunkles Satteldach saß auf dem ersten Stockwerk; auf dem rechten Trakt ragte ein romanischer Glockenturm in die Höhe. Die grünen Läden an den recht kleinen Fenstern waren geöffnet. Rechts des Klosters konnte sie eine ebenso schlichte Kapelle erkennen, die von einem Bauzaun umgeben war.

Was sich hinter dem Hauptgebäude befand, war von Alexandras Position aus nicht auszumachen, aber nach den Fotos zu urteilen, die sie gesehen hatte, gab es dort noch etliche Nebengebäude. Die Straße verlief an dem Bauwerk vorbei ins Tal, doch kurz bevor sie wieder abschüssig wurde, zweigte ein Feldweg in Richtung Kloster ab, der auf einen Platz mit einem kunstvollen alten Brunnen führte. Links davor befand sich ein weitläufiger Parkplatz, der den Eindruck erweckte, als hätte man ihn erst vor Kurzem auf einem Stück Weideland angelegt. Mehrere Autos sowie ein Bus waren dort abgestellt worden, was darauf hindeuten mochte, dass das Hotel gut ausgelastet war. Vielleicht hatte aber auch nur eine Reisegruppe auf dem Weg durch die Eifel hier eine Rast eingelegt, um zu Mittag zu essen.

Alexandra hielt diese Beobachtung mit ihrem Diktiergerät fest, nachdem sie ihren Wagen auf dem Parkplatz abgestellt hatte. Als sie ausstieg, drückte sich der Kies durch die dünnen Sohlen ihrer Schuhe. Sie holte die Reisetasche aus dem Kofferraum und ging den Weg entlang, bis sie den schätzungsweise dreißig Meter entfernten Eingang erreicht hatte. Die Mittagssonne brannte ihr auf den Rücken; die Wärme wurde jedoch durch einen leichten Wind gelindert. Von der Weide auf der anderen Seite der Landstraße klang das Muhen von Kühen herüber. Ein Meisenpärchen flog laut zwitschernd dicht über Alexandras Kopf hinweg.

Die schwere Eingangstür war aus massiver Eiche und musste nach außen aufgezogen werden. Alexandra musste unwillkürlich an einen der Texte im Prospekt denken, mit dem für das Klosterhotel geworben wurde. *Erfahren Sie sich selbst und die Kraft, die in Ihnen steckt!*, hieß es dort.

Im Foyer fand der schlichte Stil seine Fortsetzung, da es in dem quadratischen Raum lediglich einen Holztresen und eine Sitzgruppe aus Korbmöbeln gab, die nur einer Hand voll Gäste Platz bot. Die Wände schmückten einige Ölbilder mit bekannten Eifeler Motiven. Hinter dem Tresen hingen ein großes Schlüsselbrett und eine Wandtafel mit farbigen Steckkarten, die vermutlich Auskunft über die Belegung der Zimmer gaben. Diese eigentlich vorsintflutlich anmutende Tafel erfüllte jedoch wahrscheinlich ihren Zweck genauso wie ein aufwendiges Computerprogramm.

Alexandra durchquerte das recht kleine Foyer und tippte mit der flachen Hand auf die Glocke, die auf dem langen Tresen stand. Eine Fliege, die offenbar auf der abgewandten Seite auf der Glocke gesessen hatte, flog summend auf und suchte sich irgendwo einen ruhigeren Platz. Gleich darauf wurde eine Tür geöffnet, die in ein Büro hinter dem Empfang führte. Ein hochgewachsener, kräftiger Mann Ende zwanzig mit kurz geschnittenem blondem Haar kam nach vorn. Er trug eine dunkelbraune Mönchskutte, um die Taille lag ein grobes Hanfseil.

»Guten Tag und herzlich willkommen im Klosterhotel ›Zur inneren Einkehr‹! Mein Name ist Bruder Andreas. Was kann ich für Sie tun?« Die Begrüßungsformel kam ihm so leicht über die Lippen, als hätte er sie allein in der letzten Stunde schon zwanzig Mal gesagt.

»Für mich wurde ein Zimmer reserviert. Entweder auf den Namen Alexandra Berger oder auf den der Redaktion, für die ich arbeite: *Traveltime*. Ich bin hier, um für unser Reisemagazin einen Artikel über Ihr Hotel zu schreiben.«

»Aha.« Bruder Andreas hatte offenbar nur mit halbem Ohr zugehört. »Einen Augenblick, ich muss das erst heraussuchen.« Er blätterte in einem ausladenden querformatigen Buch. »*Traveltime?* Ist das die Verlagsgruppe DNK?«

»Ja, richtig.«

»Oh, dann haben wir …«, begann er, kam aber nicht weiter, da in diesem Moment eine Tür links neben dem Tresen aufgerissen wurde und ein Mann ins Foyer stürmte, der gut einen halben Kopf kleiner war als Alexandra. Er trug einen leuchtend roten Trainingsanzug, der ihm etwas zu weit war und der den Eindruck erweckte, als hätte er ihn eben erst gekauft und gleich anbehalten. Sein mittelbraunes Haar trug der Mann ordentlich gescheitelt, was ihn etwas jünger erscheinen ließ. Dennoch schätzte Alexandra ihn auf Mitte vierzig.

»Sagen Sie mal, wie lange soll ich denn noch darauf warten, dass der Kurier eintrifft?«, fuhr er Bruder Andreas an und schob sich vor Alexandra.

»Herr Wilden«, erwiderte der Mönch in einem Tonfall, der deutlich machte, dass er sich mit aller Macht beherrschen musste, um ruhig und freundlich zu bleiben. »Ich sagte Ihnen doch bereits, ich rufe Sie an, sobald der Kurier das Päckchen für Sie abgegeben hat.«

»Bislang haben Sie mich aber nicht angerufen!«

»Bislang ist der Kurier auch noch nicht hier gewesen«, gab der jüngere Mann zurück, wobei es ihm nun sichtlich schwerfiel, seine Gereiztheit zu verbergen. Offenbar kennt auch die Geduld eines Mönchs ihre Grenzen, überlegte Alexandra und bemühte sich, ein Schmunzeln zu unterdrücken.

»In welchem Ton reden Sie eigentlich mit mir?« Der Mann namens Wilden erhob die Stimme und schlug mit der flachen Hand auf den Tresen, woraufhin sich Bruder Andreas zu seiner vollen Größe aufrichtete und den Wüterich vor dem Tresen nun um mehr als einen Kopf überragte. »Und überhaupt: Der Kurier ist noch nicht da gewesen! Wollen Sie mich auf den Arm nehmen, oder was?«

Dürfte für Bruder Andreas keine Schwierigkeit sein, dachte Alexandra. Laut sagte sie jedoch: »Entschuldigen Sie, aber ich war gerade im Begriff einzuchecken. Wenn Sie so freundlich wären ...«

Wilden drehte sich ruckartig zu ihr um und kniff die Augen

zusammen, als bemerkte er sie erst jetzt. »Schön, dass *Sie* sich bei mir entschuldigen«, knurrte er. »Wenigstens *einer* hier weiß, wie man sich benimmt.« Dabei warf er dem Mönch hinter dem Tresen einen missbilligenden Blick zu. »Und Sie ...«

»Augenblick mal«, beschwerte sich Alexandra, die sich so nicht behandeln lassen wollte. »Ich stehe hier, um einzuchecken, und wenn Sie eine Beschwerde haben, dann warten Sie bitte schön, bis Sie an der Reihe sind.«

Der Mann schüttelte verständnislos den Kopf. »Sie werden doch noch fünf Minuten warten können, oder nicht? Ich erwarte einen Kurier, der mir äußerst wichtige Unterlagen bringt, und ...«

»Und der noch nicht eingetroffen ist, wie ich eben gehört habe. Also sind Sie derjenige, der im Augenblick warten muss.«

»Hören Sie, Frau ... wie auch immer Sie heißen. Ich weiß nicht, ob Ihnen das Laurentius-Hilfswerk in Kaiserslautern ein Begriff ist, aber ich bin der Kreisgeschäftsführer dieser Einrichtung, und auch wenn ich nicht im Büro bin, laufen die Geschäfte weiter.«

»Das mag ja sein«, erwiderte sie, »doch offenbar läuft jetzt erst mal nichts, solange Ihr Kurier Ihnen nicht die Unterlagen gebracht hat. Sie können die Zeit vielleicht nutzen und einen Spaziergang an der frischen Luft unternehmen. Möglicherweise kommt Ihnen ja dann Ihr heiß ersehnter Kurier entgegen.«

»Für wen halten Sie sich, dass Sie mir Vorschriften machen wollen?«, fauchte Wilden.

»Für die Frau, die vor Ihnen an der Reihe ist. Lassen Sie mich also jetzt bitte einchecken!«

Wilden schaute sie ungläubig an. Dann zuckte er mit den Schultern und drehte sich wieder zum Empfang um. »Sagen Sie mir sofort Bescheid, wenn der Bote kommt, verstanden?«

Bruder Andreas nickte nur und blätterte angelegentlich im Gästebuch vor sich.

»Hach!«, machte Wilden, warf die Arme in die Luft und verließ mit stampfenden Schritten das Foyer.

Alexandra stellte sich wieder an den Tresen. »Nettes Kerlchen«, bemerkte sie.

»Tut mir leid«, begann der Mönch. »Aber Bernd Wilden ist ... er ist mit einer größeren Gruppe hier, und ... ich wollte ihn nicht verärgern ...« Hilflos hob er die Schultern. »Wissen Sie, dieser Herr Wilden macht mich einfach rasend ... und nicht nur mich.« Der Mönch wollte weitersprechen, aber dann verstummte er abrupt. »Bitte entschuldigen Sie, ich habe mich soeben völlig vergessen. Ich kann mich doch nicht bei Ihnen über einen anderen Gast beklagen.« Er grinste schief. »Sagen Sie, könnten Sie noch mal reinkommen und dabei so tun, als wären Sie noch nie hier gewesen? Ich glaube nämlich, wenn Sie Ihren Artikel nach dem ersten Eindruck schreiben, den Sie von mir bekommen haben, dann werden wir das Hotel demnächst schließen müssen, weil dann niemand mehr hier ein Zimmer bei uns haben will.« Wieder zuckte er mit den Schultern. »Das ist alles noch so neu für mich ... Ich bin ins Kloster gegangen, um dem Herrn zu dienen, aber nicht, weil ich Pförtner spielen wollte. Ich ... ich habe mich daran noch nicht richtig gewöhnt.«

Sie lächelte ihn aufmunternd an. »Schon gut, machen Sie sich keine Sorgen! Fangen wir also einfach noch mal von vorn an! Für mich ist ein Zimmer reserviert worden, entweder auf Alexandra Berger oder auf *Traveltime* oder auf die Verlagsgruppe DNK.«

Bruder Andreas nickte. »Verlagsgruppe DNK ... hier ist es.« Er nahm ein farbiges Kärtchen aus einer Schachtel und steckte es an die Tafel, um das belegte Zimmer zu markieren.

Plötzlich stutzte er. »DNK? Ach, dann gehören Sie zu dem anderen Gast, nicht wahr?«

»Zu welchem anderen Gast?«, fragte sie und versuchte, den Eintrag in dem Buch zu entziffern, in dem Bruder Andreas die Reservierung nachgeschlagen hatte.

»Ich meine Herrn Ro...« Weiter kam er nicht, da in diesem Moment eine männliche Stimme ertönte.

»Alexandra? Alexandra Berger! Da bist du ja!«

Alexandra erstarrte, denn sie hatte die Stimme sofort erkannt. Nein, dachte sie. Bitte nicht! Nicht Tobias Rombach! Ganz langsam, als könnte sich ihre Vermutung doch noch als Irrtum entpuppen, wandte sie den Kopf. Aber das Schicksal meinte es heute offenbar gar nicht gut mit ihr.

In der Tür, die aus dem Foyer tiefer ins Kloster hineinführte, stand ein Mann, den sie nur allzu gut kannte. Er war in etwa so groß wie Alexandra, von schlanker Statur und dunkelhaarig, und rein objektiv betrachtet hätte man ihn durchaus als gut aussehend bezeichnen können. Alexandra fand jedoch, dass ihm das gewisse Etwas fehlte. Besonders nervig war aber die Machodenkweise, die seinen Verstand fest im Griff hatte.

»Tobias?«, fragte sie. »Wieso bist du hier?«

Tobias Rombach kam auf sie zu und streckte die Arme aus, als wollte er sie wie eine gute alte Freundin an sich drücken. Bevor er ihr zu nahe kommen konnte, streckte sie ihm die Hand entgegen, ergriff die seine und schüttelte sie.

»Ich soll für unser Magazin *BMI* einen Artikel über das Klosterhotel schreiben«, antwortete er. »Herr Hütter war der Ansicht, wenn wir schon beide über die ›Innere Einkehr‹ schreiben, dann wäre es sinnvoller, wenn wir zur gleichen Zeit hier übernachten. So recherchieren wir sozusagen unter denselben ›Bedingungen‹.«

Alexandra nickte nachdenklich. Grundsätzlich war das ein

Argument, dem sie nicht widersprechen konnte. Eine Reisereportage war genauso wie eine Restaurantkritik immer nur eine Momentaufnahme, in die unendlich viele Faktoren einflossen. Man musste nur an zwei aufeinanderfolgenden Tagen in einem Lokal essen, und es konnten zwei völlig verschiedene Kritiken dabei herauskommen. Allerdings wusste sie auch, dass Florian Hütter, ihr Chefredakteur, ein ehemaliger Studienfreund von Tobias war, was der bekanntlich gern mit der Formulierung »Herr Hütter« zu verschleiern versuchte, wenn er einen lukrativen Auftrag ergattert hatte. Das hier war aber weder lukrativ, noch lag ein Urlaub in einem Kloster auf Tobias' Linie, also konnte dem Ganzen nur ein anderes Motiv zugrunde liegen. Und über dieses Motiv brauchte Alexandra auch gar nicht lange zu rätseln: Tobias hatte bei diesem Auftrag wieder einmal die Gelegenheit gewittert, sich an sie heranzumachen! Und da war es für ihn wahrscheinlich ein Leichtes gewesen, Hütter entweder mit einem Pseudoargument oder mit der Wahrheit davon zu überzeugen, beim Chefredakteur von *BMI* ein gutes Wort für ihn einzulegen.

»Und wieso wollt ihr eure Manager ausgerechnet in dieses Kloster schicken?«, fragte sie. »Die stehen doch bekanntlich gar nicht auf Bescheidenheit.«

»Womit du den Beweis geliefert hast, dass du gar nicht weißt, wofür unser Magazin steht«, hielt Tobias triumphierend dagegen. »Es geht nicht immer nur darum, den starken Mann von Welt zu mimen. Genauso wichtig ist, dass man zwischendurch auch mal die Seele baumeln lässt und sich Urlaub vom Alltag nimmt.«

Während er redete, verdrehte sie Augen. Wie oft hatte sie solche und ähnliche Floskeln schon gehört! Doch Tobias ließ sich nicht beirren.

»Und genau das kann man hier machen. In der ›Inneren

Einkehr‹ erfährt man Ruhe und kann neue Energie tanken, hier …«

»Ja, ja, schon gut, ich habe verstanden«, unterbrach sie ihn, da er offenbar mit seiner Litanei noch lange nicht am Ende war. »Ihr habt mit zwanzig Jahren Verspätung die New-Age-Philosophie entdeckt. Meinen Glückwunsch.«

»Spotte du nur!«, brummte Tobias. »Du willst ja bloß nicht zugeben, dass ich recht habe.«

Bruder Andreas nutzte die Redepause, die entstanden war. »Wenn Sie sich bitte hier eintragen würden, Frau Berger. Ich sage Bruder Jakob Bescheid, damit er Sie zu Ihrem Zimmer bringt.« Er schob Alexandra etwas hin, das sie stutzig werden ließ. Es war ein Tablet-PC, der in einer Hülle aus hartem, dunkelbraunem Leder steckte, was ihm etwas eigenartig Rustikales verlieh. Auf dem Display war ein Formular zu sehen, in das sie mit dem Stift, den der Mönch ihr hinhielt, ihre Personalien eintragen konnte. Sie begann, in Druckbuchstaben zu schreiben, und bevor sie ihrer Verwunderung über dieses moderne Gerät, das so gar nicht zum Ambiente zu passen schien, Ausdruck verleihen konnte, bemerkte Tobias:

»Ach, lassen Sie nur, Bruder Andreas! Ich kann Alexandra auch ihr Zimmer zeigen. Da müssen wir Bruder Jakob nicht aus seinem wohlverdienten Schlaf reißen.«

»Bruder Jakob aus dem Schlaf reißen?«, wiederholten der Mönch und Alexandra gleichzeitig.

»Na, kommt schon, Leute«, sagte Tobias und grinste breit. »Ihr kennt doch dieses Kinderlied … ›Bru-der Ja-kob, Bru-der Ja-kob, schläfst du noch?‹«

Alexandra richtete gequält den Blick zur Zimmerdecke. »Du bist dir auch für keinen Kalauer zu schade, wie?«

Tobias nahm diese Frage mit einem gelassenen Schulterzucken hin. »Solange meine Trefferquote insgesamt stimmt, kann ich damit leben, dass der eine oder andere Gag ins Leere läuft.«

»Und wo liegt deine Quote? Bei fünf Prozent? Oder eher darunter?«, konterte sie und hörte, wie der Mönch am Empfang zu kichern begann. Dann riss er sich wieder zusammen und hielt Alexandra den Schlüssel hin, an dem ein klobiger Plastikklotz hing, auf dem die Zimmernummer vermerkt war. Sie stutzte angesichts der eigenartigen Design-Mixtur. Nach dem Tablet-Computer hätte sie eigentlich mit einer Codekarte gerechnet, aber offenbar war die Klostertechnik doch noch nicht ganz in der Gegenwart angekommen. Andererseits hatte dieser Schlüssel etwas Urtümliches und seltsam Skurriles an sich, das in Alexandra nostalgische Erinnerungen an ihre Urlaube mit den Eltern weckte.

»Danke«, sagte sie und bückte sich, um nach ihrer Reisetasche zu greifen. Tobias kam ihr jedoch zuvor und nahm die Tasche an sich.

»Komm, lass mich dir helfen!«, meinte er, und Alexandra schluckte den Widerspruch, der ihr auf der Zunge lag, hinunter.

Sie verließen das Foyer durch die Tür, durch die Tobias eben eingetreten war, und gelangten in einen recht schmalen, schnurgeraden Gang. Die Wände waren weiß gestrichen. Schmucklose Wandlampen sorgten für die nötige Helligkeit. Auf der linken Seite fanden sich mehrere geschlossene Türen, die keine Nummer aufwiesen. Wahrscheinlich handelte es sich bei diesen Räumen also nicht um Gästezimmer.

»Hier lang«, sagte Tobias und bog mit ihr nach rechts in einen noch längeren Gang ein, der quer durch das Kloster zu verlaufen schien.

Im Inneren des alten Gemäuers war es angenehm kühl. Zwei Mönche kamen ihnen entgegen, die ihnen freundlich zunickten und sich an die rechte Wand drückten, um sie passieren zu lassen.

»Und jetzt nach links«, ließ Tobias verlauten, als sie am Ende dieses Gangs angelangt waren.

Alexandra fiel mit einem Mal etwas ein. »Du, ich habe eben deinen Wagen gar nicht gesehen. Oder gibt es hier noch einen zweiten Parkplatz?«

»Nein, nein.« Er winkte ab. »Ich habe auf dem Rückweg von Portugal einen kleinen Abstecher hierher gemacht. Ich bin über Frankfurt nach Luxemburg geflogen und von da mit einem Mietwagen weitergefahren, so einem winzigen Fraueneinkaufsauto …«

»Fraueneinkaufsauto?«, wiederholte Alexandra und kniff gereizt die Augen zusammen. »Warum hast du denn den Wagen überhaupt genommen, wenn er dir nicht gut genug ist? Oder wollte man dir nichts mit mehr PS anvertrauen?«

»Es gab nichts anderes mehr«, stellte er klar. »Außerdem geht es mir nicht um die PS, von denen dieser Polo im Übrigen genug hat. Ich habe nur lieber etwas mehr Platz im Wagen.«

»Ja, klar.« Sie grinste breit. »Du musst ja bequem deine Einkäufe aus dem Baumarkt und ein paar Kästen Bier verstauen können.«

»Sagt die Frau, die selbst einen protzigen Audi fährt!«

»Ein Audi, der fast dreißig Jahre auf dem Buckel hat, ist kein *protziger* Audi, sondern ein Klassiker.«

»Voilà, da sind wir. Letztes Zimmer auf der rechten Seite.« Er deutete auf die Tür am Ende des Gangs, in den durch ein schmales, hohes Fenster Sonnenlicht fiel.

Alexandra schloss auf und nahm Tobias die Tasche ab. »Also dann … Wir sehen uns später, ich möchte mich erst mal mit meiner Umgebung vertraut machen.«

»Lass dir ruhig Zeit«, gab er feixend zurück und sah zu, wie sie die Tür hinter sich schloss. Dann zählte er leise die Sekunden, bis Alexandra die Tür wieder öffnete und nach draußen auf den Gang kam.

»*Das* ist mein Zimmer?«, fragte sie ungläubig. »Dieser Mönch hat mir nicht zufällig den Schlüssel für die Abstellkammer gegeben, oder?« Sie drehte sich nach links und betrachtete die Abstände zwischen den Türen auf derselben Gangseite. »Schließ mal bitte dein Zimmer auf!«, forderte sie Tobias auf.

Mit einem Schulterzucken kam er ihrer Bitte nach und trat dann einen Schritt zur Seite, damit Alexandra in den Raum sehen konnte.

»Ich fasse es nicht!« Ihre Augen blitzten ärgerlich, als sie sich wieder zu Tobias umwandte. »Du hast dir einfach das größere Zimmer unter den Nagel gerissen! Das ist eine Frechheit!«

»Ich war halt vor dir hier«, hielt er gelassen dagegen. »Außerdem sind die beiden Zimmer auf den Verlag reserviert worden, aber nicht auf einen bestimmten Namen.«

Jetzt reichte es Alexandra wirklich! »Du warst vor mir hier? Was ist denn das für ein Argument? Wenn es danach geht, habe *ich* Anspruch auf das größere Zimmer. Schließlich war ich ursprünglich die Einzige, die herkommen sollte. Du hast dich bloß an mich drangehängt, um mir ein paar Tage rund um die Uhr auf die Nerven gehen zu können.« Kaum hatte sie zu Ende gesprochen, wünschte sie, sie hätte kein Wort gesagt. Es war Tobias wieder mal gelungen, sie so weit aus der Reserve zu locken, dass sie unsachlich wurde. Das war ihr schon ein paarmal im Verlag passiert, wenn es zu Überschneidungen bei den Themen ihrer Magazine gekommen war. Obwohl es eindeutig gewesen war, dass Tobias sich bei ihren Ideen bedient hatte, um mit eigenen Artikeln zu glänzen, war er immer so geschickt vorgegangen, dass er keine Spuren hinterlassen hatte.

»Bruder Andreas hat mich gefragt, welches Zimmer ich haben wollte, das große oder das kleinere, und da habe ich mich für das große entschieden, weil ich schon in diesem Zwergenauto unterwegs sein muss«, erklärte er mit Unschuldsmiene. »Ich wusste nicht, wie groß der Unterschied zwischen beiden Zimmern sein würde.«

Sie brummte etwas Unverständliches.

»Wir können ja ...«, begann Tobias nachdenklich.

Wollte er ihr tatsächlich vorschlagen, dass sie die Zimmer tauschten? Sollte sie auf ein solches Angebot eingehen? Oder würde sie sich nur selbst damit schaden, weil sie ihm damit die Gelegenheit gab, sie später als Diva hinzustellen, die sich nicht mit einem kleinen Zimmer begnügen konnte?

»... dein Bett in mein Zimmer schieben, dann haben wir gleich viel Platz«, beendete er seinen Satz und zwinkerte ihr zu.

Alexandra verdrehte die Augen und schnaubte frustriert. »Tobias, kannst du eigentlich ein einziges Mal auf deine anzüglichen Bemerkungen verzichten? Wird dir das nicht irgendwann mal langweilig? Oder wenigstens peinlich?«

Während er breit grinsend dastand, wandte sie sich ab und ging zurück in ihr Zimmer ... als ihr plötzlich etwas Schwarzes entgegengeschossen kam und sie vor Schreck einen Schrei ausstieß.

3. Kapitel

»Was ist denn das?«, rief Alexandra erschrocken und machte einen Satz nach hinten, bis sie sah, dass es sich bei dem schwarzen Etwas, das nun in der offen stehenden Tür zu ihrem Zimmer saß, um eine Katze handelte. Offenbar hatte ihr Aufschrei das Tier so irritiert, dass es sich nicht weiter von der Stelle rührte, sondern den Kopf leicht schräg legte und Alexandra aus grünen Augen aufmerksam betrachtete.

»Sieht nach einer Katze aus«, meinte Tobias. »Vermutlich ist das Kater Brown.«

»Pater Brown?«, fragte sie. »Wo ist Pater Brown?«

»Nicht Pater, sondern *Kater* Brown.«

»Wie lange bist du schon hier, dass du alles und jeden kennst?«, wollte Alexandra wissen, da sie der Verdacht beschlich, dass Tobias einen deutlichen Wissensvorsprung vor ihr hatte, was die Verhältnisse im Kloster anging.

»Nicht mal eine Stunde. Von dem Kater weiß ich auch nur, weil einer der anderen Mönche am Empfang nach ihm gefragt hatte, als ich gerade einchecken wollte. Vielleicht ist das auch gar nicht Kater Brown, sondern irgendeine andere Katze.« Tobias zuckte mit den Schultern. »Ich frage mich nur, wie er da reingekommen ist ...« Alexandra warf einen Blick in ihr Zimmer, dann nickte sie. »Das Fenster ist zum Lüften geöffnet. Bestimmt ist er auf diesem Weg eingestiegen.«

Plötzlich wurde eine Tür auf der anderen Seite des Flurs aufgerissen.

»Geht das eigentlich auch etwas ruhiger?«, polterte Bernd

Wilden, über den Alexandra sich erst vor ein paar Minuten im Foyer so geärgert hatte. *»Sie?«*, fuhr er sie an, dann wanderte sein Blick weiter zu Tobias. »Und *Sie* auch schon wieder! Na, dann wundert mich ja gar nichts mehr. Hören Sie, ich habe mich in mein Zimmer zurückgezogen, weil ich in Ruhe telefonieren muss, und ich wäre wirklich sehr dankbar, wenn Sie dafür sorgen könnten, dass meine Gesprächspartner keine Hintergrundgeräusche mitbekommen, die sie glauben lassen, ich würde mich auf einer Dorfkirmes befinden.« Er bedachte sie mit einem weiteren vorwurfsvollen Blick und zog die Tür zu seinem Zimmer wieder hinter sich zu.

»›Sie schon wieder‹?«, fragte Alexandra. »Dann bist du auch schon mit ihm aneinandergeraten?«

»Ja, auf dem Parkplatz. Ich hatte meinen Wagen abgestellt und war ausgestiegen, da kommt er mit seinem Porsche Cayenne auf mich zugerast, springt raus und brüllt mich an, ich solle seinen Platz frei machen.«

»Wilden im Porsche Cayenne? Braucht er nicht eine Leiter, um überhaupt in den Wagen einsteigen zu können?«

»Nicht nur das.« Tobias lachte. »Ich vermute, dass da auch noch eine Spezialfirma ranmusste, um den Sitz so umzubauen, damit er über das Lenkrad schauen kann. Dieser Kerl ist einfach unerträglich.«

»Oh, hast du etwa deinen Meister gefunden?«, erkundigte sie sich amüsiert.

»Ach, Quatsch! Ich habe ihm gesagt, er solle woanders parken, schließlich waren noch genug Plätze frei, aber der Kerl hat sich einfach auf dem Absatz umgedreht und ist weggestiefelt. Seinen Wagen hat er vor meinem stehen lassen. Wenn ich jetzt auf die Schnelle wegmüsste, käme ich nicht aus der Lücke. So was macht mich wirklich sauer.«

»Na, dein Therapeut wird dir schon darüber hinweghelfen.«

Er winkte ab. »Ich brauche keinen Therapeuten, aber der Kerl braucht mal eine Abreibung, damit er endlich merkt, dass er nicht der wichtigste Mensch auf der Erde ist.«

Sie sah zu der Tür, hinter der sich Wildens Zimmer befand. »Was hat er noch mal gesagt? Er ist Geschäftsführer bei einem Wohlfahrtsverband. Ich schätze, in seinem Job verhält er sich den ganzen Tag so. Bestimmt geht er von Büro zu Büro, macht seine Leute zur Schnecke, setzt sich dann an seinen gigantischen Schreibtisch und ist sehr zufrieden mit sich, weil er es mal wieder allen gezeigt hat.«

Tobias grinste. »Ja, und zu Hause wartet seine Frau auf ihn, unter deren Fuchtel er steht und die ihn das ganze Wochenende triezt: ›Bring den Müll raus … Mäh den Rasen … Schneide die Hecke …‹ Am Montagmorgen lässt er seinen Frust dann wieder an dem erstbesten Mitarbeiter aus, der ihm über den Weg läuft.«

Plötzlich miaute der Kater, der auf den Gang gekommen war und erwartungsvoll zu Alexandra aufsah.

»Nein, wir haben dich nicht vergessen«, versicherte sie ihm und ging in die Hocke, um ihn zu kraulen. »Der böse Mann von gegenüber hat uns nur gestört.«

»Ähm … du weißt, dass du ein Tier vor dir hast, aber keinen Dreijährigen, oder?«

Sie schenkte Tobias ein ironisches Lächeln. »Im Augenblick habe ich beides vor mir – *hier* ein Tier und *da* einen Dreijährigen.«

4. Kapitel

»Und was mache ich jetzt mit dir?«, fragte Alexandra den Kater, nachdem sich Tobias lachend in sein Zimmer verzogen hatte. Kater Brown hatte sich inzwischen hingelegt und auf den Rücken gedreht, damit Alexandra ihm den Bauch streicheln konnte. Eine Zeit lang tat sie ihm den Gefallen, doch als sie dann die Hand wegziehen wollte, schossen seine Vorderpfoten vor, legten sich sanft um ihr Handgelenk und dirigierten ihre Finger zurück zu seinem Bauch. Dabei schnurrte er genießerisch.

»Okay, aber im Gegensatz zu dir bin ich nicht nur zum Vergnügen hier«, sagte sie, traf jedoch mit ihrer Bemerkung auf taube Ohren. Der Kater räkelte sich auf dem kühlen Steinboden und konnte offenbar einfach nicht genug bekommen. Nach einer Weile setzte er sich auf und begann, sich zu putzen.

»Tja, sieht so aus, als hättest du erst mal genug Streicheleinheiten bekommen«, murmelte sie und richtete sich auf. Sofort sprang der Kater auf und folgte Alexandra in ihr Quartier. Dort machte er es sich auf der Fensterbank gemütlich und beobachtete jede ihrer Bewegungen.

Das Zimmer war wirklich winzig, die Einrichtung spartanisch: ein einfacher Stuhl, ein kleiner Schreibtisch, ein schlichtes Bett, in einer Ecke ein Schrank, in dem man seine nötigsten weltlichen Besitztümer unterbringen konnte. Auf der anderen Seite war eine schmale Kabine abgeteilt worden, die gerade eben Platz für eine Dusche, ein Waschbecken und eine Toilette bot. Das einzige Zugeständnis an die Tatsache, dass es sich bei dieser Kammer heute um ein Hotelzimmer handelte, war das Telefon auf dem Schreibtisch. Einen Fernseher oder einen Radiowecker suchte man vergeblich. An der Decke hing eine nackte Energiesparlampe.

»Eine Gefängniszelle ist vermutlich ähnlich komfortabel eingerichtet«, stellte Alexandra ernüchtert fest. Der kurze Blick in das Zimmer ihres Kollegen hatte sie erkennen lassen, dass es auch nicht besser ausgestattet war, sondern lediglich um gut die Hälfte größer.

Sie packte ihre Tasche aus und verstaute alles im Schrank. Immerhin ließ er sich abschließen, sodass sie dort auch ihren Laptop und andere Wertgegenstände unterbringen konnte, wenn es erforderlich sein sollte.

Kater Brown lag nach wie vor auf der Fensterbank und beobachtete Alexandra aufmerksam.

»Ist das hier sonst dein Zimmer?«, fragte sie. Der Kater sah sie mit großen grünen Augen an, ließ die flaumigen schwarzen Ohren spielen und fuhr sich mit der kleinen rosa Zunge über die Schnauze, als erwartete er von Alexandra irgendein Leckerli.

Plötzlich kam ihr ein beunruhigender Gedanke. Was, wenn dieses Hotel so authentisch ein Klosterleben simulierte, dass es zum Abendessen nur irgendeine wässrige Suppe mit einer kargen Gemüseeinlage gab? Alexandra hatte am Morgen zum letzten Mal etwas gegessen und nach der Irrfahrt durch die Eifel auf ein Mittagessen in einer Gaststätte verzichtet, um nicht noch mehr Zeit zu verlieren. Die Vorstellung, nichts weiter als eine dünne Suppe zu essen zu bekommen, war äußerst unerfreulich.

Sie sah auf die Armbanduhr. Kurz vor halb drei. Vielleicht sollte sie sich gleich in Richtung Luxemburg auf den Weg machen und nach einem Supermarkt suchen, um sich für den Abend mit ein wenig Verpflegung einzudecken. »Und was fange ich solange mit dir an?«, fragte sie den Kater. »Soll ich dich hier allein lassen, oder kommst du mit nach draußen?« Sie ging zu ihm und warf an ihm vorbei einen Blick aus dem geöffneten Fenster, von dem aus sie freie Sicht auf das weitläufige grüne Tal im Hintergrund hatte, das im Sonnenschein erstrahlte. Gleich vor dem Fenster ging es einige Meter steil in die Tiefe, was Alexandra stutzig machte. Sie wusste zwar, dass Katzen ausgezeichnet springen konnten, aber diese Höhe erschien ihr doch etwas zu erheblich, um von einem Kater in einem einzigen Satz überwunden zu werden.

Sie beugte sich weiter vor und entdeckte des Rätsels Lösung: Etwa einen halben Meter unter dem Fenster verlief ein Mauervorsprung, gerade breit genug, dass sich eine Katze darauf fortbewegen konnte. Er war allerdings leicht abgerundet, sodass ein Einbrecher sich kaum daran würde festhalten können, um sich nach oben zu ziehen und ins Zimmer einzusteigen. Also konnte sie getrost das Fenster offen lassen, damit Kater Brown auch noch einen Weg ins Freie fand, nachdem sie das Zimmer verlassen hatte.

Doch diese Rechnung hatte sie ohne den Kater gemacht. Gerade als Alexandra die Tür schließen wollte, sprang er von der Fensterbank, hastete durchs Zimmer und zwängte sich durch den Türspalt. »Oh, du hast es dir also doch noch anders überlegt«, sagte sie und schloss ab.

Kater Brown strich um ihre Beine herum, dann legte er sich auf die Fensterbank am Ende des Korridors und schlug die Pfoten unter.

Alexandra kraulte ihn noch einen Moment und machte sich schließlich auf den Weg.

Kater Brown blieb liegen und sah der Frau mit den langen blonden Haaren nach, wie sie sich langsam entfernte. Er mochte sie, auch wenn sie sich zuerst vor ihm erschreckt hatte. Aber sie war nett und hatte ihn ausgiebig gekrault. Dazu hatte sie sich sogar extra neben ihn gehockt. Die meisten Menschen bückten sich nur kurz und tätschelten ihm den Kopf, blieben aber dabei diese großen Gestalten mit den langen Beinen, mit denen sie oft ziemlich unvorsichtig umgingen, wenn er ihren Weg kreuzte. Doch die blonde Frau war sehr umsichtig mit ihm gewesen.

Vielleicht würde er sie ja in den Keller führen können, um ihr seine Entdeckung zu zeigen. Mit ein bisschen Glück würde diese Frau verstehen, was er von ihr wollte.

Kater Brown kniff die Augen zu schmalen Schlitzen zusammen und beschloss, erst einmal eine Weile zu dösen.

Jenseits der luxemburgischen Grenze entdeckte Alexandra am Rande des verschlafenen Dörfchens Vianden einen kleinen, aber gut sortierten Supermarkt, in dem sie sich zunächst mit Sandwiches, Kartoffelsalat und einigen Tüten Chips eindeckte, ehe sie zur angrenzenden Tankstelle fuhr, um den Wagen vollzutanken.

Der Mann an der Kasse legte die Zeitung zur Seite, in der er geblättert hatte, nahm ihre Kreditkarte entgegen und zog sie durch das Lesegerät. Doch es tat sich nichts. Nur die Anzeige *Bitte warten* blinkte immer wieder auf.

»Ist ja typisch«, murmelte der Tankwart und wiederholte die Prozedur. »Ab Freitagnachmittag schaltet das Rechenzentrum auf Wochenende um, und ich kann zusehen, wie ich hier mit meiner Kundschaft klarkomme.«

»Na ja, auf ein paar Minuten kommt es mir nicht an«, sagte sie und betrachtete weiter die blinkende *Bitte warten*-Anzeige.

»Und?«, fragte er. »Müssen Sie heute noch zurück nach Düsseldorf?« Mit einer Kopfbewegung deutete der Tankwart auf ihren Wagen. Offenbar hatte er das Kennzeichen gesehen.

»Nein, zum Glück nicht. Von dort bin ich heute Vormittag erst aufgebrochen, und die Fahrt bis zum Klosterhotel hat mir gereicht.«

Der Mann verzog die Mundwinkel. »Oh, Sie sind bei den Scheinheiligen abgestiegen.«

»Den Scheinheiligen?«, wiederholte sie neugierig. »Wie meinen Sie das?«

»Na, sehen Sie sich den Verein doch mal an!«, ereiferte er sich so plötzlich, als hätte er nur auf eine Gelegenheit gewartet, sich irgendeinen angestauten Frust von der Seele zu reden. »So fromm, wie die alle tun, sind die auch nicht.«

»Ich verstehe nicht ...«

»Überlegen Sie doch mal. Da tun die ständig so, als hätten sie kein Geld, und dann macht sich deren Boss mit ein paar Millionen aus dem Staub. So viel Geld muss man erst mal haben! Möchte wissen, wie die diese Menge Kohle zusammengetragen haben. Ob da alles legal gelaufen ist, wage ich mal zu bezweifeln.«

Alexandra zuckte mit den Schultern. »Ich habe mich vorab über das Kloster erkundigt und bin nirgendwo auf Hinweise gestoßen, dass außer dem Abt noch irgendjemand gegen Gesetze verstoßen hat«, sagte sie, um dem Mann mehr zu entlocken.

»Ach, kommen Sie«, hielt der Tankwart dagegen. »Wie der Herr, so 's Gescherr. So heißt das doch, nicht wahr? Als hätte sich da nur der Boss bedient! Und selbst wenn der als Einziger in die Kasse gegriffen hat, sind die anderen nicht besser. Ich habe von regelmäßigen Saufgelagen gehört, und die Chrissie, die Tochter vom Hausmeister des Landschulheims, soll von einem dieser Kuttenträger schwanger sein.«

»Na ja, Mönche sind auch nur Menschen.« Sie hörte selbst, wie abgedroschen ihre Bemerkung klang, doch sie wollte den Mann am Reden halten.

»Nee, nee. Das sind doch Kirchenleute. Die Kirche soll lieber den Armen helfen, anstatt dem Papst zig Weltreisen im Jahr zu spendieren.« Er schüttelte murrend den Kopf. »Ich wünschte, ich hätte ein paar Millionen, mit denen ich mich absetzen könnte.« Stirnrunzelnd sah er wieder auf das Display. »Ah, jetzt geht's.« Er reichte ihr die Kreditkarte und den Kassenbon. »Gute Fahrt wünsche ich Ihnen.«

»Ja, danke«, sagte sie mit ein wenig Bedauern in der Stimme. Eigentlich hätte sie noch gern etwas mehr über die Gerüchte erfahren, die das Kloster zum Thema hatten, aber offenbar war der Tankwart nur so lange an Smalltalk mit einer Kundin interessiert, bis der Bezahlvorgang abgeschlossen war. Nicht, dass Alexandra viel auf dieses pauschalisierende Gerede gegeben hätte, doch es war immer interessant, dem »Volk aufs Maul zu schauen«, wie sie das in der Redaktion nannten.

Der Mann hatte bereits wieder die Zeitung aufgeschlagen. Mehr war ihm also nicht zu entlocken. Mit einem kurzen Gruß verließ Alexandra die Tankstelle und ging zu ihrem Wagen.

Es war gegen vier Uhr, als Alexandra ins Klosterhotel zurückkehrte. Nachdem sie die Einkäufe im Schrank verstaut hatte, verließ sie ihr Zimmer und lief dabei ausgerechnet wieder Bernd Wilden in die Arme. Er hatte soeben ein neues

Opfer gefunden, einen Mönch, der damit beschäftigt war, den langen Korridor zu fegen.

»Können Sie dafür nicht einen nassen Aufnehmer benutzen, verdammt noch mal?«, zeterte er, als er den Mann mit dem Besen erreicht hatte. »Mit diesem Ding wirbeln Sie mehr Staub auf, als Sie überhaupt wegfegen können.«

»Tut mir leid, aber dann wird der Fußboden rutschig, und wir wollen nicht, dass jemand stürzt«, gab der ältere, etwas beleibte Mönch leise zurück. Er trug sein weißes Haar so kurz geschnitten, dass man fast meinen konnte, er hätte eine Glatze.

»Dann stellen Sie eben Schilder auf, dass der Boden rutschig ist«, entgegnete Wilden, der plötzlich bemerkte, dass Alexandra ein Stück von ihm entfernt vor ihrem Zimmer stand und sich das Schauspiel ansah. »In einem vernünftigen Hotel ist das Personal im Übrigen für die Gäste unsichtbar. Da wird gefegt und gewischt und sauber gemacht, wenn niemand da ist, der sich davon gestört fühlen könnte.«

Alexandra hatte von diesem Auftreten jetzt wirklich genug, auch wenn Wildens Unverschämtheiten diesmal nicht gegen sie gerichtet waren. Energisch ging sie auf die beiden Männer zu. »Sagen Sie, Herr Wilden, müssen Sie sich eigentlich immer und überall so aufblasen?«

Wilden drehte sich zu ihr um. »Reden Sie mit mir?«

»Mit wem denn sonst?«, konterte sie.

»Wenn Sie schon meinen, Sie müssten mich ansprechen, dann sparen Sie sich wenigstens Ihren Sarkasmus! Ein einfaches ›Ja‹ hätte ausgereicht und mich nicht so viel Zeit gekostet.«

»Sie haben meine Frage nicht beantwortet. Müssen Sie sich immer so aufspielen? Ist das eine Art Zwang bei Ihnen?«

»Ich gebe Ihnen jetzt mal einen kostenlosen Ratschlag, den Sie sich zu Herzen nehmen sollten, junge Dame. Es gibt eine wichtige Regel, wie man sich als Untergebener in der Öffentlichkeit zu verhalten hat: Man soll sich nie mit einem Fremden anlegen. Es könnte ja sein, dass er schon morgen Ihr Vorgesetzter wird, und dann stehen Sie mit ganz, ganz schlechten Karten da.«

Alexandra konnte nun nicht mehr anders, sie musste laut lachen. Sie musterte Wilden von oben bis unten, und einmal mehr stellte sie fest, dass der Napoleon-Komplex nicht bloß ein Mythos war. »Wissen Sie was?«, sagte sie. »Sie können mich mal gernhaben, Sie kleiner Wichtel!« Damit drehte sie sich um, lächelte dem Mönch noch einmal zu und machte sich auf den Weg ins Foyer. Sie hatte vor, sich dort nach Bruder Johannes zu erkundigen, der ihr als Ansprechpartner genannt worden war, um sie mit Hintergrundinformationen zum Hotel zu versorgen. Am Empfang arbeitete mittlerweile ein anderer, etwas jüngerer Mönch. Das dunkelbraune Haar trug er länger als alle Mönche, die ihr bislang begegnet waren. Er stand vor der Tafel mit den Steckkarten und betrachtete sie.

»Verzeihung, darf ich kurz stören?«, fragte Alexandra.

Der Mönch drehte sich zu ihr um. Er hatte ein schmales Gesicht mit tief liegenden, dunklen Augen, die ihm eine ein wenig unheimliche Ausstrahlung verliehen. Möglicherweise war er aber auch nur übernächtigt. Als er Alexandra erblickte, verzog er den Mund zu einem Lächeln, dem sie ansehen konnte, dass es von Herzen kam.

»Was kann ich für Sie tun, Frau … Berger, richtig?« Seine Stimme hatte etwas angenehm Sanftes und bildete einen krassen Gegensatz zu seinem düsteren Erscheinungsbild.

»Ja, genau. Ich wollte nachfragen, ob Bruder Johannes wohl etwas Zeit für mich hat. Ich …«

»Stimmt, Sie sind die Journalistin«, unterbrach er sie. »Ich bin übrigens Bruder Jonas.« Er ergriff ihre Hand und drückte sie.

Der Mönch war eigentlich ein wirklich gut aussehender Mann, und er war noch recht jung. Was ihn wohl dazu veranlasst hat, sich für ein Leben im Kloster zu entscheiden?, überlegte Alexandra. Was immer es auch war, er hatte letztlich der Welt da draußen nicht entkommen können. Wie musste er sich jetzt fühlen, da das Kloster zum größten Teil zu einem Hotel umfunktioniert worden war? Seine Pläne, ein rein monastisches Leben zu führen, waren vom Schicksal vereitelt worden, was frustrierend sein musste.

»Bruder Johannes hatte am Telefon davon gesprochen, dass ich mit ihm wegen meines Artikels reden kann.«

»Er ist im Augenblick im Kräutergarten«, erwiderte der junge Mönch und zeigte auf einen Grundriss neben dem Empfang, der ihr zuvor gar nicht aufgefallen war. »Wenn Sie diesen Flur nehmen, bis zu dieser Tür dort, dann gelangen Sie geradewegs in den Kräutergarten.«

Sie prägte sich den Weg ein, dann nickte sie Bruder Jonas zu und verließ das Foyer.

Aus dem Refektorium, das sich auf der anderen Seite an den Empfangsbereich anschloss, war Stimmengewirr zu hören. Vermutlich saßen dort einige Gäste bei einem Kaffee zusammen.

Nachdem Alexandra einem anderen Korridor gefolgt war, von dem aus eine Treppe ins Obergeschoss führte, gelangte sie zu einer Tür mit Butzenscheiben, die in den Kräutergarten führte. Er lag eingebettet zwischen zwei lang gestreckten Gebäudetrakten. Im gegenüberliegenden Trakt befand sich Alexandras Zimmer, während der Teil, den sie soeben durchquert hatte, wohl die Unterkünfte der Mönche beherbergte. Jedenfalls hatten sich an den Zimmertüren dort keine Nummern befunden. Also waren sie zumindest derzeit noch nicht für den Hotelbetrieb vorgesehen.

Alexandra trat in die Wärme des Sommernachmittags hinaus, die sich im Hof zwischen den länglichen Gebäudetrakten staute. Der Kräutergarten präsentierte sich als eine Reihe gepflegter Beete. Unzählige kleine Schilder, die im Boden steckten, gaben eine genaue Auskunft darüber, was wo ausgesät oder gepflanzt worden war. In der Mitte befand sich ein Zierbrunnen, der so gar nicht in diese ansonsten so schlicht gehaltene Umgebung passen wollte.

Rechts von Alexandra wässerte ein Mönch mit einem Gartenschlauch die Beete. Er stand mit dem Rücken zu ihr, doch Alexandra erkannte in ihm Bruder Andreas, der sie bei ihrer Ankunft im Hotel begrüßt hatte.

Er war in seine Arbeit vertieft, und Alexandra wollte ihn nicht stören. Sie schaute nach links – und gab einen frustrierten Laut von sich, denn dort stand ein weiterer Mönch, den sie bislang noch nicht gesehen hatte. Er unterhielt sich angeregt, und das ausgerechnet mit Tobias Rombach. Da Tobias einen Notizblock in der Hand hielt und mitschrieb, musste der Mönch Bruder Johannes sein.

Nein, entschied Alexandra. Sie würde sich nicht dazustellen und sich mit den Resten einer bereits begonnenen Unterhaltung begnügen. Wenn sie Pech hatte, würde Bruder Johannes sie auf ihre Fragen hin an Tobias verweisen, dem er schon einiges erläutert hatte. Und dann würde sie sich mit Informationen aus zweiter Hand zufriedengeben müssen. Womöglich würde Tobias ihr sogar das eine oder andere wesentlich Detail verschweigen, weil er es exklusiv für seinen Artikel verwenden wollte.

Also machte Alexandra kehrt, bevor Pater Johannes oder

Tobias sie entdeckte, und ging durch den Flur zurück, bis sie wieder zu der Treppe gelangte, die in den ersten Stock führte. Über das Schild an der Wand hatte man einen Zettel geklebt. Darauf war handschriftlich *Säle I-IV* vermerkt. Da nichts darauf hinwies, dass die besagten Säle nur dem Personal vorbehalten waren, beschloss Alexandra, sich im Obergeschoss einmal umzusehen.

Am Kopf der Treppe angekommen, fand sie sich vor einer Tür mit der Aufschrift *Bibliothek* wieder. Neugierig klopfte sie an, und als sich niemand meldete, drückte sie vorsichtig die Türklinke hinunter. Der Raum war in Dunkelheit getaucht. Sie ertastete links an der Wand einen Lichtschalter, und gleich erwachten mehrere Neonröhren flackernd zum Leben. »Wow«, entfuhr es Alexandra beim Anblick der unzähligen kostbaren Bücher, die hier verwahrt wurden. Die Wände waren bis unter die Decke mit Bücherregalen gesäumt. Zwischen den dicken, in Leder gebundenen Folianten klaffte nirgends eine Lücke. Mehrere parallel verlaufende Regalreihen füllten den inneren Teil des Raumes, der den etwas modrigen, aber trotzdem wunderbaren Geruch nach alten Büchern verströmte.

Fast andächtig ging Alexandra tiefer in die Bibliothek hinein und wanderte langsam an einem der Bücherregale entlang. Mit den Fingern strich sie über einen Regalboden und legte den Kopf schräg, um die Titel auf den Buchrücken entziffern zu können. Zu ihrem Bedauern waren sie alle in Latein, womit Alexandra bis auf wenige Begriffe kaum etwas anfangen konnte. Dennoch fand sie diese alten Bücher, die schon ihren Urgroßeltern oder deren Eltern hätten gehören können, einfach faszinierend.

»Nicht schon wieder!«, ertönte auf einmal eine energische Stimme von der Tür her, begleitet von hastigen Schritten in Sandalen, die sich klatschend über den Steinboden näherten.

5. Kapitel

»Ich habe Ihnen doch gesagt, Herr Wilden, dass die Bibliothek nicht ...« Der Mönch, der auf Alexandra zugestürmt war, war etwa so groß wie sie und ein wenig beleibt. Das rötliche Haar trug er glatt nach hinten gekämmt, der krause Bart ließ ihn wie einen zerstreuten Professor wirken.

»Oh, entschuldigen Sie bitte!«, sagte er und errötete leicht. »Ich hatte mit jemand anderem gerechnet ...«

»Alexandra Berger«, stellte sie sich vor und gab ihm die Hand. »Vom Magazin *Traveltime*.«

»Ach, Sie sind die Journalistin, von der Bruder Johannes gesprochen hat! Angenehm, ich bin Bruder Dietmar. Entschuldigen Sie meinen Ausbruch, doch ich hatte einen anderen Gast erwartet ...«

Alexandra schmunzelte. »Herrn Wilden, richtig?«

»Ja, genau. Ich habe ihm bereits mehrfach gesagt, dass die Gäste unseres Hotels die Bibliothek nur in Begleitung eines der Mönche betreten dürfen. Aber da er dies einfach nicht akzeptiert, habe ich jetzt den hier mitgebracht, um dem einen Riegel vorzuschieben.« Er hielt einen Schlüssel in die Höhe. »Herr Wilden hat unberechtigt wertvolle Bücher abfotografiert, um sie im Internet probehalber zum Verkauf anzubieten. Angeblich hat er in kürzester Zeit Hunderte von Anfragen erhalten. Doch wir sind nicht am Verkauf unserer Bibliothek interessiert, und das haben wir diesem Mann auch versucht klarzumachen.«

»Ja, Herr Wilden macht es einem schwer, ihn zu mögen«. stellte Alexandra fest.

»Ach, niemand hier kann ihn leiden, nicht mal seine Angestellten. Er ist mit einer Gruppe leitender Angestellter im Hotel, damit sie gemeinsam einen unserer Motivationskurse absolvieren. Unserem Kursleiter fährt er ständig über den Mund und macht irgendwelche Verbesserungsvorschläge. Er nörgelt hier und kritisiert da.«

»Ja, das kann ich mir vorstellen. Dann werden Sie also jetzt die Bibliothek abschließen?«

»Die Bibliothek und jeden anderen Raum, in dem Wilden nichts zu suchen hat. Sie dürfen sich natürlich gern hier umsehen, aber solange er im Haus ist, bleibt diese Tür abgeschlossen.«

»Danke, auf das Angebot werde ich ganz bestimmt zurückkommen«, versicherte Alexandra ihm mit einem freundlichen Lächeln und verließ den Raum. »Oh, was machst du denn hier?«, entfuhr es ihr, als sie im Korridor vor der Bibliothek Kater Brown entdeckte. Er saß am Treppengeländer und schaute ihr entgegen, als hätte er auf sie gewartet. Prompt kam er zu ihr und strich um ihre Beine.

»Erstaunlich«, sagte Bruder Dietmar, der die Tür zur Bibliothek abschloss. »Das habe ich ja noch nie erlebt! Kater Brown ist normalerweise sehr zurückhaltend, vor allem gegenüber unseren Gästen. Sogar bei uns zieht er es meistens vor, uns aus sicherer Distanz zu beobachten. Eigentlich kommt er nur von sich aus näher, wenn sein Napf gefüllt wird.«

»Ich fühle mich geehrt, Kater Brown«, sagte Alexandra und hockte sich hin, um das weiche schwarze Fell des Katers zu streicheln. Er fing sogleich an zu schnurren und miaute zwischendurch immer wieder leise. »Du bist ja richtig gesprächig!«

»Ebenfalls vor allem dann, wenn es ums Essen geht«, bemerkte Bruder Dietmar lachend. »Kommen Sie, ich zeige Ihnen das Klosterhotel, wenn Sie möchten. Oder hat Bruder Johannes Sie bereits herumgeführt?«

Sie schüttelte den Kopf. »Dazu hatte er noch keine Gelegenheit.«

Gefolgt von Kater Brown, der offenbar nicht von Alexandras Seite weichen wollte, gingen sie an einem Büro vorbei, in dem man die Verwaltung des Klosterhotels eingerichtet hatte. Dort saßen zwei Mönche an hochmodernen Computern, ein Anblick, der Alexandra im ersten Moment ein wenig stutzig machte.

»Ich kann mir vorstellen, dass Sie sich wundern. Der Raum wirkt wie ein Fremdkörper in diesen altehrwürdigen, schlichten Mauern«, bemerkte Bruder Dietmar mit einem Seitenblick auf Alexandra. »Aber wir wollen die Technik wirklich nur in dem Umfang einsetzen, der unbedingt nötig ist. Der Rest des Hauses entspricht ganz den Erwartungen unserer Gäste. Es soll alles bescheiden und einfach wirken. Außer Ihnen bekommt auch niemand die Verwaltung zu sehen, also wird die Illusion nicht gestört.« Bruder Dietmar schloss die Tür und gab Alexandra mit einer Geste zu verstehen, dass die Führung weiterging.

»Wenn man vom iPad am Empfang absieht«, fügte sie schmunzelnd an.

»Ach, das. Ja. Das Benutzen von Tablet-PCs war eine der Bedingungen, damit wir den Kredit bekommen. Und die Dinger ebenfalls.« Er griff in seine Kutte und holte ein Handy hervor – genauer gesagt, ein Smartphone. »Diese Kompromisse mussten wir eingehen.«

Alexandra runzelte die Stirn. »Aber warum?«

»Eine von Hand geführte Buchhaltung kann nicht auf Tastendruck die aktuellen Zahlen auswerfen, und die Leute von der Bank bestanden darauf, jederzeit diese Zahlen anfordern zu können, ohne erst tagelang auf die Unterlagen warten zu müssen.« Er zuckte bedauernd mit den Schultern. »Offenbar sind wir für die Bank trotz all unserer Bemühungen ein etwas wackliger Kandidat, und nach dem Debakel mit unserem Abt will man uns den Kredit immer nur in den Häppchen überlassen, die wir gerade benötigen. Offenbar will man so verhindern, dass noch mal jemand mit ein paar Millionen untertaucht.«

Alexandra nickte. »Na ja, aus Sicht der Bank kann man das verstehen. Aber wieso die Handys?«

»Wir sollen wie die Mitarbeiter in jedem anderen Hotel jederzeit erreichbar sein. Es geht nicht, dass wie früher in einem einzigen Raum in unserem Kloster ein klobiges altes Telefon mit Wählscheibe steht, das keine Anrufe aufzeichnen und keine SMS empfangen kann.« Bruder Dietmar wiegte den Kopf hin und her. »Anfangs war ich ziemlich skeptisch, weil das ja etwas ... etwas sehr Weltliches ist, aber mittlerweile bin ich wie die meisten meiner Brüder von dieser Technik richtig begeistert.« Sie hatten das Ende des Korridors in diesem Trakt erreicht, der Gang bog nach links ab. Bruder Dietmar öffnete eine Tür mit der Aufschrift *Saal I*, und mit einem Mal wurde Stimmengewirr laut.

Gut ein Dutzend Männer und Frauen standen vor im Kreis angeordneten Staffeleien und traktierten Leinwände mit Ölfarbe. Ein paar der Anwesenden wandten sich kurz um und nickten Bruder Dietmar und Alexandra zu, die sich suchend umschaute.

»Wo ist denn das Modell oder das Stillleben, das sie malen sollen?«, fragte sie.

Der Mönch schüttelte den Kopf. »Wir arbeiten in diesem

Kurs nicht mit Modellen oder vorgegebenen Motiven. Die Teilnehmer sollen auf der Leinwand Gefühle zum Ausdruck bringen oder malerisch bestimmte Themen umsetzen. Heute geht es um den Begriff ›Teamwork‹.« Er deutete auf die Leinwand einer Frau mit kurzen schwarzen Haaren, die ein Spektrum aus verschiedenen Farben gemalt hatte. »Sehen Sie, wenn ich diese Arbeit richtig verstehe, ist hier folgender Aspekt von Teamwork dargestellt: Die Farben geben sich gegenseitig Halt und stützen einander. Würde eine der Farben sich an einer anderen Position befinden oder fehlen, wäre das Spektrum fehlerhaft und damit unbrauchbar.«

»Aha«, sagte Alexandra nur und ließ sich von dem Mönch aus dem Saal führen.

»Das ist übrigens die Gruppe, mit der Herr Wilden hier ist«, erläuterte er, als sie weiter durch den Korridor gingen. »Sie belegen im Augenblick die meisten Zimmer, die übrigen sind Gäste, die allein oder zu zweit hergekommen sind. Sie unternehmen ausgedehnte Wanderungen, wofür sich die Lage des Klosters natürlich hervorragend eignet. Oder sie nehmen am Schweigekreis teil.«

»Schweigekreis?«

»Ja, der trifft sich immer in Saal IV, den wir deshalb auch nicht betreten können. Die Teilnehmer sitzen dort ein bis zwei Stunden im Kreis und schweigen, um die innere Ruhe wiederzufinden, die ihnen im Alltag abhandengekommen ist.«

Alexandra nickte. »Wenn alle Gästezimmer belegt sind, kann man aber doch sagen, dass Ihr Klosterhotel gut ankommt, oder?«

»Das ja«, bestätigte Bruder Dietmar. »Wir haben regen Zulauf. Dennoch wird es noch Jahre dauern, bis wir wirklich rentabel arbeiten können.«

»Ja, ich habe davon gelesen, dass das Kloster kurz vor dem Ruin stand. Wie konnte es überhaupt dazu kommen?«

»Das ist eine lange, unrühmliche Geschichte oder besser gesagt: Sie hat vor langer Zeit begonnen. Abt Bruno hat über Jahre hinweg die Bücher gefälscht und Gelder beiseitegeschafft, die unter anderem aus Förderprogrammen der EU stammten. Solche Zahlungen hat er dann auf ein zweites Konto überweisen lassen, weshalb das Geld bei uns nie angekommen ist. Die Verwendungsnachweise für diese Gelder waren von vorn bis hinten gefälscht, einschließlich der Belege beispielsweise für angebliche Umbauarbeiten. Unter anderem soll der komplette Dachstuhl erneuert worden sein, was Abt Bruno mit Scheinrechnungen belegt hat. In Wahrheit ist das Dach seit dem späten neunzehnten Jahrhundert nicht mehr umfassend saniert worden. Und als auf einmal eine Betriebsprüfung anstand, hat der Abt sich einfach abgesetzt. Er hat uns im Stich gelassen, uns wurde vom Finanzamt der Status der Gemeinnützigkeit aberkannt. Die Bank ist heute im Grunde genommen der wahre Eigentümer der gesamten Anlage, weil sie uns auf Vermittlung des Erzbischofs einen Kredit über mehrere Millionen bewilligt hat. Das sage ich selbstverständlich ganz im Vertrauen, das wissen Sie doch, nicht wahr?«

»Ja, natürlich«, versicherte Alexandra ihm. »Ich schreibe ohnehin Reisereportagen. Falls Bruder Johannes damit einverstanden ist, kann ich solche Details eventuell mitaufnehmen – aber nur dann. Vielleicht wird der eine oder andere Gast eher dazu bereit sein, einen Aufenthalt im Klosterhotel zu buchen, wenn er weiß, mit welchem Ehrgeiz Sie alle ans Werk gegangen sind, um Ihr Zuhause zu retten.«

»Wissen Sie, wenn Sie von Ehrgeiz reden, dann hat Bruder Johannes jeden von uns übertroffen. Ohne ihn hätten wir das niemals geschafft. Er ist ein wirklicher Visionär.«

»Dann ist das hier alles seine Idee?«

»Ohne jeden Zweifel. Als er sah, was unser Abt angerichtet hatte, verlor er nicht den Mut, sondern überlegte, was wir tun können, um unser Schicksal selbst in die Hand zu nehmen, anstatt zusehen zu müssen, wie uns unser Zuhause genommen wird. Er schloss sich eine Woche lang in seinem Zimmer ein, niemand durfte ihn stören, und dann ... dann hatte er das alles hier ausgearbeitet. Er hatte genau überlegt, was so bleiben konnte, wie es war, und was umgebaut werden musste. Dann führte er endlose Verhandlungen mit unserem Orden. Sie können sich denken, dass die Ordensleitung zunächst von seinen Plänen nicht begeistert war. Doch schließlich stimmte sie zu. Vielleicht hat vor allem die Tatsache, dass wir zumindest teilweise und in einer Art Rotationsverfahren, wenn Sie so wollen, das monastische Leben weiterführen, dazu beigetragen, sie umzustimmen.« Bruder Dietmar fuhr sich mit der Hand durch den Bart. »Als Nächstes holte Bruder Johannes dann unzählige Angebote von Handwerksbetrieben ein, mit denen er sich an die Bank wandte. Dort war man zum Glück von seiner peniblen Art so angetan, dass man uns die nötigen Gelder zur Verfügung stellte.« Bruder Dietmar lachte. »Als dann die Bauarbeiten begannen, trieb Bruder Johannes die Handwerker mit seiner Art fast in den Wahnsinn. Er hatte mit ihnen einen verbindlichen Zeitplan vereinbart und wachte mit Argusaugen darüber, dass sie diesen Plan auch einhielten. Sobald es irgendwo eine Verzögerung gab, machte er dem betreffenden Betrieb die Hölle heiß und drohte mit Konventionalstrafen, sollte sich die Eröffnung des Hotels dadurch verschieben.«

»Ein sehr engagierter Bauherr, würde ich sagen.«

»Und sehr überzeugend«, ergänzte Bruder Dietmar schmunzelnd. »Alle Arbeiten waren früher als geplant abgeschlossen, und insgesamt konnten wir so fast hunderttausend Euro einsparen.«

»Beachtlich. So sollte woanders auch vorgegangen werden.«

Der Mönch stimmte Alexandra zu, und sie gelangten zu einer Wendeltreppe. Kater Brown, der vorgelaufen war, sprang zielstrebig die Stufen nach unten.

Durch einen Seiteneingang verließen sie das Hauptgebäude und gelangten auf einen schmalen gepflasterten Pfad, der an der kleinen Kapelle entlang in beide Richtungen verlief. Der Mönch bog nach links ab. Alexandra folgte ihm bis zu einer Steintreppe, die auf einer Rasenfläche endete. Als Alexandra nach oben sah, entdeckte sie ihr Zimmerfenster und den Mauervorsprung, auf dem der Kater balanciert sein musste, um in ihre Unterkunft »einsteigen« zu können.

Sie bogen abermals links ab. Alexandras Blick fiel auf mehrere gesondert stehende, kleinere Gebäude. »Was ist das da drüben?«, wollte sie wissen.

»Das linke ist das ehemalige Gästehaus, die anderen wurden einmal als Wirtschaftsgebäude genutzt«, erklärte der Mönch. »Der Stall, der Getreidespeicher, die Brauerei. Früher verlief um das Ganze herum noch eine Mauer, aber die wurde vor bestimmt zwanzig Jahren komplett abgerissen, um das Kloster für die Welt zu öffnen. Die Anlage sollte auf Außenstehende nicht so sehr wie ein Gefängnis wirken. Diese Gebäude benötigen wir derzeit nicht, trotzdem hat Bruder Johannes sie bereits in seine Planung einbezogen. Sie sollen nach und nach zu Unterkünften umgebaut werden, wenn das Hotel langfristig so ausgelastet ist, dass wir mehr Gäste unterbringen müssen.«

»Bruder Johannes hat offenbar an alles gedacht.«

»Oh ja«, entgegnete Bruder Dietmar stolz. »Er ist für uns alle ein Vorbild.«

Als sie um das lang gestreckte Gebäude herumkamen, zeigte

der Mönch in Richtung des Kräutergartens. »Da ist ja Bruder Johannes. Vielleicht wollen Sie ja jetzt mit ihm reden?«

Alexandra schaute nach links und rechts, aber von Tobias war weit und breit nichts mehr zu sehen. »Wenn er ein wenig Zeit für mich hat …«

»Kommen Sie, wir fragen ihn!«, sagte Bruder Dietmar.

Während sie sich dem Mönch näherten, der vor einem der Beete kniete und Unkraut zupfte, hechtete Kater Brown im Zickzack durch den Kräutergarten, um einen Schmetterling zu jagen, der ihm aber immer wieder entwischte.

»Bruder Johannes!«, rief Bruder Dietmar, als sie nur noch ein paar Meter von ihm entfernt waren. »Hier ist Besuch für dich.«

Der Angesprochene erhob sich, drehte sich um und kniff die Augen gegen die bereits etwas tiefer stehende Sonne zusammen. Bruder Dietmar zog sich zurück.

Alexandra stockte einen Moment der Atem, als sie Bruder Johannes sah. Zu dem grauen Haarkranz trug der schmale, ältere Mann einen kurz geschnittenen, sehr gepflegten grauen Bart. Die vollen, dunklen Augenbrauen bildeten einen interessanten Kontrast dazu. Als der Mönch Alexandra freundlich anlächelte, erschienen feine Fältchen in seinen Augenwinkeln. Alexandra blinzelte. Im ersten Moment war es ihr so vorgekommen, als stünde sie Sean Connery in seiner Rolle als William von Baskerville in *Der Name der Rose* gegenüber. Die Ähnlichkeit zwischen diesen beiden Männern wurde zusätzlich unterstrichen durch die Kutte, die Bruder Johannes wie alle seine Mitbrüder trug.

»Sie müssen Frau Berger sein«, sagte der Mönch. Seine Stimme klang dunkel und ein wenig rau. Alexandra nickte und reichte ihm die Hand. »Ihr Kollege, Herr Rombach, hat Sie mir bereits beschrieben«, fügte Bruder Johannes erklärend hinzu.

Alexandra wollte lieber nicht darüber nachdenken, wie diese Beschreibung ausgefallen war, denn sie kannte Männer von Tobias Rombachs Schlag und deren Vokabular, wenn es darum ging, eine Frau zu beschreiben. Hoffentlich hatte Tobias sich diesmal, angesichts seines geistlichen Gesprächspartners, zurückgehalten.

»Aber keine Angst«, fuhr Bruder Johannes fort, als hätte er ihre Gedanken gelesen. »Er hat nur davon gesprochen, dass Sie schöne blonde Haare haben. Leider haben Sie ihn verpasst«, ergänzte er und deutete vage in Richtung des Eingangs.

»Oh, zu schade«, erwiderte sie ungewollt in einem spöttischen Tonfall, der den Mönch aufhorchen ließ.

»Sie beide verstehen sich nicht gut?«

Alexandra bekam vor Verlegenheit einen roten Kopf. Das Letzte, was sie wollte, war, unbeteiligte Dritte in ihren Dauerstreit mit Tobias hineinzuziehen.

»Das ist doch nur natürlich«, versicherte der Mönch ihr. »Wir sind zwar alle Gottes Kinder, aber wir müssen nicht immer alle miteinander auskommen.«

Sie zog die Brauen hoch. »Tatsächlich? Ich dachte, die Kirche predigt stets Frieden und Brüderlichkeit«, rutschte es ihr heraus, woraufhin sie verärgert über sich selbst die Augen verdrehte. Wie konnte sie nur so reden?

Bruder Johannes lächelte sie milde an. »Machen Sie sich deshalb keine Vorwürfe! Wir in unserem Kloster sehen die Welt so, wie sie ist. Wir sind Realisten und im steten Kontakt zu den Menschen. Es kann nun mal nicht jeder mit jedem gut auskommen. Die Welt wäre unerträglich, wenn das der Fall wäre. Sie wäre … so eintönig. Alle würden das Gleiche denken, jeder würde dem anderen recht geben und ihm Komplimente machen, weil er so einen guten Geschmack hat – nämlich den gleichen wie alle anderen.«

Alexandra fehlten sekundenlang die Worte.

»Kommen Sie, lassen Sie uns ein Stück in diese Richtung spazieren!« Der Mönch deutete auf die momentan ungenutzten Wirtschaftsgebäude. »Dahinter stehen ein paar Bänke, da können wir uns hinsetzen und uns unterhalten.«

Sie nahmen im Sonnenschein auf einer alten Holzbank Platz, die einen neuen Anstrich dringend nötig hatte. Kaum hatte Alexandra darauf Platz genommen, sprang Kater Brown auch schon auf ihren Schoß, um mit den Vorderpfoten ihre Oberschenkel durchzukneten.

»Hey, was gibt denn das?«, protestierte sie verdutzt. »Ich bin doch kein Kissen, das man durchwalkt, bevor man es sich gemütlich macht!«

Kater Brown miaute zweimal energisch. In Alexandras Ohren klang das wie ein Widerwort, doch dann rollte er sich auf ihrem Schoß zusammen und schloss die Augen. Als er Alexandras streichelnde Hände auf seinem Rücken spürte, fing er sogleich zu schnurren an.

»Also, was möchten Sie von mir wissen, Frau Berger?«, erkundigte sich Bruder Johannes.

Sie fasste kurz zusammen, was sie bereits von Bruder Dietmar erfahren hatte, und Bruder Johannes betonte, dass es ihr freistehe, diese Informationen in ihrem Artikel zu verwenden.

Natürlich, so räumte er ein, wäre es ihm lieber, wenn man die unrühmliche Vergangenheit nun endlich auf sich beruhen lassen könnte. Immerhin war dieses Kapitel jetzt abgeschlossen, sie hatten einen Neuanfang gewagt.

»Eine Sache kann ich in meinem Artikel ganz bestimmt nicht unerwähnt lassen«, fuhr Alexandra fort und machte sich Notizen. »Eine Übernachtung im Klosterhotel kostet ungefähr so viel wie die in einem luxuriösen Hotel einer Großstadt, und doch bieten Ihre Zimmer hier keinerlei Luxus. Die Einrichtung ist spartanisch. Wie können Sie genauso teuer sein wie ein Hotel in Toplage, obwohl alle sonst üblichen Annehmlichkeiten fehlen? Ich meine, wir befinden uns hier in der tiefsten Eifel. Außer Wanderwegen gibt es nicht viel Bemerkenswertes.« Sie hatte die Frage absichtlich etwas überspitzt formuliert, weil sie hören wollte, wie leidenschaftlich Bruder Johannes für sein Projekt eintrat, wenn es mehr oder weniger unverhohlen unter Beschuss genommen wurde.

Er nickte verstehend. »Sehen Sie, das ist Teil der Philosophie, die mit dem Namen des Hotels verbunden ist, ›Zur inneren Einkehr‹. Wir haben unser Konzept zuvor genau durchdacht. Bestimmt hätten wir einen Investor finden können, der die Klosteranlage in ein Luxushotel mit allem Drum und Dran verwandelt, doch so etwas bekommt der Gast überall. Wir wollten einen ganz anderen Weg gehen – zugegebenermaßen auch, weil wir die Möglichkeit haben wollten, das frühere Klosterleben eingeschränkt weiterzuführen. Davon abgesehen möchten wir unseren Gästen die Chance geben, wirklich zu sich selbst zu finden, und das kann man nur, wenn man nicht von dem Luxus umgeben ist, über den man jeden Tag verfügt. Wir haben ein Motto entwickelt, das unsere Geschäftsphilosophie auf den Punkt bringt: ›Verzicht – der neue Luxus.‹«

»Das klingt gut, ich glaube, das würde ich gern als Überschrift verwenden.«

»Das würde mich sogar freuen. Indem wir Verzicht üben, begreifen wir erst, wie viel wir eigentlich besitzen. Wir haben zum Beispiel auf keinem Zimmer einen Fernseher, weil wir gar nicht erst die Möglichkeit dieser Art von Zerstreuung anbieten wollen. Unsere Gäste sollen wieder sich und ihre wahren Bedürfnisse wahrnehmen – und so seelisch gesunden. Und natürlich verlangen wir dafür einen angemessenen Preis.«

Alexandra nickte nachdenklich.

»Um erfolgreich zu sein, müssen wir uns von anderen Hotels und Schönheitsfarmen unterscheiden. Davon sind wir überzeugt. Sie haben es ja angesprochen: Wir liegen in einer Region, die touristisch nicht sehr attraktiv ist, es sei denn, man möchte wandern oder die Natur erleben. Doch genau das kommt unserem Ansatz doch zugute. Hier können wir den Blick des Menschen auf sich selbst und auf Gottes Schöpfung, die ihn umgibt, schärfen. Die erste Resonanz zeigt, dass wir mit diesem Ansatz auf dem richtigen Weg sind.«

»Sie sind augenblicklich ausgebucht, nicht wahr?«

»Wir haben noch gar nicht richtig für uns werben können. Trotzdem hat sich das Besondere unseres Klosterhotels schon herumgesprochen.« Er nickte zufrieden. »Mit einer solchen Reaktion hatte ich nicht gerechnet, wenn ich ehrlich sein soll. Natürlich habe ich gebetet, dass wir keinen Schiffbruch erleiden, aber zum Glück war ich auch nicht der Einzige, der an den Erfolg geglaubt hat. Wenn die Bank mein Konzept für ein Luftschloss gehalten hätte, wäre uns nicht ein Cent an Krediten gewährt worden. Bruder Dietmar hat Ihnen ja bereits davon erzählt.«

»Ja, und er hat Sie und Ihre Leistung ganz besonders hervorgehoben. Er sagte, ohne Sie wäre das Projekt niemals Wirklichkeit geworden.«

Bruder Johannes schüttelte den Kopf. »Kein Projekt ist jemals das Werk eines Einzelnen. Die Idee mag von einer Einzelperson stammen, aber dann müssen alle an einem Strang ziehen, um sie zu verwirklichen. Meine Brüder haben so wie ich all unsere Kraft in dieses Klosterhotel gesteckt, und der erste Erfolg scheint uns recht zu geben.«

Es war eindeutig, dass Bruder Johannes die entscheidende Rolle, die er bei der Umgestaltung des Klosters gespielt hatte, aus Bescheidenheit herunterspielte, aber Alexandra würde das respektieren. Wenn er nicht im Rampenlicht stehen wollte, gab es für sie keinen Grund, ihn in den Mittelpunkt zu rücken.

Ein sonderbares Geräusch ließ sie aufhorchen, und als Alexandra erkannte, wer es verursachte, brach sie in fröhliches Gelächter aus. »Lieber Himmel, ich wusste nicht, dass Katzen schnarchen können«, murmelte sie verblüfft. »Und erst recht nicht so laut.«

Bruder Johannes stimmte in ihr Lachen ein. »Offensichtlich kann Kater Brown Sie besonders gut leiden. Bei keinem von uns würde er sich auf den Schoß legen.«

Alexandra kraulte den Kater unter dem Kinn, und das Schnarchen brach ab. Dafür schmatzte Kater Brown zufrieden. »Woher hat er eigentlich den Namen?«

»Den habe ich ihm gegeben«, sagte Bruder Johannes. »Er saß eines Tages im Refektorium auf dem Platz, der früher der Stammplatz von Bruder Gerald war. Möge Gott seiner Seele gnädig sein! Ich weiß nicht, ob Sie es schon gesehen haben, aber am Halsansatz hat der Kater einen kleinen weißen Fleck, und wenn er sich kerzengerade hinsetzt und den Hals streckt, dann erinnert das an den weißen Kragen eines Geistlichen. Na ja, kurz und gut: Der Kater saß auf Bruder Geralds Platz, dieser Mitbruder erinnerte mich in seiner Art stets an Heinz Rühmann, und von da war der Weg nicht mehr weit zu Pater Brown und dann zu *Kater* Brown.«

Alexandra lächelte. »Ich glaube, ich sollte den Kater in meinem Artikel erwähnen. Ist doch eigentlich kurios, dass in einem ehemaligen Kloster ausgerechnet eine schwarze Katze die gute Seele ist. So viele Menschen glauben immer noch, schwarze Katzen bringen Unglück, und Ihr Hotel boomt trotzdem.«

Den Abend verbrachte Alexandra vor ihrem Laptop, um ihre ersten Eindrücke vom Klosterhotel festzuhalten. Dabei arbeitete sie die Checkliste ab, die sie schon vor einer Weile erstellt hatte, um während einer Reise nichts Wichtiges zu vergessen. Kater Brown war seit dem Nachmittag nicht mehr von ihrer Seite gewichen. Jetzt lag er zusammengerollt vor dem geschlossenen Fenster auf der Fensterbank und schlief fest, nachdem er zuvor noch etwas von den Katzenleckerli erbettelt hatte, die Alexandra aus dem Supermarkt mitgebracht hatte.

Das Gespräch mit Bruder Johannes war recht informativ gewesen, und seine Einstellung, mit der er auf den Ruin des Klosters reagiert hatte, würde den Aufhänger für ihren Artikel liefern. Um möglichen späteren Beschwerdebriefen ihrer Leser vorzubeugen, würde sie darin auch vor dem Fehlen jeglicher Luxusausstattung »warnen«. Alexandra machte sich Notizen, was der Fotograf, der höchstwahrscheinlich Mitte der kommenden Woche das Klosterhotel besuchen würde, alles ablichten sollte. Sie wollte vor allem eine Aufnahme haben, die das Kloster im ersten Licht des neuen Tages zeigte.

Nachdem sie die Datei gesichert hatte, beschloss sie, nach ihren Mails zu sehen. Alexandra öffnete gerade die erste, als auf einmal das Licht im Zimmer ausging. Sie stutzte, stand auf und tappte zur Tür, betätigte ein paarmal den Schalter, aber nichts geschah. Hm, sie würde sich wohl ins Foyer begeben und einen der Mönche nach einer neuen Glühbirne fragen müssen. Hoffentlich war der Empfangstresen noch besetzt!

Doch auch der Flur vor ihrem Zimmer lag im Dunkeln. Nur ein schwacher grünlicher Schein ging von den Notausgang-Schildern aus, die in Abständen an der Wand befestigt waren. Auch in den anderen Gästezimmern schien es dunkel zu sein, jedenfalls drang kein Licht unter einem Türspalt auf den Gang hinaus. Alexandra sah auf die Leuchtanzeige ihrer Armbanduhr: 22:00 Uhr. Erst da stieg eine Ahnung in ihr auf. Ein Blick auf ihren Laptop bestätigte ihre Vermutung: Seine Anzeige verriet ihr, dass er nicht länger aus der Steckdose gespeist wurde, sondern auf Akkubetrieb umgeschaltet hatte. Von nun an würde sie noch etwa zwei Stunden Zeit haben, um ihre Arbeit zu erledigen.

Seufzend blätterte sie durch den Prospekt, den die Klosterverwaltung ihr zugeschickt hatte, und nach einiger Suche entdeckte sie den sehr versteckt untergebrachten Hinweis, dass um zweiundzwanzig Uhr die Nachtruhe begann und alle Aktivitäten bis zum nächsten Morgen eingestellt wurden. Ein wenig verärgert über dieses »Kleingedruckte«, ergänzte sie ihren Artikelentwurf um einen Vermerk, dass sie auf diesen Punkt ausdrücklich hinweisen musste.

Wenigstens spendete der Monitor ihres Computers genügend Licht, damit sie sich ausziehen konnte. Eine Katzenwäsche im kleinen »Bad« musste für heute genügen. Als sie dann allerdings den Rechner herunterfuhr, sich ins Bett legte und auch die Taschenlampe im Handy ausschaltete, meinte Alexandra im ersten Moment, keine Luft mehr zu bekommen. Sie empfand die Finsternis, in die ihr Quartier getaucht war, als erdrückend. Doch dann schalt sie sich selbst eine Närrin. Das war ja albern! Was sollte ihr hier, mitten unter Mönchen, schon passieren?

Sie zwang sich, tief durchzuatmen, und nach einigen Minuten fühlte sie sich etwas besser, zumal sich ihre Augen an die Schwärze gewöhnt hatten und sie vage Konturen erkennen konnte. Entschlossen schwang sie die Beine aus dem Bett und stand auf. Mit ausgestreckten Armen tastete sie sich zum Fenster vor, weil sie einen Blick nach draußen werfen wollte. Als sie dabei den schlafenden Kater Brown berührte, gab der ein leises Maunzen von sich, kümmerte sich dann aber weiter nicht mehr um die Störung.

Alexandra beugte sich vor und kniff die Augen zusammen, da sie Mühe hatte zu erkennen, wo der Hügel endete und wo die schwarze Nacht begann. Im Zuge ihrer Recherchen war sie schon relativ viel herumgekommen, aber noch nie war sie ihrem Zuhause so nahe gewesen und hatte sich zugleich wie auf einem anderen Planeten gefühlt. Nur allmählich konnte sie die Sterne ausmachen, die immer zahlreicher wurden, je länger Alexandra nach oben sah.

Es war ein faszinierendes Schauspiel, wie sie es so lange nicht mehr erlebt hatte und das sich nur in einer Umgebung wie dieser entfalten konnte, in der der Himmel noch relativ frei von Umweltverschmutzung war. Weil die Grenze zwischen Himmel und Erde sich in der Schwärze verlor, fühlte Alexandra sich fast so, als schwebte sie im Weltraum.

Sie wusste nicht, wie lange sie so vorgebeugt am Fenster gestanden hatte, doch auf einmal spürte sie Müdigkeit in sich aufsteigen. Höchste Zeit, schlafen zu gehen!, sagte sie sich. Morgen wartet eine Menge Arbeit auf mich …

Ein hartnäckiges, für ihre Ohren viel zu lautes Glockenläuten riss Alexandra aus dem Schlaf. Ein Blick auf ihre Armbanduhr verriet ihr, dass es erst sechs Uhr war.

Alexandra stöhnte genervt. Eigentlich war dieses Klosterhotel allenfalls für Masochisten zu empfehlen.

Sie hielt sich die Ohren zu und wollte sich auf die Seite drehen, doch auch das war nicht möglich. Kater Brown hatte sich offensichtlich irgendwann in der Nacht auf ihren Bauch gelegt und dort gemütlich zum Schlafen zusammengerollt. Und er schien nicht bereit zu sein, dieses warme Plätzchen zu verlassen. Nur das leichte Zucken seiner Ohren verriet, dass auch er das dröhnende Glockengeläut hörte.

Nach endlosen zehn Minuten kehrte wieder Ruhe ein, und Alexandra kuschelte sich erneut ins Kissen. »Nur noch einen Moment«, murmelte sie, »nur den Traum zu Ende träumen ...«

»Alexandra? Bist du da?«

Sie stöhnte leise. Warum konnte man sie nicht in Ruhe lassen? Da hatten endlich die Glocken aufgehört zu läuten, und nun brüllte Tobias den ganzen Flur zusammen! Wahrscheinlich wollte er sich und aller Welt beweisen, dass er im Gegensatz zu ihr, Alexandra, ein Frühaufsteher war. Na ja, vielleicht ging er ja wieder weg, wenn sie nicht reagierte. Oder er kam zu der Überzeugung, dass sie bereits ihr Zimmer verlassen hatte. Hauptsache, er hörte mit dem Lärm auf!

Aber er lärmte weiter, und kurz darauf war auch noch eine zweite Stimme zu vernehmen. Eine tiefere Stimme, die sagte: »Wenn Sie sich Sorgen machen, werde ich jetzt die Tür öffnen.«

Die Tür öffnen? Hatte sie das richtig verstanden? Nur weil sie nicht gleich um sechs Uhr aufstand, wollte man die Tür öffnen, um sie aus dem Bett zu zerren? War das wirklich ein Hotel, oder war sie versehentlich in ein Gefängnis geraten?

Ein Schlüssel wurde ins Schloss geschoben. Sofort war Alexandra hellwach und sprang aus den Federn. Kater Brown wurde ein Stück durch die Luft gewirbelt und landete mit einem protestierenden Miauen auf der Matratze.

Alexandra bekam die Türklinke zu fassen, gerade als jemand von außen die Tür aufziehen wollte. »Hey, hey, hey, langsam!«, rief sie aufgebracht. »Was soll das?«

Sie öffnete die Zimmertür einen Spaltbreit. Auf dem Flur standen Tobias und ein hünenhafter Mönch.

»Du bist ja doch da«, sagte Tobias und klang sehr erleichtert.

»Natürlich bin ich da. Nur weil ich nach dem Sechsuhrläuten noch fünf Minuten liegen bleibe, musst du nicht gleich den Schlüsseldienst bestellen!«

»Fünf Minuten?«, gab er zurück. »Wir haben fast neun Uhr.«

»Was?« Sie sah auf die Armbanduhr. Tatsächlich. Es war drei Minuten vor neun. »Ich bin wohl noch mal eingeschlafen«, murmelte sie. »Augenblick, ich ziehe mich nur schnell an, dann bin ich sofort da. Ähm … ist irgendwas passiert? Warum die Aufregung?«

Tobias hob beschwichtigend die Hand. »Gleich«, erwiderte er. »Mach dich erst mal fertig.«

Als Alexandra zehn Minuten später mit Kater Brown im Schlepptau ihr Zimmer verließ, lehnte Tobias an der Wand neben seiner Unterkunft. Er stieß sich ab und ging Alexandra entgegen.

»Tut mir leid, dass ich dich eben so angefahren habe, aber ich dachte wirklich, es wäre erst kurz nach sechs.« Als er lächelnd nickte, fragte sie: »Also, was gibt es?«

»Wir waren in Sorge um dich. Wir dachten nämlich, du wärst auch verschwunden.«

»Auch?«

»Ja, Wildens Mitarbeiter vermissen ihren Chef. Er ist weder zum Frühstück noch kurz darauf zum ersten Motivationskurs erschienen«, sagte Tobias.

»Der Chef des Sklaventreiberverbandes? Vermisst ihn tatsächlich *irgendjemand*? Und möchte ihn *wirklich* jemand wiederfinden?«

Tobias kratzte sich am Kopf. »Nein, im Ernst. Komisch ist das schon … Sein Cayenne steht unverschlossen auf dem Parkplatz, der Schlüssel steckt noch, aber Wilden ist nirgends zu finden.«

»Würde mich nicht wundern, wenn ihn jemand erschlagen und verscharrt hätte«, brummte sie und bemerkte Tobias' missbilligenden Blick. »Was denn? Vielleicht hat er mit seiner unerträglichen Art irgendwem den letzten Nerv geraubt.«

Darauf erwiderte Tobias nichts.

»Ach komm, er wird schon wieder auftauchen! Gibt es eigentlich noch Frühstück?« Alexandra konnte Tobias' Sorge um diesen Choleriker beim besten Willen nicht teilen. Okay, sie wünschte ihm auch nicht, dass ihm etwas Ernstes zugestoßen war, aber sie hätte mit der Suche nach ihm wenigstens zwei Tage gewartet, um erst mal die Ruhe zu genießen.

»Nein, das wird bis sieben Uhr serviert, und das ist schon ein großes Zugeständnis an die Gäste. Früher läuteten die Glocken um fünf Uhr, und bis um halb sechs hatten alle gegessen.«

»Oh, dann will ich mich natürlich nicht beschweren«, merkte sie mit einem schiefen Grinsen an, doch ihre anfängliche Begeisterung für das Konzept des Klosterhotels erhielt einen weiteren Dämpfer.

Sie hatten das Foyer erreicht. Durch das Fenster konnte Alexandra sehen, dass sich die anderen Gäste auf dem Platz vor dem Haupteingang versammelt hatten und mehr oder weniger lebhaft miteinander diskutierten. »Ein paar von ihnen machen aber keinen sehr besorgten Eindruck«, stellte sie fest.

»Jeder reagiert bei so etwas anders«, antwortete Tobias, dem es ganz offensichtlich nicht gefiel, dass sie das Ganze so lässig nahm.

Aber wie hätte sie es sonst nehmen sollen? Bei jeder ihrer Begegnungen hatte Wilden sich wie ein Ekel aufgeführt. Da machte es ihr nun nichts aus, eine Weile auf seine Gesellschaft zu verzichten.

»Ja, vermutlich können es ein paar von ihnen gar nicht

erwarten, Wilden für vermisst, verschollen und tot zu erklären«, meinte sie.

Gemeinsam gingen sie nach draußen. Kater Brown schlenderte hinter ihnen her, ließ sich aber Zeit, als wüsste er, dass Alexandra sich nur zu der Gruppe der Hotelgäste begeben wollte, die am Rand des Platzes vor dem Haupteingang warteten.

»Hallo«, begrüßte sie vier Frauen, die zusammenstanden und sich leise unterhielten. »Wir kennen uns noch nicht. Mein Name ist Alexandra Berger, ich bin Journalistin.«

Die vier stellten sich vor, aber bis auf den Vornamen Yasmin der einen Frau und den Nachnamen Maximilian einer anderen konnte Alexandra sich auf die Schnelle keinen der Namen merken.

»Noch immer fehlt von Bernd Wilden jede Spur«, berichtete Frau Maximilian. Sie war zu stark geschminkt, und ihr Busen malte sich unter dem eng anliegenden T-Shirt deutlich ab. Offenbar trug sie absichtlich keinen BH, zumindest ließ das ihr etwas affektiertes Gehabe in Richtung eines sicher zwanzig Jahre älteren, grauhaarigen Mannes mit Schnauzbart und einem kleinen Kinnbart vermuten. Sein verträumter Blick verriet, dass ihm gefiel, was er sah. »Egal, wer von uns versucht, ihn anzurufen, er meldet sich nicht«, berichtete die Frau weiter. »Und in seinem Zimmer ist er auch nicht.«

»Vielleicht möchte er im Augenblick einfach nur nicht gestört werden«, gab Alexandra zu bedenken und drehte sich zu Tobias um. »Oder was meinst du dazu?«

»Ich weiß nur, dass sein Bett letzte Nacht nicht benutzt worden ist und der teure Wagen unverschlossen auf dem Parkplatz steht. Und der Zündschlüssel steckt. Warum steigt Wilden aus dem Auto aus, lässt den Schlüssel stecken und kehrt dann nicht in sein Zimmer zurück?«

Alexandra dachte kurz darüber nach. »Woher wissen wir denn, dass er auf den Parkplatz gefahren, ausgestiegen und dann zum Haus gegangen ist? Vielleicht hat er ja auch kurz vor dem allgemeinen Zubettgehen das Hotel verlassen, weil ihn jemand abholen wollte, ist zu seinem Wagen gegangen, hat irgendwas rausgenommen oder reingelegt, und als sein Bekannter oder seine Bekannte kam, um ihn abzuholen, hat er nicht mehr an den Schlüssel gedacht und ist in den anderen Wagen eingestiegen und weggefahren.«

»Wer soll ihn denn abends noch abholen?«, wunderte sich Tobias.

Sie schnaubte frustriert. »Ich kenne den Mann so gut wie gar nicht. Woher soll ich das also wissen? Ich überlege nur, was gestern Abend geschehen sein könnte.« Dann drehte sie sich um. »Was ist eigentlich mit Kater Brown los? Seit wir hier draußen sind, meckert er am laufenden Band.« Sie winkte dem Kater zu, der sich auf den Rand des Ziehbrunnens gesetzt hatte und in regelmäßigen Abständen miaute. Dabei ließ er Alexandra nicht aus den Augen. »Man könnte fast meinen, dass er nach mir ruft.«

»Sieh an«, scherzte Tobias. »Es gibt ja doch Männer, auf die du hörst, wenn sie dich rufen.«

»Wenigstens hat Kater Brown nicht ständig einen blöden Anmacherspruch drauf«, rief sie über die Schulter zurück.

Gerade als sie den Kater erreicht hatte, balancierte er über die großen, unregelmäßig geformten Steine des Randes auf die andere Seite des Brunnens und miaute weiter. Sobald Alexandra ihm folgte, verließ er seinen Platz und kehrte wieder zu seinem Ausgangspunkt auf der gegenüberliegenden Seite zurück. Dieses Schauspiel wiederholte sich einige Male.

»Wenn du so weitermachst, kommst du nie mehr zu den Streicheleinheiten. Ich müsste mich schon über den Brunnen beugen, und ich habe keine Lust, dass ich …« Sie verstummte, als sie sich tatsächlich ein Stück über den Brunnenrand lehnte und ihr Blick nach unten in den dunklen Schacht fiel. Für einen Moment meinte Alexandra, auf dem Grund des Brunnens schemenhaft eine Gestalt zu sehen, und sie wurde von einem so eigenartigen Gefühl gepackt, dass sie nach ihrem Handy griff, den Zoom betätigte und auf gut Glück in die Tiefe fotografierte.

Schließlich sah sie sich das Foto an und erstarrte mitten in der Bewegung.

»Stimmt was nicht?«, rief Tobias ihr zu und kam näher.

»Ich glaube, ich weiß, wo Herr Wilden geblieben ist«, sagte sie leise und zeigte in den Brunnenschacht.

6. Kapitel

Nachdem ein paar starke Taschenlampen herbeigeschafft worden waren, standen Alexandra und Tobias Seite an Seite am Rand des Brunnens und schauten gemeinsam mit Bruder Johannes in den Schacht. Zwei andere Mönche hielten je zwei Lampen nach unten gerichtet, damit die Lichtkegel für genügend Helligkeit sorgten.

»Herr Wilden?«, rief Bruder Johannes zunächst so leise, als hätte er Angst, einen Schlafenden zu wecken, wurde dann aber lauter und lauter. Als Wilden keine Reaktion zeigte, schüttelte der Mönch besorgt den Kopf und sah zu Alexandra. »Er ist wohl tot, nicht wahr?«

Sie atmete tief durch, dann nickte sie. »So sieht es aus ... oder ... oder was meinst du, Tobias?«

»Ich glaube nicht, dass man den Kopf so sehr anwinkeln kann«, antwortete er, »es sei denn, das Genick ist gebrochen.«

»Ich auch nicht«, stimmte sie ihm bedrückt zu. »Doch falls er noch lebt, kann er von Glück reden, dass der Brunnen nicht mehr in Betrieb ist, sonst wäre er da unten längst ertrunken. Möchte wissen, wie Wilden da reingeraten ist.«

»Vielleicht war der Brunnen ja das Einzige, wo er seine Nase noch nicht reingesteckt hatte, und das wollte er unbedingt nachholen«, sagte Tobias und ließ im nächsten Moment ein verdutztes »Autsch!« folgen, da Alexandra ihm mit der Faust gegen den Oberarm geschlagen hatte. »Was soll denn das?«

»Da unten ist wahrscheinlich kürzlich ein Mensch zu Tode gekommen, und du hast nichts Besseres zu tun, als deine dämlichen Witze zu reißen!« Sie drehte sich wieder zu Bruder Johannes um, der Tobias auch vorwurfsvoll betrachtete. Dabei bemerkte sie aus dem Augenwinkel, dass die anderen Mönche eine Art Menschenkette gebildet hatten, um die übrigen Gäste daran zu hindern, ebenfalls einen Blick in den Brunnen zu werfen. Dass sie und Tobias aus erster Hand das Geschehen mitverfolgen durften, war Bruder Johannes' Entscheidung zu verdanken, ihnen freien Zugang zu gewähren.

»Der Notarzt ist alarmiert?«, fragte sie den Mönch.

Er nickte.

»Tja, dann bleibt uns wohl nichts anderes übrig, als zu warten«, meinte Tobias. »Falls Wilden noch lebt, aber schwer verletzt ist, würden wir ihm unter Umständen mehr schaden als helfen, wenn wir selbst versuchten, ihn da rauszuholen. Da müssen Fachleute ran.«

Es verstrichen noch einmal zehn Minuten. Inzwischen war eine halbe Stunde vergangen, seit der Notruf gewählt worden war. Alexandra hatte sich vom Brunnen zurückgezogen und auf eine Holzbank gesetzt, auf der Kater Brown hockte und das Treiben aufmerksam verfolgte. Nachdem es ihm gelungen war, Alexandra auf seinen Fund aufmerksam zu machen, hatte er sich auf der Bank niedergelassen, als wäre seine Arbeit erledigt. »Das hast du gut gemacht«, raunte Alexandra ihm zu, damit Tobias sie nicht hörte. Er würde sich nur wieder über sie lustig machen, weil sie sich mit Kater Brown »unterhielt«.

Auf dem Platz rings um den Ziehbrunnen herrschte betroffene Stille. Alle schienen auf das Nahen des Notarztwagens zu lauschen. Und tatsächlich ertönte auf einmal in einiger Entfernung eine Sirene, und kurz darauf kam ein Rettungswagen in Sichtweite. Er hielt mit hoher Geschwindigkeit auf den Feldweg zu, bremste scharf ab und holperte über den Weg an der Zufahrt zum Parkplatz vorbei. In wenigen Metern Entfernung zum Brunnen hielt er schließlich an. Zwei Rettungssanitäter stiegen aus und gingen zu Bruder Johannes, der sie aufgeregt zu sich winkte.

Alexandra stand auf und kehrte zum Brunnen zurück, gerade als die Sanitäter einen Blick in den Schacht warfen. »Hm, wie sollen wir ihn denn da rauskriegen?«, fragte der bärtige Sanitäter, auf dessen Jacke ein Namensschild mit dem Schriftzug *Buchner* befestigt war.

Der andere, sein Name war Kersting, schüttelte ratlos den Kopf. »Frag mich was Leichteres! Da müsste eigentlich die Feuerwehr ran, aber die ist bei der Demo in Trier ...«

Nachdem die beiden bestimmt eine halbe Minute unschlüssig in den Brunnen gestarrt hatten, beschloss Alexandra, sich einzumischen: »Ich bin keine Expertin, was die Rettung von Verletzten angeht, aber ich nehme an, dass sich einer von Ihnen schnellstmöglich nach unten begeben muss, um das Opfer zu bergen. Der Mann liegt schon viel zu lange da unten.«

»Immer langsam, Kleine«, meinte Kersting, der seinen Kollegen um fast einen Kopf überragte. »Wir können hier nichts überstürzen.«

»*›Kleine‹?*«, wiederholte sie ungläubig.

Bevor sie weiter aufbegehren konnte, spürte sie Tobias' Hand beschwichtigend auf ihrem Arm. »Komm, lass die Leute ihre Arbeit machen, das bringt doch nichts.«

»Dann *sollten* sie auch ihre Arbeit machen, anstatt nur dazustehen«, fauchte sie. Alexandra machte sich aus seinem Griff frei. Es wurde höchste Zeit, dass Wilden aus dem Schacht geborgen wurde. Sollte er doch noch leben, kam es auf jede Sekunde an. »Wollen Sie dem Mann nicht helfen?«, drängte sie die beiden Sanitäter.

»Doch, doch, natürlich«, sagte Buchner. »Aber wie Ihnen vielleicht schon aufgefallen ist, sind mein Kollege und ich nicht unbedingt die Schlanksten, und wenn einer von uns da runterklettert, hat er überhaupt keinen Platz, um sich da unten zu bewegen – ganz zu schweigen davon, den Mann irgendwie zu fassen zu bekommen, um ihn rauszuziehen.«

»Ganz genau«, stimmte Kersting ihm zu. »Da muss jemand runter, der schlank und zierlich ist, zum Beispiel …«

Als der Sanitäter abrupt verstummte, stutzte Alexandra. Im ersten Moment glaubte sie, er wolle sich einen Scherz erlauben, doch darauf deutete nichts weiter hin – im Gegenteil. Kerstings Blick war auffordernd auf sie gerichtet. »Das kann nicht Ihr Ernst sein«, gab sie kopfschüttelnd zurück. »Sie wollen tatsächlich *mich* da runterschicken?«

Alexandra drehte sich zu Tobias um, der sich mit einem Mal verdächtig ruhig verhielt. »Wolltest du dich gerade freiwillig melden?«, fragte sie spitz.

»Sorry, in dieses Loch kriegst du mich nicht rein«, sagte er. »Um dich da unten bewegen zu können, musst du kopfüber runter. Das heißt, du musst dich mit zusammengeschnürten Beinen abseilen lassen.«

»Ich mach's«, erklärte da ein Mönch mit dunklem, lockigem Haar, der Alexandra bislang noch nicht aufgefallen war. Er trug eine altmodisch anmutende Hornbrille und war mindestens einen halben Kopf kleiner als die anderen Mönche, die nach wie vor die Gäste auf Abstand hielten. Einige der Leute waren inzwischen ins Kloster zurückgekehrt, die anderen standen da und beobachteten das Treiben. Ein paar von ihnen hatten eine Kamera oder ein Handy gezückt, um die Ereignisse im Bild festzuhalten.

»Ich bin Bruder Antonius«, stellte der dunkelhaarige Mönch sich Alexandra, Tobias und den Rettungssanitätern vor. »Ich werde mich nur schnell umziehen, dann stehe ich zur Verfügung. Jemand soll in der Zwischenzeit ein stabiles Seil beschaffen, an dem ich runtergelassen werden kann.« Mit diesen Worten drehte er sich um und eilte in Richtung Kloster davon.

»Bruder Antonius ist immer sehr hilfsbereit und umsichtig«, erklärte Bruder Johannes, als wäre das sein Verdienst, dann schaute er sich suchend um und wandte sich schließlich an die Rettungssanitäter: »Wo bleibt denn eigentlich Doktor Randerich?«

»Der kommt … dahinten.« Kersting deutete auf einen grellrot lackierten Wagen, der sich mit Blaulicht und hoher Geschwindigkeit näherte.

In diesem Moment kehrte auch Bruder Antonius zu ihnen zurück. »Alles bereit?« Er schaute erwartungsvoll in die Runde. Der Mönch hatte die Kutte gegen einen Arbeitsoverall getauscht, und nun wurde auch klar, warum Bruder Antonius für die Aufgabe die beste Wahl war: Er hatte die Statur eines Jockeys. So schmal, wie er war, konnte er sich an Wilden vorbeizwängen und sich den Mann genauer ansehen, bevor sie ihn aus dem Schacht holten. Und er war ein ausgesprochenes Leichtgewicht, was es umso einfacher machte, ihn an einem Seil nach unten zu lassen.

»Bin schon da«, rief Buchner und brachte das Seil aus dem Rettungswagen mit. Er kniete sich vor Bruder Antonius hin, der sich auf den Brunnenrand gesetzt hatte. Mit geschickten Handgriffen band er die Knöchel des Mannes zusammen, zurrte den Doppelknoten zu und gab mit einem Nicken zu verstehen, dass alles bereit war. Er bat seinen Kollegen und Tobias, ihm dabei zu helfen, das Seil festzuhalten, während sie den Mönch in den Brunnenschacht hinabließen.

Der glitt bäuchlings über die innere Kante der Mauer, dann verschwand er Stück für Stück im Brunnen. »Weiter, weiter, noch ein Stück«, rief Bruder Antonius laut. Und schließlich: »Halt!« Er war nun bei Wilden angelangt. Die beiden anderen Mönche hatten wieder den Lichtkegel ihrer Taschenlampen in die Tiefe gerichtet, und Alexandra und Bruder Johannes verfolgten vom Brunnenrand aus mit, wie Antonius sich, kopfüber am Seil baumelnd, um Wilden kümmerte. Nach einer Weile sah er nach oben, machte eine ernste Miene und schüttelte den Kopf. »Kein Puls. Keine Atmung. Wir haben ihn zu spät gefunden«, rief er. »Lassen Sie mich noch ein Stück runter, dann löse ich das Seil und lege es ihm um, damit Sie ihn raufziehen können.«

Keine zehn Minuten später war die Arbeit erledigt, und Bernd Wilden lag neben dem Brunnen auf dem Boden – zweifellos tot. Der Kopf lag seltsam verdreht da. Die Haare waren von getrocknetem Blut verklebt. Gesicht und Hände wiesen unzählige Schrammen auf, die wahrscheinlich vom Sturz in die Tiefe herrührten. Die Kleidung war offenbar mit einigen scharfen Steinkanten an der Schachtmauer in Berührung gekommen und aufgerissen.

Dr. Randerich, der Notarzt, kniete neben Wilden nieder und fühlte noch einmal dessen Puls. Dann sah er mit ernster Miene zu Tobias, Bruder Johannes und Alexandra hinüber, die um den Toten herum auf dem Boden vor dem Brunnen kauerten, und schüttelte den Kopf.

»Das habe ich ihm nicht gewünscht, ehrlich nicht. Und für uns ist es eine Katastrophe«, murmelte der Mönch. »Wenn sich das herumspricht, dann sind wir ruiniert!«

»Ach was, Bruder Johannes«, gab Tobias zurück. »Unfälle passieren nun mal, dagegen ist niemand gefeit.«

»Tut mir leid«, sagte Bruder Antonius, der inzwischen von den Sanitätern aus dem Brunnen gezogen worden war. »Aber da war nichts mehr zu machen.«

»Leider nicht«, stimmte Alexandra ihm zu und lächelte ihn aufmunternd an. »Aber Sie haben dennoch mehr geleistet, als irgendjemand von Ihnen hätte verlangen können.«

»Na ja«, erwiderte er. »Wir konnten ihn doch nicht da unten liegen lassen. Auch jemand wie er hat es verdient, respektvoll behandelt zu werden, zu Lebzeiten genauso wie im Tod.«

Jemand wie er?, wiederholte Alexandra in Gedanken. Aus unerfindlichem Grund war ihr kriminalistischer Spürsinn erwacht, von dessen Existenz sie bislang nichts gewusst hatte.

Nachdenklich betrachtete sie den Leichnam. Zugegeben, es mochte eine ganz banale Erklärung dafür geben, wieso Wilden am Grund des Brunnens tot aufgefunden worden war, aber vielleicht …

Sie hatte selbst erlebt, wie respektlos und verächtlich Bernd Wilden sich seinen Mitmenschen gegenüber verhalten hatte. Mit Sicherheit hatte er sich viele Feinde gemacht.

Einer der Mönche kam zu ihnen und reichte Bruder Johannes eine Decke. Er stand auf und breitete sie über dem Toten aus.

»Der Kollege fordert den Leichenwagen an«, sagte der Sanitäter namens Buchner. »Mit den Leuten regeln Sie die weiteren Formalitäten. Wir sind für Tote halt nicht zuständig.«

Bruder Johannes hielt einen Moment inne. »Die Polizei muss doch sicher auch noch gerufen werden, oder nicht?«

»Die ist bereits informiert«, versicherte Buchner ihm. Kaum hatte er ausgesprochen, tauchte auf der Landstraße auch schon ein Streifenwagen mit eingeschaltetem Blaulicht und Sirene auf, der sich zügig dem Kloster näherte.

Während die Rettungssanitäter in ihren Wagen stiegen und

ein Stück zurücksetzten, kam der Polizeiwagen auf den Platz vor dem Brunnen gefahren. Ein Polizist in Uniform stieg aus, ein Mann um die vierzig, mit mittelblonder Kurzhaarfrisur, die gleich darauf unter der Dienstmütze verschwand.

»Guten Tag, Bruder Johannes.« Er gab dem Mönch die Hand und nickte Dr. Randerich zu. »Ich bin hergekommen, so schnell ich konnte. Was ist denn passiert?«

»Guten Tag, Herr Pallenberg. Einer unserer Gäste, Herr Bernd Wilden«, der Mönch deutete auf die unter dem Tuch liegende Gestalt, »ist im Brunnen tot aufgefunden worden.«

Der Polizeibeamte sah von einem zum anderen. »Wer hat den Mann gefunden?«

»Ich, mithilfe von Kater Brown«, antwortete Alexandra und trat ein Stück näher.

»Das sind Frau Berger und Herr Rombach«, stellte Bruder Johannes sie beide vor. »Sie sind Gäste in unserem Haus.«

»Polizeiobermeister Pallenberg.« Der Polizist reichte ihnen die Hand. »Mithilfe von Kater Brown?«, hakte er nach. »Wie soll ich das verstehen?« Als Alexandra ihm schilderte, was sich zugetragen hatte, musste er trotz der ernsten Angelegenheit schmunzeln. »Das ist ja unglaublich! Sie sollten versuchen, ihn als Trüffelschwein einzusetzen, Bruder Johannes. Vielleicht lässt sich mit dem Kater ja ein Vermögen machen.« Sofort wurde er wieder ernst. »Kann ich?«, fragte er, hockte sich hin und hob die Decke hoch, um die Leiche zu begutachten. »Hm«, machte er und zog Einweghandschuhe aus der Jackentasche. Nachdem er sie recht mühsam übergestreift hatte, drehte er den Kopf des Toten einmal in die eine und dann in die andere Richtung. Dann schüttelte er den Kopf, erhob sich und trat zu Dr. Randerich, um sich kurz mit ihm zu unterhalten.

»Ziemlich klarer Fall, denke ich«, erklärte Pallenberg

schließlich. »Der Mann ist allem Anschein nach in den Brunnen gestürzt. Dabei hat er sich diese Verletzungen zugezogen, die zu seinem Tod geführt haben.«

»Und wenn er gestoßen wurde?«, wandte Alexandra ein.

Die Umstehenden schauten sie erschrocken an.

Der Polizist runzelte die Stirn. »Warum sollte ihn jemand gestoßen haben?«

»Ich sage ja nicht, dass ihn jemand gestoßen *hat*«, stellte sie klar. »Ich meine nur, dass es *möglich* ist. Jedenfalls finde ich, dass man diese Möglichkeit nicht von vornherein ausschließen sollte.«

»Entschuldigen Sie, Frau ...«

»Berger«, antwortete sie. »Alexandra Berger.«

»Ja, Frau Berger. Was machen Sie beruflich?« Pallenbergs Stimme war anzuhören, dass er sich bemühte, nicht aufzubrausen.

»Ich bin Reisejournalistin.«

»So, so.« Er nickte nachdenklich. »Hm, wenn ich so darüber nachdenke, sollten Sie im Augenblick untersuchen, was hier den Touristen geboten wird. Aber es ist ganz sicher nicht Ihre Aufgabe, sich in die Arbeit der Polizei einzumischen, von der Sie keine Ahnung haben.«

»Prinzipiell muss ich Ihnen recht geben, allerdings besteht der Unterschied darin, dass ich durch diesen Zwischenfall von meiner Arbeit abgehalten werde – während ich bei Ihnen das Gefühl habe, dass Ihre Arbeit etwas ist, das Sie von etwas Angenehmerem abhält.«

»Okay, Miss Spitzfindigkeit, ich werde Ihnen jetzt mal erzählen, wie das hier läuft«, antwortete er. »Es spricht alles für einen Unfall und sehr, sehr wenig für eine andere Todesursache, wie mir Doktor Randerich soeben bestätigt hat. Wie Sie sehen, versehe ich momentan meinen Dienst völlig allein, was eigentlich gegen die Vorschriften verstößt. Aber weil sich heute in Trier ein paar Demonstranten die Beine vertreten müssen, ist jeder irgendwie abkömmliche Beamte hier aus der Gegend abgezogen worden. Die Jungs von der Spurensicherung stehen ebenfalls nicht zur Verfügung. Der Gerichtsmediziner liegt nach einem Motorradunfall mit ein paar Knochenbrüchen im Krankenhaus, und sein Vertreter aus Hückelhoven war eben nicht erreichbar, weil sein Team und er zu einer Flussleiche gerufen worden sind. Ich kann also im Augenblick gar nichts tun. Ich verfüge weder über die Ausrüstung, um Spuren zu sichern, noch bin ich in der Lage, den Knaben da zu sezieren, um festzustellen, ob ihn womöglich irgendjemand mit einem Kissen erstickt oder ihm K.-o.-Tropfen verabreicht hat, um ihn anschließend in den Brunnen zu werfen.«

»Das heißt, Sie erklären einen Todesfall einfach so zum Unfall? Ich kann es gar nicht fassen, dass ich das tatsächlich höre«, sagte sie und sah zu Tobias, von dem sie eigentlich Unterstützung erwartet hätte. Doch er stand nur schweigend da.

Pallenberg seufzte. »Wie gesagt, vor Montag habe ich keine Hilfe von der Gerichtsmedizin und der Spurensicherung zu erwarten.«

»Bis dahin könnte ein Täter doch längst über alle Berge sein, und zwar im wörtlichen Sinn«, gab Alexandra zu bedenken. »Sie können doch kein Interesse daran haben, ein solches Risiko einzugehen.«

Pallenberg ließ sich von ihren Worten nicht beeindrucken. »Noch einmal, Frau Berger: Ob es mir gefällt oder nicht – im Augenblick sind mir einfach die Hände gebunden, da Spusi und Gerichtsmedizin anderswo im Einsatz sind. Bitte akzeptieren Sie das!«

»Ja, aber Sie müssen doch irgendwas unternehmen. Wenn ihn jemand umgebracht hat …«

Der Polizist bedeutete ihr mit einer wirschen Handbewegung zu schweigen. »Dann verraten Sie mir doch mal, welches Motiv jemand gehabt haben sollte, diesen Mann umzubringen!«

»Es ist doch nicht *meine* Aufgabe, nach den Motiven zu suchen!«

Pallenberg zuckte mit den Schultern, ging auf ihre Bemerkung aber gar nicht weiter ein. »Ich werde nun eine Reihe von Fotos machen, die der Spurensicherung hoffentlich weiterhelfen werden, und dann kommt unser Toter in die Kühlkammer. Sobald sich einer der Polizeimediziner um ihn kümmern kann, wird das passieren, und dann wird sich ja zeigen, ob wir es mit einem Mord zu tun haben.«

»Und es stört Sie nicht, dass Sie möglicherweise einen Mörder entwischen lassen?«

»Wen soll ich denn festnehmen? Jeden, der Ihrer Meinung nach etwas mit dem Tod des Mannes zu tun haben könnte?«, fragte er ironisch. »Vielleicht sollte ich dann das Kloster beschlagnahmen. Auf der Wache habe ich nämlich nur eine Zelle für zwei Personen zur Verfügung.«

»Sie müssen sich nicht über mich lustig machen!«

»Dann erzählen Sie mir nicht, wie ich meine Arbeit zu erledigen habe. *Ich* muss mich bei meinem Vorgesetzten rechtfertigen.«

Mit diesen Worten ging er zu seinem Wagen, telefonierte kurz und kam wenig später mit einer Digitalkamera zurück zu der Gruppe. Dann fotografierte er den Toten und den Brunnenschacht sorgfältig aus den unterschiedlichsten Winkeln. Als er fertig war, sagte er zu Dr. Randerich: »Der Leichenwagen ist angefordert. Würden Sie noch auf ihn warten? Ich werde noch woanders gebraucht.«

Der Arzt nickte. »Kein Problem. Vorausgesetzt, es wickelt

sich in der Zwischenzeit nicht wieder irgendein Raser um den nächsten Baum.«

Pallenberg nickte den Anwesenden knapp zu und ging zu seinem Wagen. Kurz darauf brauste er mit quietschenden Reifen in Richtung Landstraße davon.

Alexandra, Tobias, Bruder Johannes und der Notarzt sahen dem Polizeiauto schweigend nach.

»Wenn es ein Mord war, dann hat der Täter also jetzt die Gelegenheit, unbehelligt zu entkommen«, murmelte Tobias nach einer Weile ärgerlich.

»Ganz genau.« Alexandra drehte sich zu Bruder Johannes um.

Der schüttelte nur betrübt den Kopf, ehe er erklärte: »Ich habe davon gehört, dass es aufgrund seiner Dienstzeiten in Pallenbergs Ehe Probleme gibt, vielleicht ist das ja der Grund, dass er so reagiert.«

Dr. Randerich räusperte sich. »Herr Pallenberg war in letzter Zeit großem Stress ausgesetzt. Sie haben vielleicht von diesem schrecklichen Unfall mit einem Reisebus am Grenzübergang Vetschau gehört ... Ich weiß, das ist keine Entschuldigung für Pallenbergs Verhalten, aber manchmal verschwört sich einfach alles gegen einen. Im Ort erzählt man sich, dass er sich schon seit einiger Zeit um einen Termin beim Polizeipsychologen bemüht.«

Tobias war hellhörig geworden. »Der Unfall mit den vierzehn Toten?«

»Neunzehn«, sagte der Arzt. »Darunter befanden sich vier von Pallenbergs Kollegen. Das Ganze glich einem Massaker. Herr Pallenberg war bei der Bergung der Toten dabei.«

Alexandra schüttelte den Kopf. Zugegeben, der Polizist schien es tatsächlich nicht leicht zu haben, aber dennoch blieb sie bei ihrer Meinung: Polizeiobermeister Pallenberg hatte den Todesfall vorschnell zu einem Unfall erklärt und gab so einem möglichen Täter die Gelegenheit, Beweise zu vernichten und ungeschoren davonzukommen! Hätte der Polizist sich nur ein Mal kurz umgehört, hätte er herausgefunden, dass es mehr als genug Kandidaten gab, die Wilden zu Lebzeiten liebend gern den Hals umgedreht hätten. Sie selbst hatte innerhalb kürzester Zeit gleich mehrere unerfreuliche Begegnungen mit diesem Mann gehabt. Wie musste es da erst für seine Mitarbeiter gewesen sein, ständig Wildens Attacken ausgesetzt zu sein und sich nicht dagegen zur Wehr setzen zu können?

Bruder Johannes' Handy kündigte den Eingang einer SMS an, und er sah kurz auf das Display. »Frau Berger, wären Sie so freundlich, zusammen mit Doktor Randerich hier zu warten, bis der Leichenwagen Herrn Wilden abgeholt hat? Es wäre ein wenig pietätlos, wenn wir den Toten einfach da liegen lassen würden. Ich werde jetzt in einer wichtigen Angelegenheit im Kloster gebraucht, und ...«

»Ja, schon gut, ich warte hier«, versicherte sie ihm. »Aber hoffentlich kommt der Bestatter bald! Ich möchte nämlich nicht noch heute Mittag hier stehen und Totenwache halten.«

Langsam ging sie zurück zur Bank, auf der Kater Brown inzwischen eingeschlafen war. Als sie sich zu ihm setzte und vorsichtig seinen Bauch zu kraulen begann, schreckte der Kater mit einem leisen Fauchen hoch. Doch als er Alexandra erkannte, reckte er sich und kletterte dann auf ihren Schoß, um sich dort zusammenzurollen.

Tobias wechselte derweil ein paar Worte mit Dr. Randerich, dann ging er recht zielstrebig zum Parkplatz, wo er sich eine Zeitlang an Wildens Wagen aufhielt. Schließlich kam er gemächlich zurück und setzte sich neben Alexandra. Langsam streckte er eine Hand aus und strich Kater Brown vorsichtig über den Rücken.

»Keine Angst, der kratzt nicht«, sagte Alexandra.

»Angst hab ich nicht, ich habe nur keine Erfahrung mit Katzen. Meine Eltern hatten immer Hunde, auch jetzt noch. Aber ich habe mir nie einen eigenen zugelegt, weil ich weiß, dass ich durch den Job niemals genug Zeit hätte, mich um das Tier zu kümmern.«

»Ja, so geht's mir mit Katzen«, gestand sie ihm. »Ich würde gern ein Pärchen bei mir aufnehmen, doch dann hätte ich zum Beispiel für dieses Wochenende jemanden bitten müssen, sich um die beiden zu kümmern.« Sie grinste schief. »Und wahrscheinlich hätte ich jetzt trotzdem keine Ruhe, weil ich ständig darüber nachdenken würde, ob es ihnen gut geht oder ob sie vielleicht irgendetwas angestellt haben.«

Tobias verzog den Mund. »Das sind halt die Opfer, die man für seinen Traumjob bringen muss.«

»Tja, man kann nicht alles haben«, murmelte sie und wechselte das Thema. »Du hast dir Wildens Wagen angesehen?«

Tobias nickte. »Ich weiß nicht. Auf dem Kiesuntergrund kann man keine Spuren ausmachen, allerdings habe ich ein paar Stellen entdeckt, an denen irgendetwas Rötliches oder Bräunliches auf die Steine getropft ist.«

»Blut?«

Er hob die Schultern. »Ich denke ja. Ich habe ein paar der Steine in ein Taschentuch gewickelt, aber das müsste in einem Labor untersucht werden. Außerdem sind mir eben am Rand des Brunnens blutige Schleifspuren aufgefallen ...«

Alexandra schob den Kater vorsichtig vom Schoß und lief aufgeregt zu dem alten Brunnen hinüber. Schnell hatte sie die roten Spuren entdeckt und betrachtete sie nachdenklich.

Als sie zu Tobias zurückkehrte, waren ihre Wangen vor Aufregung gerötet. »Du, die ganze Sache wird immer ominöser. Ich glaube nicht mehr an einen Unfall! Eigentlich müssten wir jetzt Pallenberg anrufen.«

Tobias winkte ab. »Der dann herkommt und Fotos von den Kieselsteinen und der Blutspur macht. Nee, das bringt nichts.«

»Dieser Polizist ist ein echter Idiot«, brummte sie. Eindringlich schaute sie Tobias an. »Stell dir vor, wir haben recht und jemand hat Wilden tatsächlich ermordet ...«

»Dann hat derjenige sicher eine Menge Leute sehr glücklich gemacht«, warf Tobias ein.

»Das will ich gar nicht abstreiten, aber trotzdem soll der Täter nicht ungestraft davonkommen. Ich finde das einfach nicht richtig.« Sie setzte sich und brütete düster vor sich hin. »Hör mal, das klingt jetzt völlig ... verrückt. Aber stell dir mal vor, Wilden wurde tatsächlich umgebracht und Pallenberg selbst war der Täter ... oder jemand, den er schützen will.«

»Du hältst es für möglich, dass ein Polizist einen Mord begeht und ihn dann höchstpersönlich zu einem Unfall erklärt?« Tobias zog die Brauen zusammen. »Ich habe schon Mühe, mir den ersten Teil deiner Theorie vorzustellen! Ein Polizist, der hingeht und einen anderen umbringt ...«

»Polizisten sind auch nur Menschen«, wandte sie ein. »Nur weil sie das Gesetz vertreten, heißt das nicht, dass sie vor niederen Regungen gefeit sind. Es hat beispielsweise schon Eifersuchtsdramen unter Polizisten gegeben. Außerdem reden wir hier über einen Mann wie Bernd Wilden. Der hat sich mit jedem im Kloster angelegt, mit dem Personal genauso wie mit uns. Ich glaube nicht, dass er vor einem Streit mit einem Polizisten zurückgeschreckt wäre. Angenommen, er hat sich im Ort von Pallenberg ungerecht behandelt gefühlt und ihm damit gedroht, sich bei seinen Vorgesetzten bis hin zum Polizeipräsidenten oder an noch höherer Stelle zu beschweren, oder angenommen, er hatte sogar was gegen Pallenberg in der Hand, was den Polizeiobermeister seinen Posten gekostet hätte, dann … na ja, dann wäre das doch ein Grund, Wilden aus dem Weg zu räumen und das Ganze als Unfall abzutun, damit niemand auf die Idee kommt, gegen ihn zu ermitteln.«

Tobias fuhr sich mit der freien Hand durchs Haar und sah sie prüfend von der Seite an. »Du hast doch irgendetwas vor, richtig?«

Sie rang sekundenlang mit sich, ob sie ihm sagen sollte oder nicht, welchen Entschluss sie soeben gefasst hatte. Aber dann sah sie ein, dass es nichts bringen würde, wenn sie es ihm verschwieg. Tobias musste ihr nur eine Weile auf den Fersen bleiben. Spätestens dann würde ihm klar werden, was sie vorhatte. »Ich glaube, ich werde ein bisschen Detektiv spielen und selbst auf Spurensuche gehen.«

Kater Brown hob den Kopf und schaute blinzelnd von Alexandra zu diesem Tobias. Der Mann streichelte ihn so zaghaft! Wirklich angenehm war das nicht. Am liebsten hätte Kater Brown die Krallen ausgefahren und diesem Zauderer einen leichten Hieb versetzt. Aber davon wollte er vorerst noch mal absehen. Der Mann schien Angst vor ihm zu haben. Kater Brown schnupperte an dem Männerarm. Na, das hätte er sich ja denken können! Auch wenn der Duft nur sehr schwach an ihm haftete, roch Tobias eindeutig nach Hund! Bestimmt war das der Grund für seine Angst: Mit diesen dummen Hundeviechern, die sich von den Menschen dressieren und herumkommandieren ließen, kannte Tobias sich aus. Aber er hatte keine Ahnung, wie er mit einem Exemplar einer höheren Spezies umgehen sollte. Na gut, zumindest begegnete er Katzen mit Respekt und Interesse. Nun, da wollte Kater Brown mal nicht so sein und ihn gewähren lassen. Später konnte er noch immer versuchen, Alexandra die andere Entdeckung zu zeigen, die er gemacht hatte. Das musste ja nicht sofort sein. Auf Alexandras Schoß war es viel zu gemütlich …

7. Kapitel

»Du willst also Detektiv spielen!« Tobias grinste. »Und wie willst du das anstellen? Du kannst Pallenberg doch nicht ernsthaft einem Verhör unterziehen wollen.«

»Natürlich nicht«, erwiderte Alexandra. »Er muss ja auch gar nicht der Täter sein! Aber von seiner Person einmal abgesehen, können wir die Leute im Hotel doch befragen. Vielleicht hat jemand etwas Verdächtiges gehört oder gesehen, das uns weiterhelfen kann.«

»Äh ... kurze Zwischenfrage«, sagte er ein wenig irritiert. »Hast du gerade bewusst von *wir* gesprochen? Oder war das nur so dahingesagt?«

Sie sah ihn lange schweigend an. Tatsächlich war das ein Reflex gewesen, denn auch wenn sie sich nicht als Teil eines Zweierteams sah, hatte sie Tobias automatisch in ihr Vorhaben einbezogen. Bestimmt lag es nur daran, dass er der Einzige war, den sie hier kannte. Eine andere vernünftige Erklärung gab es dafür nicht. »Willst du mir etwa weismachen, du kümmerst dich weiter um deine Reisereportage, wenn es hier möglicherweise einen Mord aufzuklären gibt? Oder hältst du meine Überlegungen etwa für völlig abwegig?«

»Deine Theorie ist nicht abwegig«, stellte er klar, »auch wenn ich, wie gesagt, prinzipiell Schwierigkeiten damit habe, mir Pallenberg als Mörder vorzustellen. Aber wenn ich andererseits sehe, wie sich Wilden jedem gegenüber aufgeführt hat, dann möchte ich nicht ausschließen, dass irgendjemand ihn in den Brunnen gestoßen hat. Was ich nur nicht verstehe ...

Wieso möchtest du jetzt mit mir zusammenarbeiten, Alexandra?«

»Natürlich würde ich mich auch allein auf die Suche nach der Wahrheit begeben. Aber ich kann mir nicht vorstellen, dass du dir eine solche Story entgehen lassen wirst. Eher fängst du ebenfalls an, zu recherchieren und Leute zu befragen. Und wenn du das machst, sind wir beide angeschmiert. Dann werden die Leute dich auf mich und mich auf dich verweisen. Bestenfalls würde jeder von uns verkürzte Antworten bekommen, die ein falsches Bild ergeben. Wir würden beide auf der Stelle treten und den Fall nicht lösen oder uns ständig zusammensetzen und unsere Informationen austauschen müssen.« Sie hob ein wenig frustriert die Schultern. »Da können wir auch gleich zusammen losziehen und gemeinsam die Leute befragen. Auf diese Weise kommen wir am besten voran.«

Er kratzte sich am Kopf. »Ich hätte nicht gedacht, dass dich so was begeistern könnte.«

»So was?«

»Na, in einem möglichen Mordfall zu ermitteln, meine ich.«

»Ach, das.« Sie machte eine abwehrende Handbewegung. »So was hat mich schon immer gereizt.«

Alexandra stand auf. Der Kater gab ein missbilligendes Miauen von sich und setzte sich so abrupt auf, dass Tobias ein wenig erschrocken zurückwich. Doch Kater Brown schien nicht nach ihm schlagen zu wollen, sondern sprang in einem großen Satz von der Bank. Miauend strich er um Alexandras Beine.

»Was hast du denn, mein Süßer? Ich laufe nicht weg.« Sie ging in die Hocke, und Kater Brown rieb nachdrücklich den Kopf an ihrem Knie. »Danke, dass du mir den Toten gezeigt hast. Ich werde versuchen herauszufinden, was dem Mann zugestoßen ist, okay?«

Kater Brown schnurrte, als wollte er sagen: Gute Idee! Dabei drückte er sich weiter an Alexandras Knie.

»Das kannst du doch nicht wirklich glauben!« Tobias lachte leise. »Du meinst im Ernst, Kater Brown hat dir die Leiche zeigen wollen!«

»Ja, davon bin ich überzeugt. Darum ist er die ganze Zeit auf dem Brunnenrand hin und her gelaufen: Damit ich einen Blick in den Schacht werfe. Er hat gewusst, dass da unten was ist. Und er wollte mich darauf aufmerksam machen ...« Als Alexandra sah, wie Tobias zweifelnd die Stirn runzelte, fügte sie hinzu: »Okay, vielleicht nicht ausschließlich mich, aber der Kater wollte jemandem seine Entdeckung im Schacht zeigen.«

Tobias wirkte immer noch nicht überzeugt.

»Du kannst darüber denken, wie du willst, doch Kater Brown wird dir vielleicht noch beweisen, dass er einen sechsten Sinn hat.«

Tobias stand ebenfalls auf und sah sich um. »Und womit willst du jetzt anfangen? Wir können Wilden ja nicht einfach so da liegen lassen.«

»Ich schlage vor, wir sehen ihn uns einmal etwas genauer an.« Ohne auf Tobias' Zustimmung zu warten, ging Alexandra zurück zu der Leiche, kniete sich hin und schlug die Decke zurück. Kater Brown schlenderte an ihr vorbei und setzte sich in gut einem Meter Abstand hin, um aus dieser Entfernung das weitere Geschehen zu beobachten.

»Ich wusste gar nicht, dass du auch immer davon geträumt hast, als Rechtsmedizinerin zu arbeiten«, neckte Tobias sie und hockte sich neben sie, während sie die Kopfhaltung des Toten studierte.

»Komiker«, brummte sie abgelenkt, dann gab sie einen missmutigen Ton von sich.

»Pass auf, gleich schlägt er die Augen auf und macht ›buh‹«, meinte Tobias leise.

Sie versuchte, es sich nicht anmerken zu lassen, aber wenn sie sich selbst gegenüber ehrlich war, dann lauerte tatsächlich irgendwo in ihrem Kopf diese irrationale Angst.

»Da klebt zu viel getrocknetes Blut an seinem Schädel«, murmelte sie. »Es ist nichts zu erkennen.«

Tobias wurde angesichts des Toten schnell wieder ernst. »Wonach suchst du denn?«

»Nach einem Hinweis darauf, dass ihn jemand niedergeschlagen hat, ehe er in den Brunnen geworfen wurde.«

»Da kannst du lange suchen. Wilden ist eindeutig mit dem Kopf auf dem Grund aufgeschlagen. Das war ja an seiner Lage im Brunnen zu erkennen. Etwas anderes kann man vielleicht mit etwas Glück noch bei der Autopsie feststellen. Aber wie kommst du überhaupt darauf, dass er zuvor niedergeschlagen worden ist?«

»Na, überleg mal! Er muss zumindest ohnmächtig gewesen sein, als der Täter ihn in den Brunnen geworfen hat, sonst hätte er geschrien, und das hätte man hören müssen. Du musst bedenken, wie toten... wie mucksmäuschenstill es hier vergangene Nacht war. Jedes Geräusch wird durch die Dunkelheit getragen, und wenn ich in meinem Bett liege und höre Schritte vom anderen Ende des Korridors, dann hätte ein Aufschrei das ganze Klosterhotel aufwecken müssen.« Sie legte nachdenklich den Kopf schräg. »Vielleicht war Wilden vor dem Aufprall sogar schon tot, immerhin konnte der Täter nicht mit Gewissheit sagen, dass Wilden sich bei dem Sturz in den Schacht das Genick brechen würde. Hätte er ihn überlebt und um Hilfe gerufen, wäre man bald auf ihn aufmerksam geworden. Und nach seiner Rettung hätte er den Täter identifizieren können.«

»Ein Aufprall mit dem Schädel auf dem Brunnenboden ist meiner Ansicht nach nichts, was man überleben kann …«

»Wenn die Person genau mit dem Kopf voran aufschlägt, dann sicher nicht«, pflichtete sie ihm bei. »Sie könnte beim Sturz jedoch in eine Schräglage geraten, wenn sie auf einer Seite von der Innenwand abprallt und sich zu drehen beginnt. Nein, Wilden war bestimmt schon tot. Oder so schwer verletzt, dass er gar keine Chance hatte, aus der Ohnmacht zu erwachen.«

Tobias sah sie nachdenklich an. »Liest du eigentlich viele Krimis? Oder hast du wirklich eine so blühende Fantasie?«

»Das hat mit Fantasie wenig zu tun. Wenn du dir die Fakten ansiehst und dann die Möglichkeiten in Erwägung ziehst, die infrage kommen, dann landest du zwangsläufig bei diesen Überlegungen.« Sie lächelte ihn flüchtig an, dann stutzte sie und sprang auf. »Warte hier, ich bin gleich wieder da.« Alexandra lief auf den Feldweg, überquerte den Parkplatz bis zu ihrem Wagen, holte einen kleinen Beutel aus dem Handschuhfach und eilte zurück zum Brunnen. »Hier, zieh die an!«, forderte sie Tobias auf und hielt ihm ein Paar Latexhandschuhe hin, während sie das andere Paar anzog.

»Hey, Augenblick mal, ich packe den Toten nicht an!«

»Red keinen Blödsinn!«, konterte sie. »Ich möchte doch nur seine Taschen durchsuchen. Wenn sie Wilden erst mal in die Kühlkammer des Leichenschauhauses gebracht haben, kommen wir nicht mehr an ihn ran. Ich möchte aber sichergehen, dass er nicht irgendetwas bei sich trägt, das uns einen Hinweis auf den Täter geben könnte.«

»Zum Beispiel ein Zettel mit dem Namen seines Mörders? Oder dessen Visitenkarte?«, fragte Tobias mit einem mitleidigen Lächeln.

Alexandra hielt kurz inne und sah ihn an. »Wenn du vorhast, dich über jede meiner Bemerkungen lustig zu machen, kannst du meinen Vorschlag gleich vergessen. Bin gespannt, wie weit du allein kommst.«

»Hey, hey, ist ja schon gut! Ich hab's nicht so gemeint.«

»Vielleicht ist da ja irgendetwas, das uns weiterhilft. Ein Zettel mit einer Uhrzeit und einem Treffpunkt oder eins dieser Streichholzheftchen aus einem Lokal hier aus der Gegend. Oder eine Quittung, die uns verrät, wo Wilden war, bevor er gestern Abend zum Kloster zurückgekommen ist. Falls er tatsächlich noch irgendwo anders war.«

Während Tobias hastig die Einweghandschuhe überstreifte, zog Alexandra aus der Hemdtasche einen Zettel, an dem etwas getrocknetes Blut klebte. Sie faltete ihn auseinander. Darauf waren verschiedene Posten addiert. Einige der Zahlen wurden durch einen Buchstaben ergänzt, der alles Mögliche bedeuten konnte.

»Und?«

»Keine Ahnung, was es damit auf sich hat«, antwortete sie. »Wenn ich die Zahlen addiere, komme ich auf ein anderes Ergebnis. Vermutlich stehen die einzelnen Positionen für irgendetwas, und es geht gar nicht um eine Addition ...« Sie legte den Zettel zur Seite, dann gab sie Tobias ein Zeichen, ihr erst Wildens rechte und dann die linke Hosentasche aufzuhalten.

Sie förderte eine Geldbörse, eine Brieftasche, zwei verpackte Kondome und ein Päckchen Kaugummi zutage und steckte es in den Plastikbeutel. »Das ist alles«, erklärte sie. »Und wo ist sein Handy?«

»Vielleicht liegt es noch im Wagen«, überlegte er.

»Wer hat inzwischen den Schlüssel? Oder steckt der noch?«

»Nein, ich glaube, den hat Bruder Johannes an sich genommen, damit der Wagen nicht gestohlen wird.«

»Dann fragen wir ihn gleich danach, sobald der Leichenwagen Wilden abgeholt hat«, entschied sie. »Mit Bruder Johannes müssen wir sowieso noch reden. Wir sollten nämlich seine Erlaubnis einholen, bevor wir uns im Klosterhotel umhören.«

In diesem Moment näherte sich auf der Landstraße ein Leichenwagen und bog in die Zufahrt zum Klosterhotel ein. Zwei Männer in dunklen Anzügen stiegen mit ernster Miene aus. Tobias ging ihnen entgegen, unterhielt sich kurz mit ihnen und kam zu Alexandra zurück. »Wir können jetzt gehen, die Herren kümmern sich um alles Nötige. Wann sehen wir uns das an?« Er deutete auf den Plastikbeutel mit Wildens Besitztümern, den Alexandra in der Hand hielt.

»Damit beschäftigen wir uns später.« Sie dachte kurz nach. »Weißt du was? Ich lege die Sachen in meinen Wagen. Da kommt wenigstens kein Unbefugter dran. Wenn ich das in meinem Zimmer deponiere, bekomme ich vielleicht noch ungebetenen Besuch.«

»Meinst du, der Täter hätte nicht sofort dafür gesorgt, etwas Belastendes beiseitezuschaffen?«

»Vielleicht wurde er gestört und hatte dafür keine Zeit mehr. Das würde auch erklären, warum bei Wildens Wagen der Zündschlüssel noch steckte.«

»Hm«, machte Tobias, während er neben ihr her mit zu ihrem Auto ging. »Dann dürfte der Täter die Sache aber nicht von langer Hand geplant haben.«

»Mord im Affekt. Oder er ist mit seinem Plan von falschen Voraussetzungen ausgegangen«, hielt sie dagegen. »Vielleicht ist ihm Wilden an der falschen Stelle über den Weg gelaufen. Er musste daraufhin improvisieren, und anstatt ihn drüben am Brunnen niederzuschlagen, musste er ihm auf den Parkplatz nachlaufen. Und als er dann den bewusstlosen oder womöglich schon toten Wilden beseitigen wollte, näherte sich ihm jemand Drittes. Dann hat der Täter Wilden in aller Eile zum Brunnen geschafft und in den Schacht geworfen und ist danach ins Kloster zurückgekehrt, um nicht gesehen zu werden.«

Sie schloss den Kofferraum auf und versteckte die Habseligkeiten des Toten unter einer Decke.

»Also müssten wir herausfinden, ob sonst noch jemand so spät ins Kloster zurückgekehrt ist, der Gefahr lief, den Täter zu entdecken«, überlegte er. »Vielleicht hat dieser Jemand ja irgendetwas beobachtet.«

Seite an Seite verließen sie den Parkplatz. »Nicht unbedingt. Wenn Wilden sich mit jemandem verabredet hatte, mit dem er sich hier am Kloster treffen wollte, um danach mit ihm irgendwohin zu fahren, dann könnte sich der Täter von Bernd Wildens Bekanntem gestört gefühlt haben. Dieser Unbekannte hätte dann eine Weile auf Wilden gewartet und wäre irgendwann, als Wilden nicht am Treffpunkt erschien, unverrichteter Dinge wieder abgefahren.«

»Ich weiß nicht, Alexandra«, seufzte er. »Ich glaube, du machst da irgendwas verkehrt.«

»Wieso?«

»Na ja, normalerweise versucht der Kommissar bei einem Mordfall, den Täterkreis einzugrenzen. Du dagegen bringst immer noch mehr Leute ins Spiel, die mit Wildens Tod etwas zu tun haben könnten – wobei es ja nach wie vor reine Spekulation ist, dass hier überhaupt ein Verbrechen stattgefunden hat.«

»Ich bin immer mehr davon überzeugt, dass es ein Verbrechen war«, erwiderte sie. »Da passen einfach zu viele Dinge nicht zusammen.«

»Manchmal ist die simpelste Erklärung auch die richtige«,

konterte Tobias. »Wilden ist zu seinem Wagen gegangen und hat gemerkt, dass er etwas vergessen hat. Daraufhin ist er zum Kloster zurückgelaufen, und weil er so in Eile war, ist er gestolpert und dann so unglücklich gefallen, dass er kopfüber in den Brunnenschacht gestürzt ist. Fertig. Unfall. Schluss. Aus.«

Alexandra lachte. »Also weißt du ... Gut, dass du keine Krimis schreibst! Bei dir würde der ausgeklügeltste Mord nach zwei Seiten aufgeklärt, beispielsweise weil der Täter dummerweise eine Webcam übersehen hat und bei der Tat gefilmt worden ist. Der Kommissar konfrontiert ihn mit den Aufnahmen, der Täter gesteht. Fertig. Schluss. Aus. Und dann stehst du mit zweihundertachtundneunzig leeren Seiten da.«

»Platz genug für eine ausgiebige Sexszene zwischen dem Kommissar und der attraktiven Täterin.«

Alexandra verdrehte die Augen. »Warum sollten die beiden Sex haben?«

»Braucht man denn dafür einen Grund? Die beiden nutzen einfach die günstige Gelegenheit.«

Alexandra sparte sich jeden Kommentar. Sie nickte den Männern vom Beerdigungsinstitut zu, die den Toten in einen Metallsarg gebettet und in ihren Wagen geladen hatten und soeben abfuhren. Kater Brown lag nun dort, wo sich eben noch Wildens Leiche befunden hatte, und putzte sich ausgiebig, während er sich die Sonne auf den Rücken scheinen ließ.

Bei ihm angekommen, hockte sich Alexandra kurz hin, um den Kater zu streicheln. »Sieh mal«, sagte sie zu Tobias. »Je nachdem, wie die Sonnenstrahlen auf sein Fell fallen, sieht er gar nicht schwarz aus, sondern mehr dunkelbraun. Aber komm, lass uns jetzt zu Bruder Johannes gehen! Vielleicht kann er uns ja den einen oder anderen Tipp geben.«

Sie richtete sich auf, was Kater Brown offenbar als Aufforderung deutete, die Putzstunde zu unterbrechen. Jedenfalls sprang er auf und stellte sich so vor Alexandra hin, dass er sich gegen ihre Schienbeine drücken konnte.

»Was ist denn mit dir los?«, fragte sie ihn und bückte sich, um ihm über den Kopf zu streicheln, doch Kater Brown machte bereits einen Satz nach oben, als wollte er ihr ein Stück entgegenkommen. Dann hatte er auch schon die Vorderpfoten um ihren Unterarm geschlungen. »Autsch«, rief sie leise, als sie die Krallen spürte, die sich glücklicherweise nur leicht in ihre Haut drückten. »Du willst wohl getragen werden, wie?«

Tobias schaute interessiert zu, wie Alexandra den Kater hochhob und so gegen sich legte, dass er die Vorderpfoten über ihre Schulter baumeln lassen konnte. Von dieser Warte aus hatte er freie Sicht nach hinten, doch im Moment reckte er den Hals und verdrehte den Kopf nach rechts, wo Tobias stand. Dabei war der weiße Fleck an der Kehle des Tiers deutlich zu sehen, der durch seine längliche Form tatsächlich etwas von dem weißen Kragen eines Geistlichen hatte.

»Jetzt bist du doch da, wo du sein wolltest, du Räuber«, sagte Tobias. »Was guckst du mich also so an?«

»Es könnte nicht schaden, wenn man dabei auch noch gekrault wird.« Alexandra lachte. »Immerhin habe ich jetzt dafür keine Hand mehr frei.«

»Na gut, aber wehe, der kratzt mich!« Er streckte die Hand aus. Kater Brown kam ihm sofort mit dem Kopf entgegen und rieb sich genüsslich an Tobias' Fingern.

Alexandra betrat mit dem Tier auf dem Arm und Tobias im Schlepptau das Foyer. Am Empfangstresen blieb sie stehen und sah sich um. Die Tür zum Refektorium stand offen. In dem großen Raum hielten sich einige der Leute auf, die zuvor draußen um den Brunnen herumgestanden hatten. Sie unterhielten sich leise miteinander; vermutlich standen sie noch unter Schock.

Aus dem Büro hinter der Empfangstheke kam Bruder Andreas. Er lächelte sie an.

»Normalerweise sollte Bruder Johannes um diese Zeit in der Verwaltung sein«, ließ der Mönch sie wissen, nachdem er sie nach ihren Wünschen gefragt hatte. »Aber heute ist ja alles andere als ein normaler Tag. Dieser schreckliche Unfall ...« Der Mann zuckte die muskulösen Schultern und schaute betreten drein. »Einen Moment.« Er ging nach hinten ins Büro und zog dabei ein Handy aus der Tasche.

»Ich wusste gar nicht, dass du auf Schwarzenegger-Klone stehst«, merkte Tobias leise an, als er den Mönch im Nebenraum telefonieren hörte. »Oder habe ich deine interessierten Blicke gerade missverstanden?«

»Unsinn«, wisperte Alexandra. »Ich habe bei seinem Anblick nur überlegt, dass jemand mit solchen Muskelpaketen keine Mühe haben dürfte, einen kleineren Mann niederzuschlagen und ihn dann in den Brunnen zu werfen. Ist doch vorstellbar, dass der Täter im Kreise der ...« Sie brach ab, weil Bruder Andreas wieder zu ihnen trat.

»Bruder Johannes kommt Ihnen entgegen. Wenn Sie an der Treppe zum ersten Stock warten möchten ...«

»Ah, gut, vielen Dank«, sagte Alexandra und verzog ein wenig das Gesicht, da sich Kater Brown nun etwas fester in ihre Schulter krallte.

»Du, warte mal«, flüsterte Tobias ihr zu. »Was ist eigentlich, wenn Bruder Johannes Wilden ermordet hat? Du erzählst ihm, was du vermutest und was du vorhast, und der Mann ist vorgewarnt. Du bringst dich damit womöglich selbst in Gefahr ... und mich gleich mit.«

Sie blieb stehen und drehte sich zu ihm um. »Jetzt spinnst

du aber wirklich! Ich verstehe dich nicht. Hast du Angst um mich oder um dich?«

»Weder noch. Ich frage mich nur, ob es so klug ist, irgendwelche Reaktionen herauszufordern.«

»Tobias, wir müssen mit unseren Befragungen irgendwo anfangen, und Bruder Johannes ist dafür unsere beste Wahl.« Sie warf einen raschen Blick nach links und rechts, um sicherzugehen, dass niemand sie belauschte. »Wir brauchen seine Erlaubnis, uns hier umzusehen. Außerdem hat er so viel Arbeit und Kraft in dieses Kloster gesteckt, da wird er doch nicht alles aufs Spiel setzen, indem er einen seiner zahlenden Kunden umbringt.«

»Vielleicht hat er ja dessen Nörgeleien nicht mehr ertragen«, gab Tobias nur halb im Ernst zurück.

Alexandra verzog den Mund. »Okay, pass auf, ich sag dir, was wir machen. Wir locken ihn einfach auf eine falsche Fährte, so wie ich das bei Wildens Mitarbeitern auch vorhabe. Das wird funktionieren.«

Tobias sah sie interessiert an. »Eine falsche Fährte? Davon hast du mir noch gar nichts gesagt.«

»Ist mir auch gerade erst eingefallen. Wir werden ...«

»Frau Berger? Herr Rombach?«, wurden sie von einer tiefen, etwas rauen Stimme unterbrochen.

Erst jetzt bemerkten sie, dass Bruder Johannes bereits einige Meter entfernt am Fuß der Treppe auf sie wartete.

»Da sind Sie ja«, sagte der Mönch, als sie ihn erreicht hatten. »Was kann ich für Sie tun?«

»Wir wollten uns gern kurz mit Ihnen unterhalten ... unter sechs Augen, wenn das möglich ist«, sagte Alexandra.

»Dann kommen Sie doch bitte mit in mein Zimmer, da sind wir auf jeden Fall ungestört.« Bei diesen Worten holte er sein Handy aus der Tasche und schaltete den Klingelton aus.

Sie folgten dem Mönch durch den Korridor, vorbei an den Quartieren seiner Mitbrüder und der Tür, die zum Kräutergarten führte. Der Gang knickte nach links ab und verlief dann quer zum ersten Flur. Schließlich gelangten sie in einen Raum, der mindestens dreimal so groß war wie Alexandras Unterkunft.

Beim Anblick des mächtigen Bücherregals, das die gesamte rechte Wand beanspruchte, entfuhr Alexandra ein Laut des Erstaunens.

»Ich weiß, was Sie jetzt denken«, erklärte Bruder Johannes schmunzelnd, »aber ganz so ist es nicht. Das hier ist das ehemalige Zimmer von Abt Bruno. Nachdem er uns … verlassen hatte, bestanden meine Brüder darauf, dass ich dieses große Zimmer bekomme – sozusagen als Dankeschön, weil ich mich so für den Erhalt des Klosters engagiert habe. Ich habe zwar versucht, mich dagegen zu sträuben … schließlich habe ich nur getan, was jeder andere auch getan hätte, aber sie haben so lange auf mich eingeredet, bis ich einlenken musste, um sie nicht zu beleidigen.« Er wies mit der Hand auf das ausladende Regal. »Auch bei den Büchern handelt es sich zu einem großen Teil um Abt Brunos private Sammlung, die er zurücklassen musste, als er Hals über Kopf von hier verschwand. Nachdem ich das Zimmer bezogen hatte, habe ich die Reihen gesichtet und einen kleinen Teil nach oben in die Bibliothek und einen anderen, weniger bedeutsamen Teil, in den Keller bringen lassen. Was Sie sehen, ist also zu … bestimmt neunzig Prozent oder mehr das Einzige, was unser Abt uns an Vermögenswerten zurückgelassen hat, als er sich mit dem Geld absetzte. Nur diese drei Reihen da rechts sind meine eigene Sammlung.«

»Ich dachte immer, wenn man in ein Kloster geht, lässt man all seine weltlichen Güter hinter sich zurück«, sagte Tobias. »Außer vielleicht ein Foto von einem lieben Menschen oder so was.«

»Das ist richtig«, bestätigte Bruder Johannes. »Aber wir bekommen ja auch manchmal etwas geschenkt ...« Ein schelmisches Lächeln umspielte seine Lippen. »Davon abgesehen, ist es den Mitgliedern unseres Ordens gestattet, in freien Zeit privaten Interessen nachzugehen. Sehen Sie, mein Steckenpferd sind spezielle Kriminalromane.« Voller Stolz zeigte er auf die drei Regalreihen. »Das sind alles Krimis, in denen ein Geistlicher bei einem Verbrechen ermittelt, Originalausgaben und deutsche Übersetzungen ...«

Tobias trat näher. »Also *Pater Brown* und so weiter?«

»Ja, damit hat es angefangen«, sagte der Mönch. »Das ist übrigens sehr interessant, weil die Figur des Pater Brown bei uns das Bild des ermittelnden Geistlichen geprägt hat, vor allem Rühmann in dieser Rolle. Er hat ihn ja auch gut gespielt, dagegen gibt es gar nichts einzuwenden. Aber es ist bei *Pater Brown* so wie bei vielen oder vielleicht sogar bei den meisten Literaturverfilmungen: Der Film hat mit der Vorlage ziemlich wenig zu tun.«

»Es bleibt nicht aus, dass Nebenhandlungen wegfallen müssen, weil sie alle gar nicht in einen eineinhalbstündigen Film gepackt werden können«, wandte Alexandra ein.

Bruder Johannes nickte. »Das stimmt. Aber es geht auch um viele Details, die unter den Tisch fallen. Da haben die Drehbuchautoren eine gut recherchierte Vorlage, und trotzdem basteln sie sich oft irgendwelchen Unsinn zusammen, weil sich ja leider alles der Dramaturgie und den *special effects* unterordnen muss. Doch da wir von *Pater Brown* reden ... Man darf die Schuld nicht allein dem Medium Film geben, denn da ist das Übel schon in der Vorlage zu finden.«

»Tatsächlich?«, hakte Alexandra nach, obwohl sie lieber mit ihm über Wildens Tod gesprochen hätte. Es war jedoch sinnvoller, den Mann erst einmal reden zu lassen. Wenn er in Redelaune war, würde er womöglich später ausführlicher auf ihre Fragen antworten. Würde sie ihm dagegen jetzt ins Wort fallen, konnte sie nachher möglicherweise nicht mehr auf seine Kooperation hoffen.

»Ja, Sie müssen dazu wissen, dass Gilbert Chesterton, der Brown erfunden hatte, ein überzeugter Anhänger des katholischen Glaubens war, so sehr sogar, dass Papst Pius XI. ihn nach seinem Tod mit dem Titel ›Verteidiger des Glaubens‹ ehrte. Chesterton benutzte die Kriminalfälle als Aufhänger, um sich für seine religiösen Ansichten einzusetzen. Davon ist in den Rühmann-Filmen nicht viel übrig geblieben ...«

»Ich bin mir auch nicht sicher, ob den Filmen mit einer allzu deutlichen religiösen Botschaft gedient gewesen wäre ...«, warf Alexandra ein.

»Ganz richtig, Frau Berger«, pflichtete er ihr bei. »Ein unterhaltender Film sollte den Zuschauer nicht belehren, dafür gibt es andere filmische Genres. Obwohl es auch anders geht. Ich weiß nicht, ob Sie je die englische *Pater-Brown*-Verfilmung mit Sir Alec Guinness gesehen haben, obwohl ... damals war er ja noch gar kein Sir. Es heißt, dass das Drehbuch und eine persönliche Begegnung mit Chesterton bei ihm einen so tiefen und bleibenden Eindruck hinterlassen haben, dass er daraufhin zum katholischen Glauben übergetreten ist.«

Alexandra sah zu Tobias. »Wusstest du das?«

»Ich dachte immer, er ist nach *Star Wars* dem Orden der Jedi-Ritter beigetreten«, kam dessen lapidare Antwort.

Bruder Johannes lachte erheitert auf. »Nein, ernsthaft, wenn Sie Chesterton im Original lesen, dann erwecken die Romane einen völlig anderen Eindruck, sowohl was die Charaktere angeht als auch die Botschaft, die er mit den Geschichten vermitteln wollte. In den ersten deutschen Ausgaben hat man vieles von dem einfach herausgestrichen, wohl weil man das für die deutschen Leser nicht für geeignet hielt. Deswegen hatten die deutschen Filme auch so wenig mit Chestertons Original zu tun.« Der Mönch zuckte mit den Schultern. »Zum Glück gibt es seit ein paar Jahren neue Übersetzungen, und die bleiben wenigstens dicht am Original.«

Ehe Alexandra auf den eigentlichen Grund ihres Kommens überleiten konnte, zog Bruder Johannes ein Taschenbuch aus dem Regal und hielt es ihnen kurz hin. Dann blätterte er darin und redete gleichzeitig weiter: »Was mich auch schon immer fasziniert hat, sind die Krimis von Harry Kemelman. Bestimmt haben Sie schon mal einen seiner Rabbi-Krimis in einer Buchhandlung gesehen.« Als er die fragenden Blicke seiner Gäste bemerkte, fügte er hinzu: »Die haben immer sehr eingängige Titel. Dieser hier zum Beispiel heißt *Am Freitag schlief der Rabbi lang*. Dadurch sind sie mir damals überhaupt erst aufgefallen, und ich muss sagen, sie sind sogar richtig lehrreich. Wissen Sie, ein Rabbi namens David Small ermittelt in den unterschiedlichsten Fällen, und ganz nebenbei erfährt man unglaublich viel über den jüdischen Glauben. Vor allem bekommt man diese Dinge in einem praktischen Zusammenhang erklärt, ohne dass man sich durch ein trockenes Sachbuch quälen muss.« Er stellte das Buch zurück ins Regal und zeigte auf verschiedene andere Romane. »Ich darf natürlich nicht Bruder Cadfael vergessen, geschaffen von der unvergleichlichen Ellis Peters, Gott sei ihrer Seele gnädig! Ich glaube, als sie diese Krimis schrieb, hatte sie schon Sir Derek Jacobi im Hinterkopf ... Er hat später im Fernsehen diesen Benediktinermönch Cadfael gespielt. Er war die ideale Besetzung.« Bruder Johannes lächelte versonnen. »Und die drei Figuren sind nur die bekanntesten Geistlichen, die dem Verbrechen auf der Spur sind. In den beiden unteren Reihen hier stehen noch mal über hundert Krimis mit anderen ›Kollegen‹, die im Namen des Herrn für Recht und Ordnung sorgen. Sie spielen zum Teil an ganz exotischen Schauplätzen, zum Teil aber auch gleich hier um die Ecke. Ich habe einiges zusammengetragen, doch es gibt immer noch Romane, die ich nicht habe ... Manchmal natürlich auch deshalb, weil sie nicht als deutsche Ausgabe erschienen sind und ich die jeweilige Originalsprache nicht beherrsche. Aber mein absoluter Favorit ist ...« Er unterbrach sich und warf Alexandra und Tobias einen auffordernden Blick zu. »Na, kommen Sie von selbst drauf?«

»Der Name der Rose?«, fragte Alexandra auf gut Glück.

Bruder Johannes lachte. »Ganz richtig. Ich habe sogar ein Exemplar mit einer Widmung von Umberto Eco.« Er seufzte leise. »Ich weiß, ich sollte so etwas eigentlich nicht sagen, weil es ja voraussetzt, dass sich ein Verbrechen ereignet hat, bei dem jemand zu Schaden gekommen ist, aber ... ich glaube, ich wäre ein sehr glücklicher Mann, könnte ich einmal so wie William von Baskerville ein Verbrechen aufklären.«

Das ist mein Stichwort, dachte Alexandra. »Ich habe das Gefühl, dass Ihr Wunsch erhört wurde.« Eigentlich hatte sie nicht so mit der Tür ins Haus fallen, sondern Bruder Johannes vorsichtig in die gewünschte Richtung dirigieren wollen, um ihn mit etwas Glück glauben zu machen, dass er ihnen selbst den Vorschlag unterbreitet hatte, sich im »Fall Wilden« einmal im Klosterhotel umzuhören. Aber wenn er ihr schon eine solche Gelegenheit bot, musste sie einfach zugreifen.

Bruder Johannes hatte die dunklen Brauen fragend in die Stirn gezogen. »Wie darf ich Ihre Bemerkung verstehen, Frau Berger?«

»Sie können sich sicherlich denken, dass es um Herrn Wilden geht«, begann Alexandra absichtlich etwas zögerlich, um feststellen zu können, inwieweit sie das Interesse des Mönchs wecken konnte. Davon wollte sie es abhängig machen, wie sehr sie den Mann in ihre Nachforschungen involvieren würde.

»Herr Wilden? Halten Sie seinen Tod denn nicht für einen Unfall?«

»Wir halten es für möglich, dass Bernd Wilden nicht in den Brunnen gestürzt ist. Es könnte sein, dass jemand nachgeholfen hat. Manches scheint darauf hinzuweisen.«

»Aber Polizeiobermeister Pallenberg ist doch der Ansicht, dass es bestimmt ein Unfall war.«

Alexandra musste sich zusammenreißen, um mit ihrer Meinung über den Polizisten hinterm Berg zu halten. »Pallenberg ist kein Rechtsmediziner, das hat er ja sogar selbst erklärt«, sagte sie stattdessen. »Wenn man sich eine Leiche nur kurz ansieht, kann man unmöglich ein Urteil darüber fällen, wie die Person ums Leben gekommen ist.«

»Ja, das stimmt«, räumte Bruder Johannes ein. »Pallenberg hätte ebenso gut gleich zu Hause bleiben können, dann wüssten wir auch nicht weniger als jetzt.«

»Wie dem auch sei«, warf Alexandra ein. »Wenn er keine Zeit oder Lust hat, diesen Todesfall genauer unter die Lupe zu nehmen, sollten andere sich einmal ansehen, welche Umstände zu Wildens Tod geführt haben könnten. Zuerst müssen seine Mitarbeiter befragt werden – bevor die ihre Koffer packen und abreisen.«

Bruder Johannes wurde hellhörig. »Verdächtigen Sie denn schon jemanden?«, fragte er und beugte sich ein wenig vor, wobei das Funkeln in seinen Augen noch etwas intensiver zu werden schien.

»In gewisser Weise ja«, sagte sie und sah dabei kurz zu Tobias hinüber, der sich jedoch glücklicherweise nichts von seiner Überraschung über ihre Lüge anmerken ließ. »Eben hörte ich einen seiner Mitarbeiter im Refektorium sagen: ›Hätte er die Drohung ernst genommen, wäre das nicht passiert.‹ Und irgendjemand erwiderte: ›Tja, er hat sich ja nie was sagen lassen.‹ Der Rest ging leider im Stimmengewirr unter. Ich habe zwar einen flüchtigen Blick in den Saal geworfen, doch es hielt sich niemand in der Nähe der Tür auf. Daher weiß ich nicht, wer sich unterhalten hat.«

Bruder Johannes nickte. »So kurz nach dem Auffinden der Leiche scheinen diese Äußerungen in einem Zusammenhang mit dem Todesfall zu stehen.« Er zog nachdenklich die Brauen zusammen. »Es wäre natürlich hilfreich, wenn man wüsste, wer sich da unterhalten hat.«

»Wir können versuchen, die Leute zu befragen«, äußerte sich Tobias. »Ob sie sich natürlich uns gegenüber äußern wollen, müsste sich erst noch zeigen. Der Täter wird bestimmt gar nichts sagen …«

»Oh, wissen Sie, Herr Rombach, manchmal erfahren wir mehr aus dem, was uns ein Mensch *nicht* sagt. Die Mimik und Gestik verraten oft mehr als das gesprochene Wort, und in vielen Fällen ist es sogar so, dass sie eine Aussage widerlegen. Meine Jahre im Orden, aber auch viele Gespräche mit Ratsuchenden haben mich das gelehrt. Doch das werden Sie als Journalisten ja wissen.«

»Ja, natürlich«, sagte Alexandra. »Wir werden bei unseren Befragungen diesen Rat beherzigen … Was meinen Sie, sollen wir denn versuchen, etwas Licht in die Sache zu bringen?«

»Meinen Segen haben Sie, schließlich sind Sie beide die neutralsten Personen in unserem Haus«, stimmte Bruder Johannes ihr zu. »Aber ich möchte mich auch nützlich machen«, fügte er sichtlich begeistert hinzu. »Sie wissen ja …«

»Wenn Sie uns bei unseren ›Ermittlungen‹ unterstützen könnten, wäre das natürlich wunderbar. Während wir die Gäste befragen, könnten Sie zum Beispiel …«

»Ein Bewegungsprofil erstellen«, warf Tobias hilfreich ein, als Alexandra für einen Moment ins Stocken geriet. »Jeder Mönch soll Ihnen sagen, wann er sich wo aufgehalten hat, damit ...«

»Verdächtigen Sie etwa einen meiner Brüder?«, unterbrach Bruder Johannes ihn und legte erschrocken eine Hand auf seinen Mund.

»Nein, nein, keine Angst«, erwiderte Alexandra, die inzwischen verstanden hatte, was Tobias meinte. »Es geht nur darum, herauszufinden, wann sich welcher ihrer Mitbrüder wo im Haus oder auch außerhalb aufgehalten und wen und was er dabei beobachtet hat. Uns interessiert, wo sich die Gäste an einem bestimmten Zeitpunkt befunden haben. Diese Beobachtungen können wir dann später mit den Aussagen vergleichen, die wir hoffentlich von Wildens Mitarbeitern bekommen. Wenn wir dabei auf Widersprüche stoßen, wissen wir, uns wurde nicht die ganze Wahrheit gesagt. Dann können wir die betreffenden Personen damit konfrontieren und gespannt sein, was sie dazu zu sagen haben.«

»Ah, verstehe.« Der Mönch schüttelte den Kopf. »Für einen Moment dachte ich, Sie verdächtigten meine Mitbrüder.«

Sie winkte lachend ab. »Nein, nein, welchen Grund sollten sie haben?« Sie nickte Tobias zu. »Dann schlage ich vor, dass wir uns schon mal mit den Gästen befassen, während Sie sich mit Ihren Brüdern zusammensetzen, damit die Ihnen die nötigen Informationen geben. Wir ...« Sie stutzte, als sie auf einmal ein seltsames Geräusch gleich neben ihrem Ohr wahrnahm. Aus dem Augenwinkel betrachtete sie den Kater, der sich während der Unterhaltung mit dem Mönch noch ein Stück weiter über ihre Schulter gezogen hatte und nun kopfüber dalag. »Kann mir mal bitte jemand verraten, was der Bursche da treibt?«, sagte sie.

Tobias begann zu lachen, und gleich darauf stimmte Bruder Johannes mit ein. »Kater Brown ist auf deiner Schulter eingeschlafen und schnarcht gemütlich vor sich hin. Das ist ein Bild für die Götter.«

»Ich vermute, den Kater werde ich wohl noch eine ganze Weile mit mir herumtragen«, meinte sie kopfschüttelnd. »Dabei ist es eigentlich ein bisschen warm für eine Pelzstola. Aber na ja, Kater Brown hat noch was gut bei mir. Wenn ich bedenke, dass wir ohne ihn vielleicht noch immer nach Wilden suchen würden.«

Bruder Johannes, der Alexandra und Tobias auf den Gang begleitet hatte, sah von einem zum anderen. »Wieso das?« Ein jüngerer Mönch näherte sich ihnen, sah, dass Bruder Johannes Besuch hatte, und nickte den beiden Gästen abwartend zu.

»Na, schließlich hat er mich zu sich an den Brunnen gelockt«, antwortete Alexandra. »Ohne Kater Browns kleinen Aufstand wäre wohl niemand so schnell auf die Idee gekommen, in den Schacht zu sehen.«

Bruder Johannes schmunzelte. »Ach, das, ja. Das war mir schon wieder entfallen. Ja, dann wünsche ich Ihnen viel Glück bei den Befragungen.« Er wandte den Blick zu seinem Mitbruder. »Bruder Hartmut, du kommst wie gerufen. Wenn du im Augenblick nichts Dringendes zu tun hast, dann würde ich dich gern kurz sprechen. Wir haben gemeinschaftlich eine wichtige Aufgabe zu erledigen.«

»Ja, natürlich.« Der schlaksige, hochgewachsene Mann mit dem etwas wirren Haar und dem buschigen Schnauzbart trat noch näher. »Was gibt es denn?«

»Komm erst mal rein«, forderte der ältere Mönch ihn auf.

Alexandra und Tobias bedankten sich bei Bruder Johannes

und gingen in stillem Einvernehmen schweigend über den Korridor davon. Schließlich konnte sich hinter jeder dieser Türen ein Lauscher befinden.

Sie näherten sich gerade dem Quergang, der zu den Gästequartieren im parallel gelegenen Flügel führte, als Kater Brown auf einmal hochschreckte und sich mit den Hinterbeinen kraftvoll abstieß, um kurz darauf hinter Alexandra auf dem Boden zu landen.

»Aua«, rief sie. Beim Sprung hatte er ihr seine Krallen schmerzhaft in die Schulter gebohrt.

»Treffer«, merkte Tobias an und deutete auf Alexandras Rücken, wo sich prompt mehrere kleine rote Punkte im Stoff des T-Shirts zeigten.

»Was ist denn in dich gefahren?«, schimpfte sie und sah dem Kater nach, wie er nach rechts in die Ecke zu einer Tür schlich, die einen Spaltbreit geöffnet war. Dabei blieb er immer wieder kurz stehen und sah sich nach Alexandra um.

»Bestimmt hat er eine Maus gewittert«, meinte Tobias. »Das ist Instinkt. Er wollte dir sicher nicht wehtun.«

Alexandra folgte dem Kater zur Tür. »Nachdem er schon Wildens Leiche gefunden hat, traue ich dem Tier alles zu, aber nicht, dass es jetzt nur auf Mäusejagd gehen möchte.«

Mit einem leisen »Miau« zwängte sich Kater Brown durch den Spalt. Alexandra, die ihm dicht auf den Fersen war, ergriff die Türklinke und zog die Tür auf.

8. Kapitel

Ihr Blick fiel in ein dunkles, schmales Treppenhaus, das nach unten ins Kellergewölbe führte. Kater Brown wurde nach ein paar steilen Stufen von der Dunkelheit verschluckt, und Alexandra suchte vergeblich nach einem Lichtschalter. Kurz entschlossen griff sie nach ihrem Handy, schaltete die Taschenlampe ein und richtete den Lichtstrahl auf die Steinstufen der engen Wendeltreppe. Da es kein Geländer gab, an dem sie sich hätte festhalten können, stützte sie sich mit der rechten Hand an der Außenwand ab.

»Der Kater wird dich ganz bestimmt nicht zu einer zweiten Leiche führen«, wisperte Tobias. »Ich sage, der ist nur auf der Suche nach einer Maus, sonst nichts.«

»Du kannst ja gern da oben warten, wenn du Angst hast, dich in einem dunklen Keller umzuschauen.« Sie war schon so viele Stufen hinuntergestiegen, dass sie Tobias nicht mehr sehen konnte, und spürte nun, wie eine nervöse Erwartung sie ergriff.

Die Treppe beschrieb noch eine Wendung und dann eine weitere, bis Alexandra das Gefühl dafür verloren hatte, wie weit sie inzwischen nach unten vorgedrungen war. Offenbar handelte es sich um ein Kellergewölbe mit sehr hohen Decken, denn sonst hätte sie das Ende der Treppe sicher längst erreicht.

Auf einmal nahm sie Stimmen wahr, zuerst zu leise, um etwas zu verstehen, aber mit jedem Schritt wurden sie deutlicher. Schließlich erkannte Alexandra eine der Stimmen wieder. Kein Zweifel, sie gehörte zu einem der Mönche, mit dem sie seit ihrer Ankunft im Kloster gesprochen hatte! Aber auf Anhieb wollte ihr nicht einfallen, um welchen der Männer es sich handelte.

»Wenn das einer merkt ...«, sagte die vertraute Stimme, die nun deutlich aufgebracht klang.

»Ach, wer soll denn das merken?«, gab ein anderer gedehnt zurück, als hätte er die Frage schon ein Dutzend Mal gestellt, wäre dabei aber immer nur auf taube Ohren gestoßen. »Solange wir kein Wort darüber verlieren, wird es auch keinem auffallen!«

Alexandra lauschte angespannt.

»Bruder Johannes wird uns dafür einen Kopf kürzer machen!«, zischte der erste Mann, den sie jetzt noch besser vernehmen konnte, da das Ende der Wendeltreppe in Sichtweite gekommen war. Schnell schaltete Alexandra die Taschenlampe aus und steckte das Handy ein. Diffuses Licht fiel aus dem Kellerraum ins Treppenhaus.

»Unsinn. Bruder Johannes wird uns dankbar sein, wenn wir es ihm sagen!«

»Dankbar? Wenn du das glaubst, kannst du ja sofort zu ihm gehen und ein Geständnis ablegen!«

Das war Bruder Dietmar, dem sie bei ihrem ersten Rundgang durch das Kloster an der Bibliothek begegnet war! Alexandra spürte, wie ihr Herz schneller klopfte. Was hatten diese Männer zu verbergen?

»Ich werde ...« Der andere Redner verstummte, dann rief er: »Hallo, ist da jemand?«

Hastig überlegte Alexandra, ob sie kehrtmachen sollte, aber im Gegensatz zu ihr kannten die Mönche das Kloster in- und auswendig. Wahrscheinlich würden sie sie bald einholen, wenn sie versuchte, nach oben zu flüchten. Schon auf dem Weg in den

Keller hinunter hatte sie gemerkt, dass die Treppenstufen unterschiedlich hoch waren. Bestimmt würde sie auf ihrer Flucht in Richtung Erdgeschoss stolpern, wenn nicht sogar stürzen.

Aber warum sollte sie auch fliehen?

Sie legte also die letzten vier Stufen zurück und durchschritt die Türöffnung. Überrascht sah sie sich in dem riesigen, gewölbeartigen Kellerraum um. An zwei Wänden fanden sich Türen in angrenzende Räumlichkeiten. Vor einer dieser Türen standen Bruder Dietmar und ein anderer, stark beleibter Mönch.

»Frau Berger?«, rief Bruder Dietmar. »Was machen Sie denn hier unten?«

»Ich möchte nur Kater Brown zurückholen, der mir ins Treppenhaus entwischt ist«, erklärte sie lachend und zeigte auf den Kater, der sich vor der anderen Tür hingesetzt hatte. Sein Blick war starr auf Alexandra gerichtet; sein Schwanz zuckte nervös hin und her. Es mochte Einbildung sein, doch ihr kam es so vor, als wartete er nur darauf, dass sie zu ihm kam. Wollte er ihr eine neue Entdeckung zeigen? Unwillkürlich schüttelte sie den Kopf.

»Es ist zwar nett von Ihnen, doch Kater Brown braucht kein Kindermädchen«, sagte Bruder Dietmar und zwinkerte ihr zu, vielleicht um seiner Bemerkung die Schärfe zu nehmen. »Wenn er mitbekommt, dass sich einer von uns hier unten aufhält, kann er gar nicht schnell genug in den Keller kommen. Durch die Tür, vor der er da hockt, gelangt man in die Vorratskammer für unsere Küche. Der Pfiffikus hofft immer darauf, dass sie offen steht und er es unbemerkt ins Schlaraffenland schafft.«

»Aha.« Alexandra und zwang sich zu einem kleinen Lachen. »Sagen Sie, kann *ich* mich denn da mal umsehen? Ohne den Kater natürlich.«

»Es tut mir leid, aber die Kellerräume dürfen nur von den Klosterangehörigen betreten werden«, merkte der andere Mönch mit Nachdruck an. »Ich bin übrigens Bruder Siegmund.«

»Schön, Sie kennenzulernen. Seien Sie nicht böse, doch ich möchte mich dennoch da umsehen, und ich habe auch von Bruder Johannes die Erlaubnis dazu erhalten. Natürlich können Sie mich gern begleiten, wenn Sie mögen.«

Die beiden Männer schienen nach wie vor entschlossen zu sein, ihr den Zutritt zu verwehren.

»Sie müssen wissen, dass ich zusammen mit meinem Kollegen den rätselhaften Tod von Herrn Wilden ... ja, näher untersuche. Bruder Johannes ist wie wir der Meinung, dass es möglicherweise kein Unfall war.«

Die beiden Mönche benötigten einige Sekunden, ehe das Gesagte zu ihnen durchdrang.

»Wollen Sie etwa andeuten, Herr Wilden wurde ...« Bruder Dietmar brach entsetzt ab. Offenbar brachte er das entscheidende Wort nicht über die Lippen.

»Es ist zumindest denkbar«, antwortete sie. Die beiden würden durch Bruder Johannes ohnehin in Kürze davon erfahren. »Und aus dem Grund möchte ich mich überall umsehen.«

Die Mönche sahen sich bestürzt an, dann erwiderte Bruder Siegmund zögerlich: »Verstehen Sie das nicht falsch, Frau Berger, aber ... Nun, wir müssen trotz allem mit Bruder Johannes erst Rücksprache halten. Es ist nicht persönlich gemeint. Allerdings haben wir mit Herrn Wilden und seinen eigenmächtigen Erkundungen schlechte Erfahrungen gemacht und sind vorsichtig geworden.«

»Sagen Sie, ich habe eben auf der Treppe einen Teil Ihrer Unterhaltung mitbekommen. Worum ging es denn da?«

Schweigen antwortete Alexandra.

Mit einem Schulterzucken fügte sie an: »Wenn Sie's mir nicht sagen wollen, kann ich ja immer noch Bruder Johannes bitten, Sie beide danach zu fragen.«

Bruder Dietmar schüttelte hastig den Kopf. »Nein, das ist nicht nötig. Es ist nur so, wir haben ...«

»Uns ist bei der Zuteilung der Bettwäsche ein Fehler unterlaufen. Wir haben die Betten der Gäste mit der billigen Wäsche bezogen, die eigentlich für uns gedacht ist, und im Gegenzug haben wir irrtümlich einigen von unseren Brüdern die gute, seidig weiche Bettwäsche gegeben.«

»Das ist alles? Das klang eben aber viel dramatischer ...«

»Es *ist* dramatisch! Bruder Johannes duldet solche Schlampereien nämlich nicht. Wir werden wirklich etwas zu hören bekommen, wenn er davon erfährt.«

Alexandra grinste. Sie glaubte kein Wort von dieser Geschichte! »Dann hätte ich die letzte Nacht nicht in dieser steinharten Bettwäsche verbringen müssen?«

»Richtig, und das ist unverzeihlich.«

Sie winkte ab. »Hat sich deswegen irgendein Gast beschwert?«

»Zumindest nicht uns gegenüber.«

»Dann gibt es doch überhaupt kein Problem.« Alexandra wechselte das Thema. »Was meine ›Besichtigung‹ der Räume dort angeht«, sie wies mit dem Kopf auf die Tür, vor der Kater Brown sich nun putzte, »halten Sie erst mit Bruder Johannes Rücksprache. Die Sache hat bis heute Nachmittag Zeit.« Sie drehte sich um und rief eigentlich mehr im Spaß: »Kater Brown, komm her, wir gehen wieder nach oben.«

Alexandra wollte ihren Augen nicht trauen, als der Kater sich prompt erhob und quer durch den weitläufigen Kellerraum schnurstracks auf sie zugetrottet kam. Er legte kein besonders hohes Tempo an den Tag, aber seine Zielstrebigkeit erinnerte durchaus an einen gut erzogenen Hund.

Dann lief er jedoch mit einem flüchtigen Seitenblick zu den beiden Mönchen zur Wendeltreppe und entschwand im Treppenhaus. Nach einer halben Kehre gab er ein ungehalten klingendes »Miau« von sich, als wollte er Alexandra ermahnen, nicht so zu trödeln.

»Das war wohl für mich bestimmt. Na dann, auf Wiedersehen, die Herren«, meinte sie. Um bei ihrem Aufstieg nicht zu stolpern, schaltete sie wieder die Taschenlampe an ihrem Handy ein.

Als Alexandra das Treppenhaus im Erdgeschoss verließ, stieß sich Tobias von einer der Fensterbänke ab, an der er gelehnt hatte.

»Und?«, fragte er amüsiert. »Hat der kleine Geistliche noch ein paar Leichen im Keller entdeckt?«

»Gleich«, sagte sie nur und winkte ihn zu sich, dann gingen sie mit Kater Brown im Schlepptau ins Foyer. Bruder Andreas stand hinter dem Empfangstresen über einige Unterlagen gebeugt. Bei ihrem Anblick wedelte er mit den Papieren durch die Luft.

»Frau Berger, Herr Rombach«, rief er. »Ich habe hier etwas für Sie.«

Alexandra schaute ihn irritiert an.

»Ich habe mit der Liste angefangen, die Bruder Johannes von uns allen für Sie zusammenstellen lässt. Ich notiere gerade jeden, den ich gestern Abend und heute Nacht gesehen oder gehört habe, mit Uhrzeit und Ort. Ich gebe mir alle Mühe, so genau wie möglich zu sein, aber ich kann nicht dafür garantieren, dass ich nicht irgendwo etwas verwechsle. Wissen Sie, ich war gestern eigentlich überall im Haus unterwegs, da weiß ich nicht mehr hundertprozentig, ob ich einen Gast vor Zimmer siebzehn oder vor Zimmer zwanzig gesehen habe. Ich hoffe nicht, dass ich dadurch jemanden in Schwierigkeiten bringe.«

»Machen Sie sich deshalb keine Sorgen!«, beruhigte sie ihn. »Wenn es zu Widersprüchen kommen sollte, werde ich Sie einfach nochmals fragen.«

Der Mönch nickte erleichtert. »Bruder Johannes hat mir zwar vorhin Bescheid gesagt und mir aufgetragen, das als Liste zusammenzustellen, aber ich habe überlegt, dass es praktischer wäre, am Computer eine Serie von Grafiken zu erstellen, auf denen beispielsweise im Abstand von fünf Minuten der Standort jeder Person eingetragen ist.«

»Das können Sie?«

»Oh ja, ich war früher Programmierer, bis ich genug von dem Trubel hatte und im Kloster mein Seelenheil gefunden habe«, erklärte er. »Technisch ist das kein Problem, es stellt nur eine Fleißaufgabe dar, weil die Personen den verschiedenen Zeitpunkten und Standorten zugewiesen werden müssen.«

Alexandra war beeindruckt.

»Ich könnte mich mit einem meiner Brüder zusammensetzen und danach die Angaben auf eine Skizze des Klosters übertragen. Wenn Sie sich dann auf der Zeitlinie vorwärtsbewegen, die ich am unteren Bildrand einbaue, können Sie nachvollziehen, wer sich wann wo aufgehalten hat.« Nach einer kurzen Pause fügte er hinzu: »Jedenfalls auf der Grundlage dessen, was an Beobachtungen genannt wird.«

»Das ist sehr nett von Ihnen, vielen Dank!« Alexandra meinte jedes Wort ernst.

Er beugte sich zu ihr vor. »Ich will ehrlich zu Ihnen sein«, sagte er leise, als fürchtete er, jemand könnte ihn belauschen. »Wir alle wollen diese Sache aufgeklärt sehen. Wenn es ein Unfall war, dann ist das schlimm genug für das Kloster, aber wenn es kein Unfall war, dann ... dann muss der Täter gefunden werden, damit er mit seinem Verbrechen nicht Schande über dieses Haus bringen kann. Wir haben alles gegeben, um das Kloster zu retten, und das tun wir jetzt immer noch, und keiner von uns wird zulassen, dass jemand herkommt und unser Werk zerstört.«

»Können Sie uns vielleicht eine Liste Ihrer Gäste geben?«, mischte sich auf einmal Tobias ein und erntete einen ärgerlichen Blick von Alexandra. »Wir haben nämlich derzeit keine Ahnung, wer sich überhaupt im Haus aufhält.«

Bruder Andreas wandte sich ihm zu. »Ja, natürlich. Einen Augenblick, ich muss nur kurz ins Büro, dann bekommen Sie einen Ausdruck.«

Wenig später kam er zurück. »Hier ist die aktuelle Liste. Ich habe Sie beide jetzt mal weggelassen, denn das wäre ja irgendwie widersinnig.«

»Das sind ja nur … gut zehn Namen«, stellte Tobias fest, als er die Übersicht sah. »Was ist denn mit dem Bus, der gestern Nachmittag noch auf dem Parkplatz stand?«

»Diese Gruppe ist gestern am frühen Abend abgereist. Sie hat an einem fünftägigen Besinnungsworkshop teilgenommen. ›Bewusst leben in fünf Stufen‹. Ein sehr interessanter Kurs.«

»Hm, wann wurde Herr Wilden gestern eigentlich zum letzten Mal gesehen? Bevor der Bus abgefahren war oder auch noch danach?«

»Von der Reisegruppe kann niemand etwas mit Herrn Wildens Tod zu tun haben«, erklärte der Mönch. »Ich habe ihn noch danach ins Haus kommen sehen, so etwa um kurz nach acht. Der Bus ist um … ja, ich glaube, es war Viertel nach sieben abgefahren.«

»Und Sie haben Wilden danach noch gesehen?«, vergewisserte sich Alexandra. »Ganz sicher?«

Bruder Andreas lächelte kurz. »Hätten *Sie* Herrn Wilden mit irgendwem verwechseln können?«

Alexandra schüttelte den Kopf.

»Als er ins Foyer kam, rechnete ich schon damit, wieder irgendwelche Beschwerden zu hören zu bekommen, aber er marschierte wortlos an mir vorbei in Richtung der Gästezimmer. Obwohl ... wortlos stimmt nicht so ganz. Er hat irgendetwas vor sich hin gemurmelt. Um was es ging, habe ich jedoch nicht verstanden.«

»Und werden heute noch neue Gäste erwartet?«, wollte Tobias wissen.

»Tja, die Reisegruppe, die aus Goch herkommen sollte, wurde bei Aachen von der Autobahnpolizei angehalten. Offenbar war sie in einem nicht mehr verkehrstüchtigen Bus unterwegs, der stillgelegt wurde. Die Leute sind jetzt irgendwo bei Aachen einquartiert, und es sieht nicht danach aus, dass heute noch ein Ersatzfahrzeug zur Verfügung gestellt werden kann.«

»Dann sind also außer uns nur noch Wildens Mitarbeiter hier?«

»Ähm ... nein, Frau Berger«, antwortete Bruder Andreas. »Außer Ihnen ist momentan kein Gast im Hause ...«

»Was?«, rief sie aufgebracht. Das durfte doch nicht wahr sein! »Die haben sich alle aus dem Staub gemacht? Wie sollen wir dann noch dahinterkommen, wer ...« Sie verstummte schnell wieder, als sie sah, dass der Mönch eine beschwichtigende Handbewegung machte.

»Die Gruppe ist nicht abgereist, sondern nimmt die gebuchten Programme wahr«, erklärte er.

»Obwohl Wilden tot ist?«

»Ja«, sagte der Mönch. »Es handelt sich zwar um eine betriebliche Veranstaltung, aber jeder der Mitarbeiter hat den Aufenthalt hier aus eigener Tasche bezahlen müssen, und da wir bei Stornierungen nichts zurückerstatten …« Er hob bedauernd die Schultern. »Das war nicht unsere Entscheidung, sondern die der Bank. Es ist eine von verschiedenen Bedingungen, die wir akzeptieren mussten.«

»Das heißt, wir können derzeit mit keinem von Wildens Mitarbeitern reden?«, warf Alexandra ein. »Wo sind sie denn?«

»Sie unternehmen eine Wanderung unter der Führung von Bruder Jonas«, ließ der Mönch sie wissen. »Wir erwarten sie nicht vor sechzehn Uhr zurück.«

»Mist«, schimpfte sie. »Dann sitzen wir ja von jetzt an noch gut vier Stunden hier rum, ehe wir tätig werden können.«

Bruder Andreas sah sie bedauernd an. »Tut mir leid, doch ich kann Bruder Jonas auch nicht anrufen und ihn bitten, früher zurückzukehren. Sein Handy ist abgeschaltet. Die Gruppe unternimmt eine ›stille Wanderung‹, bei der nicht gesprochen und nicht telefoniert wird. Die Teilnehmer sollen sich dabei nur auf sich selbst und den Fußmarsch konzentrieren.«

Alexandra verzog missmutig den Mund. »Dann bleibt uns tatsächlich nichts anderes übrig, als darauf zu warten, dass die Leute von ihrem Ausflug zurückkommen.« Sie sah auf die Uhr an der Wand rechts vom Empfang. »Was ist denn dann mit dem Mittagessen?«

Daraufhin senkte der Mönch betreten den Blick und murmelte: »Das fällt heute aus.«

»Weil nicht genug Gäste im Haus sind?«

»Nein, an den Wochenenden bieten wir nur Frühstück und Abendessen an. Dadurch sollen unsere Gäste erfahren, was es heißt zu verzichten. Eine Mahlzeit am Tag ist nur ein kleines Opfer.«

Alexandra nickte. Die Philosophie dahinter war durchaus begrüßenswert, aber davon hatte sie nichts, war sie doch schon um ihr Frühstück gebracht worden.

Kater Brown sah Alexandra und Tobias nach, wie sie gemeinsam das Foyer verließen und sich in den Korridor begaben. Zuvor hatte Alexandra ihn noch einmal ausgiebig gestreichelt. Sie war nett, fand er. Sehr nett. Nur schade, dass es vorhin nicht geklappt hatte, ihr seine andere Entdeckung zu zeigen. Aber Kater Brown war geduldig. Früher oder später würde es ihm schon gelingen, sie zu dem Fund zu führen.

Die Männer, mit denen er sein Reich teilte, nahmen von ihm nie Notiz. Seit Wochen setzte er sich – wenn der Weg dorthin für ihn offen stand – auf immer den gleichen Platz und wartete darauf, dass einem von ihnen auffiel, worauf er sie aufmerksam machen wollte. Aber manche von ihnen sahen ihn gar nicht, andere sprachen ihn an und kraulten ihn ein paar Minuten lang, oder sie gaben ihm sogar eine Kleinigkeit zu essen. Doch das war auch schon alles. Wenn sie dann diese Räume verließen, nahmen sie ihn von dem Platz hoch, auf dem er sich niedergelassen hatte, und trugen ihn nach draußen. Dann schlossen sie die Tür hinter sich und gingen fort.

Nachdem sich auch der Mann hinter der großen Theke in den Raum dahinter zurückgezogen hatte, drehte sich Kater Brown um und schaute zur Eingangstür. Die Sonne schien auf den Platz rings um den Brunnen, und durch die offene Tür wurde angenehm warme Luft in das kühle Foyer getragen.

Kater Brown schlenderte nach draußen. Nach einer Runde über den Platz hatte er die ideale Stelle gefunden, um sich auf dem warmen Boden auszustrecken. Er blinzelte in die Sonne.

Ein Schmetterling flatterte über seinem Kopf umher. Behäbig hob Kater Brown eine Pfote und ließ die Krallen ausfahren, kam aber zu der Einsicht, dass es einfach zu viel Mühe machen würde, dem zitronengelben Etwas nachzujagen. Außerdem hatte er keine Lust, seinen gemütlichen Platz aufzugeben.

Er nahm die Pfote runter, ließ den Kopf auf die Vorderbeine sinken und schloss die Augen, um die Sonnenstrahlen zu genießen. So ein Katzenleben konnte herrlich sein!

9. Kapitel

»Und was machen wir nun?«, fragte Tobias.

»Erst mal gehe ich unter die Dusche, dann esse ich einen Happen«, erklärte Alexandra. »Ich habe noch ein Sandwich von gestern. Wenn du möchtest, kannst du eine Hälfte haben.«

»Oh, ich glaube, du bist vom Klosterleben infiziert worden! Ich hätte nie gedacht, dass du einmal ganz christlich mit mir dein karges Mahl teilen würdest.«

Alexandra grinste. »Freu dich nicht zu früh! Ich habe dir nur ein halbes Sandwich angeboten, aber nicht die Hälfte vom Kartoffelsalat und von den Chips, die ich auch noch in meinem Zimmer habe.« Sie zögerte einen Moment und meinte dann: »Ich weiß ja nicht, wie du das handhaben wirst, doch vielleicht werde ich mir bei der Berichterstattung einen kleinen Seitenhieb nicht verkneifen können. So gut das Konzept auch ist: Man bezahlt in diesem Hotel andererseits aber auch recht viel dafür, dass einem etwas vorenthalten wird. Die Zimmer sind winzig, um zehn Uhr abends wird der Strom abgestellt …«

Tobias klopfte ihr lachend auf die Schulter. »Du bist jetzt ja nur sauer, weil du nichts zu essen bekommen hast.«

»Nein, aber ich kann mich auch zu Hause hinsetzen, stundenlang schweigen und auf das Mittagessen verzichten. Das kostet mich nichts. Und ich spare sogar noch ein paar Euro, weil ich mein Mittagessen für den nächsten Tag aufhebe.«

Tobias ging langsam neben ihr her weiter. »Stimmt irgendwie schon … Doch ich glaube, von allein und in seinem gewohnten häuslichen Umfeld kommt man nicht darauf, einmal bewusst zu schweigen oder auf etwas zu verzichten.«

Alexandra zuckte nur mit den Schultern. »Da wir gerade von Mittagessen reden – was hältst du davon, wenn wir uns ins Auto setzen und irgendwo essen gehen? Du weißt ja, vor vier Uhr können wir mit Wildens Mitarbeitern sowieso nicht reden.«

»Gute Idee, ich kriege nämlich auch allmählich Hunger.« Tobias sah auf die Uhr. »Ich schlage vor, wir befragen das Navi in meinem Mietwagen, wo wir in der Gegend ein brauchbares Restaurant finden können.«

»Dein Navi kannst du schonen. Auf dem Weg hierher habe ich an einer Wirtschaft angehalten, weil in Lengenich jemand die Straße in Richtung Kloster blockiert hatte. Ich meine, ich hätte da eine ziemlich umfangreiche Speisekarte gesehen.«

»Oh. Hausmannskost. Herrlich.« Doch seine Miene strafte seine Worte Lügen.

»Hausmannskost liegt voll im Trend«, hielt sie dagegen. »Sushi und Tapas sind längst auf dem absteigenden Ast. Zwei Scheiben Schweinebraten, dazu Klöße und Rotkohl – das ist das, was in der nächsten Zeit die Speisekarten beherrschen wird. Oder Leberkäse mit Spiegeleiern.«

»Das glaubst du ja selbst nicht!«

Alexandra war vor ihrem Zimmer angekommen. »Okay, ich gehe duschen und ziehe mich um, danach können wir losfahren. Unterwegs erzähle ich dir von meiner merkwürdigen Begegnung im Keller.«

Es war halb eins, als Alexandra frisch geduscht und in sauberer Jeans und dunkelblauer Bluse auf dem Bett saß, um ihre Schuhe anzuziehen. Es waren erst ein paar Stunden vergangen, seit sie auf den Toten im Brunnen gestoßen waren, doch seitdem war sie pausenlos beschäftigt gewesen, ohne einen nennenswerten Schritt weiterzukommen. Das Wichtigste ließ weiter auf sich warten, nämlich die Gespräche mit Wildens Mitarbeitern.

Ein wenig missmutig schüttelte sie den Kopf. Sosehr das Verhalten des Polizisten Pallenberg sie auch dazu herausgefordert hatte, es dem Mann zu zeigen, überwogen in ihr mit einem Mal die Zweifel daran, überhaupt etwas erreichen zu können. Hatte sie sich zu viel vorgenommen? In diesem Moment näherten sich auf dem Flur Schritte. Es klang nicht wie das typische Klatschen der Sandalen, die die Mönche trugen, sondern wie das harte Stakkato von hohen, spitzen Absätzen.

Als sie die Tür öffnete, erblickte sie eine rothaarige Frau, die sie am Morgen bereits kurz gesehen hatte, als man noch auf der Suche nach Wilden gewesen war. Die Frau steuerte auf das vorletzte Zimmer vor Alexandras Unterkunft zu und hielt den Schlüssel in der ausgestreckten Hand.

»Hallo«, rief Alexandra.

Die Rothaarige erwiderte den Gruß.

»Alexandra Berger«, stellte Alexandra sich vor. »Wir sind uns heute Morgen vor dem Kloster schon einmal über den Weg gelaufen.«

Die Frau schenkte ihr ein zurückhaltendes Lächeln. »Tina Wittecker.«

»Sie sind also schon von der Wanderung zurück?«

Tina lachte und winkte ab. »Da bin ich gar nicht erst mitgegangen. Was glauben Sie, wie weit ich mit diesen Absätzen hier in der Pampa kommen würde?« Sie zog ein Hosenbein hoch, um den Blick auf ihre spitz zulaufenden High Heels freizugeben.

Alexandra stimmte in Tinas Lachen ein. Einmal mehr fragte

sie sich, wie jemand auf solchen Stelzen gehen konnte, ohne nach zwei oder drei Schritten umzuknicken. »Oh, das ist allerdings ein gutes Argument gegen eine Wanderung. Aber meinen Sie denn, damit wären Sie auch durchgekommen, wenn Wilden nicht ... zu Tode gekommen wäre?«

Tina Wittecker runzelte die Stirn, als hätte sie Alexandras Frage nicht verstanden.

»Na ja, so wie ich den Mann gestern erlebt habe, kann ich mir nicht vorstellen, dass er ohne Weiteres einverstanden gewesen wäre, wenn Sie die Wanderung nicht mitgemacht hätten ...«

Tina warf ihr einen kurzen, prüfenden Blick zu. »Wissen Sie, man musste schon ein Gefühl dafür haben, was den richtigen Umgang mit Bernd Wilden betraf«, erklärte sie und nickte Tobias zu, der neben Alexandra erschienen war. »Man musste im Umgang mit ihm die gleichen schweren Geschütze auffahren wie er. In diesem speziellen Fall hätte er mir wahrscheinlich mit einer Abmahnung gedroht. Daraufhin hätte ich ihm einen Brief zur Unterschrift vorgelegt, mit dem er sich verpflichtet hätte, für alle Behandlungs- und Folgekosten aufzukommen, sollte ich wegen meiner ungeeigneten Schuhe stürzen und mich verletzen.«

Alexandra musste unwillkürlich lächeln. »Beliebt war er als Chef sicher nicht ...«

Die rothaarige Frau zögerte einen Moment. »Ich glaube, jeder aus unserem Verband würde Bernd Wilden als einen Tyrannen beschreiben. Was Sie hier von ihm zu sehen bekommen haben, war Wilden, wie wir ihn jeden Tag ertragen mussten.«

»Aber doch sicher nicht in jeder Abteilung, oder?«, wandte Tobias ein, nachdem er sich vorgestellt hatte. »Ich meine, als Geschäftsführer wird er doch keine Zeit gehabt haben, sich in alles einzumischen.«

Tina Wittecker schenkte ihm ein spöttisches Lächeln. »Ich leite den Mahlzeitendienst. Ich habe acht Mitarbeiterinnen, die an jedem Tag in der Woche unterwegs sind, um Essen auszufahren. Dabei folgen sie einem ausgeklügelten Zeitplan, der gewährleistet, dass diese Fertigessen spätestens um halb eins bei unseren Kunden sind. Um Beschwerden vorzubeugen, muss dieses Essen seinen Empfänger warm erreichen. Damit das funktioniert, haben wir an vier Stellen in der Stadt kleine Büros angemietet, in denen die Essen erhitzt werden, ehe meine Frauen es ausliefern. Ich mache diesen Job jetzt seit siebzehn Jahren. Ich habe als Fahrerin angefangen und mich hochgearbeitet, und es war meine Idee, das Aufwärmen zu dezentralisieren, weil das Stress, Zeit, Benzin und damit bares Geld spart. Vor drei Jahren hat Herr Wilden den Posten des Kreisgeschäftsführers übernommen. Nach ungefähr zwei Monaten kam er auf einmal in mein Büro geschneit und erzählte mir, er sei in den letzten zwei Wochen an insgesamt vier Tagen jeweils einer meiner Mitarbeiterinnen hinterhergefahren, und zwar in allen vier Fällen über die komplette Strecke. Mit einer Videokamera hatte er die gesamte Fahrt dokumentiert und anschließend mit der Stoppuhr ausgewertet. Dabei wollte er festgestellt haben, dass die von den Frauen genommenen Fahrtrouten unwirtschaftlich sind. Sie sollten doch an zentraleren Stellen parken und von da aus gleich mit drei oder vier Warmhalteboxen zu den Kundinnen laufen. Das würde sehr viel mehr Zeit sparen, meinte er.«

Als Tina Wittecker eine Pause folgen ließ, warf Alexandra augenzwinkernd ein: »Ich nehme an, Sie waren von seinen Vorschlägen ganz begeistert.«

»Ich bin aufgestanden, habe vier Boxen mit Fertigessen übereinandergestapelt und ihn aufgefordert, damit bis nach oben in sein Büro zu gehen. Nachdem er dann versucht hat, die vier Boxen ein paar Meter weit zu tragen, fiel ihm dann alles herunter und verteilte sich auf dem Fußboden. So viel zu seinem ach so schlauen Vorschlag!« Sie verschränkte die Arme vor der Brust. »Danach hat er mich weitgehend in Ruhe gelassen, von Kleinigkeiten abgesehen. Ich möchte meine Kollegen nicht um den Spaß bringen, Ihnen ihre schönsten Erlebnisse zu schildern, das dürfen die später gern selbst machen.« Nach einer kurzen Pause stutzte sie. »Wieso wollen Sie das eigentlich wissen?«

»Wir stellen ein paar Nachforschungen an, was die Umstände von Wildens Tod angeht«, erklärte Alexandra.

»Er ist im Übereifer im Dunkeln in den Brunnen gestürzt«, sagte Tina Wittecker schulterzuckend. »Wahrscheinlich wollte er feststellen, wie viel Wasser drin ist, um sich dann über den Pegel zu beschweren.«

»Sein Tod scheint Sie nicht sehr zu berühren«, stellte Tobias fest.

Tina Wittecker warf ihm einen ärgerlichen Blick zu. »Sie haben doch gehört, was ich erzählt habe. Natürlich habe ich ihm nicht den Tod gewünscht, ich kann aber auch nicht behaupten, dass ich traurig bin, von jetzt an meine Ruhe vor ihm zu haben. Aber soweit ich weiß, hat dieser Polizist doch gesagt, dass es ein Unfall war, oder nicht?«

»Ja, doch er hat den Toten auch nicht genauer untersuchen können. Außerdem«, Alexandra wechselte einen raschen Blick mit Tobias, »haben wir verschiedene Äußerungen aus dem Kreis Ihrer Kollegen mitbekommen, die Zweifel an einem Unfalltod aufkommen lassen«, bluffte sie.

Tina Wittecker sah Alexandra mit zusammengekniffenen Augen an. »Was denn für Äußerungen? Und von wem?«

»Es waren … sagen wir … vage Äußerungen. Unter anderem sagte gestern Abend ein Mann, dass die ›einzige Möglichkeit‹ darin bestehen würde, Wilden ›für immer zum Schweigen zu bringen‹«, behauptete Alexandra aufs Geratewohl. »Und heute Morgen am Brunnen bekam ich am Rande die Bemerkung mit, jetzt sei irgendwer ja ›endlich am Ziel‹.«

»Und nicht zu vergessen die Bemerkung – sie stammte übrigens von einer Frau aus Ihrer Gruppe –, das sei wohl die Rache dafür, dass er ›die Zicke abgeschossen‹ hat«, ergänzte Tobias.

»Ist Ihnen darüber etwas bekannt?«, fragte Alexandra. »Hatte Herr Wilden ein Verhältnis mit einer seiner Mitarbeiterinnen?«

»Mit einer? Pah!« Tina lachte spöttisch. »Mit etlichen, wäre genauer formuliert. Aber ich weiß das nur vom Hörensagen ...«

»Hatte er mit Ihnen auch ein Verhältnis?«, erkundigte sich Tobias geradeheraus.

In den Augen der rothaarigen Frau blitzte es zornig auf. »Sehe ich so aus?«

»Sie sind eine attraktive Frau, warum sollte er kein Interesse an Ihnen gehabt haben?« Tobias schenkte ihr ein charmantes Lächeln, das sie jedoch nur mit einem hochmütigen Blick quittierte.

»An mir haben ständig Männer Interesse und manchmal auch Frauen, aber das heißt nicht, dass ich auch leicht zu haben bin. Und bevor *Sie* auch noch einen Versuch wagen: Ich bin bereits vergeben.«

Alexandra seufzte leise. »Gibt es eine Kollegin, die eine Affäre mit Bernd Wilden hatte und nun einen Grund haben könnte, sich an ihm zu rächen?«

Tina Wittecker zuckte mit den Schultern. »Wilden hielt sich für unwiderstehlich, und auch wenn ich's nicht beschwören kann, wird er sehr wahrscheinlich versucht haben, seine Machtposition auszunutzen. Also, es wurden in diesem Zusammenhang mal seine beiden Sekretärinnen erwähnt, Yasmin Tonger und Regina Drach. Die beiden mussten ihn häufig auf Dienstreisen oder zu Kongressen begleiten, und was sich da in den Hotelzimmern abgespielt hat, das wissen nur die drei und der liebe Gott. Das haben Sie aber nicht von mir, damit das klar ist. Wenn Sie nachher die beiden zur Rede stellen und mich da reinziehen, werde ich alles abstreiten.«

»Und was ist mit der Bemerkung, dass da irgendwer jetzt ›am Ziel‹ angekommen sei?«, fragte Tobias. »Gibt es jemanden, der von Wildens Tod profitiert?«

Die Frau überlegte kurz. »Sein Assistent Kurt Assmann könnte den Posten ›erben‹; er darf als sein Stellvertreter fungieren. Und dann natürlich die Damen und Herren Groß, Dessing und Kramsch ... und eventuell noch der Wiesmann.«

»Und wieso?« Alexandra notierte sich die Namen auf einem kleinen Block.

»Die leiten seit Jahren die drei wesentlichen Bereiche des Verbands: Verwaltung, Rettungsdienst, Soziale Dienste. Und Wiesmann hat die Finanzen unter sich. Eigentlich waren sie alle im Gespräch für die Nachfolge des vorangegangenen Kreisgeschäftsführers. Aber dann hat sich Wilden mit einer Klage wegen Ungleichbehandlung zu Wort gemeldet und den Vorstand so beeindruckt, dass der sich für ihn entschieden hat.«

»Er hat seine Einstellung eingeklagt?« Alexandra sah die Frau verdutzt an. »Das nenne ich ja einen guten ersten Eindruck.«

»Nein, er hat nicht geklagt, er hat nur damit gedroht. Sein Argument war, dass er als einziger Bewerber von außen keine Chance habe gegen die vier internen Kandidaten, und deswegen sei es diskriminierend, ihn nicht einzustellen.« Tina Wittecker verzog den Mund zu einem spöttischen Grinsen. Ihre Augen blitzten. »Er hatte den Vorstand in eine Zwickmühle manövriert, aus der es keinen anderen Ausweg gab als seine Einstellung.«

»Der Vorstand hätte doch ein paar Außenstehende bitten können, sich zum Schein zu bewerben, dann wäre Wilden mit seiner Drohung gegen die Wand gelaufen«, wandte Tobias ein.

»Ich weiß, und das sagen auch alle anderen. Vielleicht hatte er ja irgendetwas gegen den Vorstand in der Hand, mit dem er die Leute erpressen konnte, keine Ahnung.«

»Na ja, es wäre nicht das erste Mal, dass Spendengelder veruntreut wurden«, gab Alexandra zu bedenken. »Und wenn Wilden davon Wind bekommen hatte …« Sie sah zu Tobias, dann wandte sie sich wieder an die rothaarige Frau. »Vielen Dank, Frau Wittecker, Sie haben uns sehr geholfen, und ich versichere Ihnen, dass wir die Informationen vertraulich behandeln werden.«

»Danke. Notfalls können Sie ja behaupten, Sie hätten das auch alles bei irgendeiner Gelegenheit zufällig mitangehört«, sagte sie mit einem bedeutungsvollen Augenzwinkern, dann nickte sie knapp und schloss die Tür zu ihrem Zimmer auf.

Schweigend gingen Alexandra und Tobias den Korridor entlang. Erst als sie um die nächste Ecke gebogen waren, sagte er auf einmal: »Weißt du, was ich nie verstehe?«

»Warum du immer einen Korb bekommst?«

»Sehr witzig. Nein, ich frage mich, warum sich eine Frau wie diese Wittecker so aufreizend kleidet, wenn sie doch längst vergeben ist. Die Bluse ist zwei Nummern zu eng. Dann diese knallenge Hose, dazu das Make-up. Und dann wundert sie sich, dass sie von Männern angequatscht wird … und sogar von Frauen.«

Alexandra schüttelte den Kopf. »Ich glaube, sie wundert

sich gar nicht, sondern wartet nur darauf. Sie ist dieser Typ, der ständig Bestätigung sucht. Sie braucht die bewundernden Blicke der Männer und die neidischen der Frauen, dann fühlt sie sich gut. Sie möchte auf keinen Fall übersehen werden. Wir haben da mal eine Untersuchung in Auftrag gegeben, und die hat was Interessantes ergeben. Sechs von zehn Frauen, die von männlichen Testpersonen aus unterschiedlichen Altersgruppen ausnahmslos als besonders gut aussehend beurteilt wurden, gaben an, dass sie sich aufreizend kleiden, um beachtet zu werden, aber nicht, um den nächstbesten Mann abzuschleppen, der sich für sie interessiert. Sie wollen einfach wahrgenommen werden. Nur dann fühlen sie sich schön.«

»Probleme haben die!«, murmelte er.

»Möchtest du auch was über die Studie wissen, die wir drei Ausgaben später nachgelegt haben? Warum sich gut aussehende Männer wie balzende Gockel verhalten, wenn die Frauen sich doch eigentlich von selbst auf sie stürzen müssten?«

Er winkte hastig ab. »Danke, kein Bedarf. Das betrifft mich ja nicht, und dann hab ich dazu auch keinen Bezug.«

»Wer's glaubt«, sagte Alexandra lachend und schaute sich um, als sie das Foyer erreichten. »Wo ist eigentlich Kater Brown?«

»Da draußen.« Tobias zeigte durch die offen stehende Tür nach draußen. »Der Herr hält Siesta.«

Der Kater hatte sich in der Nähe des Brunnens auf den Boden gelegt, der von der Sonne aufgeheizt wurde, und döste vor sich hin. Als Alexandra und Tobias aus dem Gebäude kamen, drehte er das rechte Ohr in ihre Richtung und lauschte aufmerksam, dann hob er den Kopf und blinzelte sie beide an.

Alexandra zwinkerte ihm zu, ohne mit einer Reaktion des

Tieres zu rechnen. Doch gleich darauf setzte der Kater zu einem Miauen an, das aber bald in ein ausgiebiges Gähnen überging. Dann stand er auf, streckte jede Pfote einzeln und machte einen Buckel. Nachdem er sich noch kräftig geschüttelt hatte, um sich von dem Staub zu befreien, der an seinem Fell hängen geblieben war, folgte er Alexandra und Tobias zum Parkplatz.

»Bist du irgendwie nervös?«, wollte Tobias wissen, dem nicht entgangen war, dass Alexandra sich immer wieder zu Kater Brown umdrehte.

»Der Kater läuft uns nach, und ich finde es nicht gut, dass er uns auf den Parkplatz folgt. Wenn wir gleich losfahren, kann ich nicht sehen, ob er vielleicht irgendwo unter meinem Wagen sitzt.«

»Ach, komm schon! Der Bursche hat sich bislang so intelligent angestellt, da wird er nicht so dumm sein und sich unter ein anfahrendes Auto setzen. Notfalls kann ich ja auch aufpassen, bis du aus der Lücke gefahren bist.«

Alexandra sah ihn überrascht an. Zum ersten Mal spürte sie so etwas wie Sympathie. Dann kramte sie in ihrer Tasche nach Wildens Porsche-Schlüssel, den Bruder Johannes ihnen ausgehändigt hatte. »Wenn wir schon einmal hier sind, können wir auch gleich einen Blick in Wildens Wagen werfen. Vielleicht finden wir ja irgendetwas, das uns weiterhilft.«

Gesagt, getan. Nachdem sie die Ablagefächer, das Handschuhfach und den Kofferraum des Geländewagens durchsucht hatten, gab Alexandra einen entmutigten Laut von sich. »Fehlanzeige.«

»Mist. Heute Morgen in der allgemeinen Aufregung um Wildens Verschwinden habe ich kurz einen Blick in sein Zim-

mer werfen können. Es wirkte peinlichst aufgeräumt. Und mir ist nichts Verdächtiges aufgefallen. Vielleicht sollten wir uns nach dem Mittagessen aber trotzdem mal dort nach seinem Laptop umsehen. Mit etwas Glück bringt der uns weiter. Und wenn Wilden wichtige Unterlagen bei sich hatte, hat er die doch bestimmt auch in seinem Zimmer verwahrt ...«
Tobias drehte sich um und betrachtete das Kloster, das inmitten der grünen Landschaft ein friedliches Bild bot. Nichts deutete darauf hin, dass sich hier ein brutaler Mord abgespielt haben könnte. »Auch Wildens Handy wäre interessant.«

»Sollten wir das nicht besser jetzt erledigen?«, fragte sie. »Nicht, dass der Täter irgendwelche Beweise verschwinden lässt.«

»Ich glaube nicht, dass der Mörder jetzt erst auf die Idee kommt, belastendes Material beiseitezuschaffen. Wenn, dann hat er das gestern gleich nach der Tat erledigt. Und wenn wir davon ausgehen, dass der Täter unter Wildens Mitarbeitern zu suchen ist, haben wir im Augenblick auch nichts zu befürchten. Also ist es egal, ob wir sein Zimmer eine Stunde früher oder später auf den Kopf stellen.«

Alexandra nickte nachdenklich. »Wenn du meinst ... Okay, dann fahren wir erst nach Lengenich und essen zu Mittag, danach sehen wir weiter.«

Als sie zu ihrem Wagen gingen, folgte Kater Brown ihnen ganz selbstverständlich. Er sah zu, wie Alexandra die Fahrertür aufschloss, einstieg und sich über den Sitz beugte, um die Beifahrertür zu öffnen. Diesen Moment nutzte er, um mit einem großen Satz auf Alexandras Schoß zu springen.

»He!«, rief sie. »Was soll denn das?« Doch der Kater schien das als Einladung aufzufassen, drehte sich zweimal im Kreis und rollte sich auf Alexandras Oberschenkeln zusammen.

»Nein, nein, das geht nicht«, entschied sie und versuchte, das Tier hochzuheben und aus dem Wagen zu setzen. Aber sofort fuhr der Schlawiner die Krallen aus und bohrte sie in den Stoff ihrer Jeans. »Autsch, hör auf damit!« rief sie, doch Kater Brown dachte gar nicht daran.

»Na, seid ihr zwei ausnahmsweise einmal nicht einer Meinung?«, neckte Tobias sie und schmunzelte.

Alexandra konnte seine Erheiterung im Augenblick nicht teilen und fauchte: »Wie wär's, wenn du dich mal nützlich machst und ihn mir vom Schoß nimmst?«

Vorsichtig streckte Tobias die Hände nach dem Kater aus. Dann passierte alles ganz schnell: Irgendwie gelang es Kater Brown, sich dem Griff zu entwinden und mit einer Pfote auszuholen. Zack! Auf Tobias' rechtem Handrücken prangten drei blutende Kratzer.

»Na, das hast du ja fein hingekriegt, Freundchen«, grummelte er und nahm dankbar das Taschentuch an, das Alexandra ihm hinhielt.

»Ich würde dir ja auch ein Pflaster geben oder einen Verband anlegen«, sagte sie, »aber dafür müsste ich aussteigen, und das lässt Kater Brown ganz offenbar nicht zu.«

Tobias winkte ab. »Ist halb so schlimm.« Er beugte sich vor, um Alexandra anzusehen. »Noch einen Versuch, dieses Untier hochzunehmen, unternehme ich nicht. Dein Kater scheint fest entschlossen zu sein, mit dir Auto zu fahren, also gönn ihm das Vergnügen!«

»Erstens ist er nicht mein Kater ...«

»Unsinn, so wie ihr euch benehmt, scheint ihr euch gesucht und gefunden zu haben. Also akzeptier es einfach, dass du jetzt einen Kater hast.«

»Er gehört doch ins Kloster. Die Mönche hätten bestimmt etwas dagegen, wenn ich ihn mit nach Hause nehmen wollte.

Besonders Bruder Johannes scheint an ihm zu hängen …« Als sie den Kater jedoch betrachtete, der sie ruhig anblinzelte, musste sie wider Willen lachen. »Na, großartig, du hast also beschlossen, dich ein wenig von mir chauffieren zu lassen. Da will ich mal nicht so sein.«

Nachdem Alexandra den Wagen gestartet hatte, berichtete sie Tobias von der Unterhaltung mit den beiden Mönchen. »Egal, ob es etwas mit Wildens Tod zu tun hat oder nicht: Irgendetwas geht hier hinter den Kulissen vor, wovon nicht mal Bruder Johannes etwas weiß. Diese Story mit der vertauschten Bettwäsche kann ich Bruder Siegmund und Bruder Dietmar nicht abnehmen. So richtig passt die Geschichte auch nicht zu dem Tonfall, in dem die beiden zuvor miteinander geredet haben. Aber mir will nichts in den Sinn kommen, was die beiden Mönche in Wahrheit gemeint haben könnten.«

»Hältst du es für möglich, dass ein paar von ihnen mit Abt Bruno gemeinsame Sache gemacht haben könnten?«

Alexandra warf Tobias einen flüchtigen Seitenblick zu. »Hm, daran habe ich noch gar nicht gedacht. Möglich wäre es, aber …« Sie schüttelte nachdenklich den Kopf. »Nur … was hätten sie davon? Ich meine, wenn der Abt einigen Mönchen etwas von den unterschlagenen Millionen abgegeben hätte, weil sie ihm in irgendeiner Weise bei seinen Gaunereien geholfen hätten, was sollten sie dann jetzt mit dem Geld anfangen? Sie können sich nichts Besonderes kaufen, sonst würden sie sich ja selbst entlarven.«

»Vielleicht versuchen sie, sich damit unauffällig abzusetzen«, gab Tobias zu bedenken. Mit einem leisen Lachen fuhr er fort: »Ist schon witzig. Da denkt man, man befindet sich an einem Ort, an dem die christlichen Werte noch hochgehalten werden, und dann stößt man in Wahrheit überall auf geheime

Machenschaften. Möchte wissen, ob so was in anderen Klöstern auch an der Tagesordnung ist.«

Alexandra hob die Schultern. »Ich glaube, überall, wo Menschen in einer Gemeinschaft leben, gibt es Intrigen und heimliche Absprachen. Und vor persönlicher Gewinnsucht sind nur die wenigsten gefeit.« Sie passierten die Stelle, die am Vortag gesperrt gewesen war, und parkten den Wagen kurz darauf auf dem Parkplatz neben Angelikas Wirtschaft.

Kaum hatte Alexandra den Motor abgestellt, stand Kater Brown auf und miaute auffordernd, als wartete er nur darauf, aussteigen zu dürfen. Es gefiel Alexandra gar nicht, den Kater in einer fremden Umgebung frei laufen zu lassen. Was, wenn er plötzlich doch auf die Idee kam wegzulaufen? Er würde sicher nie mehr zum Kloster zurückfinden. Andererseits schien das Tier entschlossen zu sein, bei ihr zu bleiben, und Alexandra war nicht erpicht darauf, auch mit Kater Browns Krallen nähere Bekanntschaft zu machen.

Zögerlich öffnete sie die Tür und rechnete mit dem Schlimmsten, doch der Kater lief nur ein paar Schritte weit, dann blieb er stehen und drehte sich zu ihr um. Nun komm schon!, schien der Blick aus glänzenden grünen Augen zu sagen. Seufzend kam sie der stummen Aufforderung nach und ging zum Kofferraum, um die Plastiktüte herauszuholen, in der sich Wildens Habseligkeiten befanden.

»Was hast du damit vor?«, erkundigte sich Tobias, der ein Stück entfernt stehen blieb und zusah, wie Kater Brown zu Alexandra schlenderte und den Kopf an ihren Beinen rieb. Unwillkürlich musste er grinsen, als sie den Kater hochnahm und ihn sich wie zuvor halb über die Schulter legte.

»Während wir aufs Essen warten, können wir diese Sachen einmal genauer unter die Lupe nehmen. Vielleicht finden wir ja irgendetwas Nützliches.« Sie stutzte und musterte ihn ein wenig irritiert. »Was grienst du so? Dir brennt doch schon wieder was auf der Seele …«

»Ach, nichts weiter«, meinte er belustigt. »Du tust immer so selbstbestimmt. Dabei hat der kleine Gauner dich nach kürzester Zeit im Griff. Er macht dir vor, dass er ganz vernarrt in dich ist, und schon tanzt du nach seiner Pfeife. Merkst du nicht, dass er nur zu faul ist, selbst zu laufen?«

Alexandra winkte ab. »Er macht mir das nicht vor, er mag mich wirklich.«

Gerade wollten sie die Tür zum Lokal öffnen, da wurde sie von innen aufgezogen und die Wirtin trat nach draußen. In einer Hand hielt sie ein paar Zettel, in der anderen einen Tesafilm-Abroller. »Oh, hallo«, sagte sie, als sie Alexandra erkannte. Dann legte sie den Kopf schräg und fragte: »Sie wissen, dass Sie da was auf der Schulter haben, oder?«

Alexandra nickte. »Das ist mein treuer Begleiter. Darf er mit hereinkommen?«

Angelika stutzte. »Wer ist Ihr Begleiter? Das schwarze Etwas oder der gut aussehende junge Mann an Ihrer Seite?«

»Nein, nein, Tobias Rombach ist mir nur zugelaufen.« Alexandra zwinkerte der Wirtin fröhlich zu. »Wenn sich bis morgen sein Besitzer nicht gemeldet hat, werde ich den Ärmsten wohl ins Heim bringen müssen.«

10. Kapitel

»Immer hereinspaziert!«, sagte Angelika und klebte die Zettel an die Butzenscheiben. »Sie sind etwas zu früh dran. Heute Abend ist Disco-Nacht: ›Die Hits der Siebziger‹, das würde Ihnen bestimmt gefallen.«

»Hits der Siebziger? Die waren ja schon aus der Mode, bevor ich auf die Welt kam«, murmelte Tobias und setzte sich zu Alexandra, die am zweiten Vierertisch Platz nahm. Die beiden hinteren Tische waren besetzt. Die Gäste dort unterhielten sich angeregt und nahmen keine Notiz von den Neuankömmlingen.

»Sind meine beiden Freunde von gestern nicht da?«, erkundigte sich Alexandra, als die Wirtin zu ihnen trat. Kater Brown hatte es sich inzwischen auf einem gut gepolsterten Stuhl neben Alexandra bequem gemacht. »Ich möchte mich doch noch dafür bedanken, dass sie gestern für mich die Straße frei geräumt haben.«

»Die haben Sie leider ganz knapp verpasst«, antwortete Angelika und zwinkerte ihr zu. Sie legte jedem von ihnen eine Speisekarte hin. »Spezialität des Tages ist übrigens Linsensuppe nach Hausfrauenart.«

»Na toll!«, wiederholte Tobias skeptisch. »Das klingt nach ›Konservendose geöffnet, in den Kochtopf gekippt und aufgewärmt‹.«

»Darf ich Ihnen mal einen Tipp geben?«, gab die Wirtin freundlich lächelnd zurück und beugte sich vor. »Verärgern Sie nie einen Menschen, der Ihnen etwas zu essen zubereitet!

Es könnte sonst später etwas hineingemischt sein, das Ihnen so gar nicht bekommt.«

Tobias grinste. »Oh, nichts für ungut, ich habe nichts gesagt.« Als er wieder allein mit Alexandra war, raunte er ihr zu: »Ich weiß schon, warum ich einen Bogen um solche … Lokale mache. So was kann mir im *Les Lumières* nicht widerfahren.«

»Natürlich, der Herr verkehrt nur in den feinsten Etablissements und merkt nicht, dass die hochgelobte Sauce aus dem Tütchen kommt!«

Alexandra nahm die Plastiktüte und holte Bernd Wildens Geldbörse heraus, die sie an Tobias weitergab, während sie die kleine Brieftasche öffnete. »Mach dich lieber nützlich und such nach Hinweisen, die uns zum Mörder führen können! Hm, das sieht nicht sehr vielversprechend aus«, sagte sie und leerte die Brieftasche Stück für Stück auf dem Tisch aus. »Kreditkarte, Kreditkarte, Kreditkarte, Kundenkarte fürs Sonnenstudio, fürs Fitnesscenter. Sogar eine Paybackkarte hatte unser guter Herr Wilden. Ausweis, Führerschein, hundertdreißig Euro in kleinen Scheinen. Ein paar von seinen Visitenkarten.« Alexandra verzog missmutig die Mundwinkel. »Wahrscheinlich hatte er alles Interessante auf seinem Handy gespeichert.«

»Und das ist bisher spurlos verschwunden«, ergänzte Tobias, der auch in Wildens Portemonnaie nicht fündig geworden war. »Der Mann hat zweifellos ein Smartphone besessen, auf dem sich alle Adressen und Termine befinden.«

Sie schnaubte ärgerlich, dann fiel ihr Blick auf die Visitenkarten. »Hey, da ist doch auch Wildens Handynummer drauf. Wir können immerhin versuchen, ihn anzurufen, und feststellen, wer sich meldet.« Sie griff nach ihrem Telefon, das sie auf den Tisch gelegt hatte, und tippte die Nummer ein. Nach ein paar Klingeltönen ertönte eine Ansage, und Alexandra legte das Handy zur Seite. »Wäre ja auch zu schön gewesen! ›Dieser Anschluss ist zurzeit nicht erreichbar, bitte versuchen Sie es später noch einmal.‹ Wildens Telefon ist entweder einfach abgeschaltet oder der Täter hat es mit dem Hammer bearbeitet, damit niemand mehr feststellen kann, was sich an belastenden Informationen darauf befunden hat. Entweder hat der Mörder an alles gedacht oder er hat unverschämtes Glück gehabt. Und damit wissen wir auch nicht, ob diese Tat von langer Hand geplant gewesen war oder ob unser Unbekannter nur eine günstige Gelegenheit genutzt hat.«

»Macht das für unsere Untersuchungen einen Unterschied? Tot ist der Mann so oder so.«

»Ja, aber wenn das alles geplant war, dann liegt der Verdacht nahe, dass der Täter aus Wildens Team kommt. Die Leute kennen ihn, sie wissen, wie sie ihn zu einem bestimmten Zeitpunkt an einen bestimmten Ort locken können ...«

»Warte, warte, warte«, ging Tobias dazwischen. »Was könnte denn so interessant gewesen sein, dass Wilden sich mitten in der Nacht zu seinem Wagen bemüht, wo ihm der Täter bereits auflauert?«

»Das kann alles Mögliche sein. Überleg mal, der Mann war unbeliebt, und niemand wollte es sich mit ihm verscherzen. Das könnte den einen oder anderen auf die Idee gebracht haben, einen Kollegen anzuschwärzen, der ihm selbst ein Dorn im Auge ist. Wenn ihn an dem Tag beispielsweise jemand angerufen und ihm gesagt hat: ›Ich habe Informationen über Herrn Soundso, die Sie interessieren dürften‹, dann wird Wilden sicher Feuer und Flamme gewesen sein, mehr darüber zu erfahren. Der angebliche Informant bestellt ihn für den Abend auf den Parkplatz, weil er weiß, dass Wilden auf so eine Information brennt. Dort lauert er ihm auf und schlägt ihn nieder, anschließend ›entsorgt‹ er ihn im Brunnen.«

»Hm, ein solches Szenario ist vorstellbar ...« Tobias trank einen Schluck von dem Kaffee, den die Wirtin ihnen inzwischen serviert hatte. »Und vor allem klingt es nach Wilden. Der war mit Sicherheit hinter allem her, was er gegen seine Leute verwenden konnte.«

Alexandra nickte. »Im Hotel hat bis zur Ankunft der Gruppe keiner mit Wilden zu tun gehabt. Er ist den Mönchen natürlich mächtig auf den Geist gegangen – aber plant man deshalb einen Mord? Nein, nein, wenn es eine geplante Tat war, kommen eigentlich nur die Mitarbeiter infrage.«

Tobias wiegte zweifelnd den Kopf. »Ich weiß, er hat die Geduld dieser Mönche wirklich aufs Äußerste strapaziert. Trotzdem glaube ich nicht, dass es ihm gelungen sein könnte, einen von ihnen so sehr aus der Fassung zu bringen, dass er sich vergisst und ihn umbringt.«

»So richtig kann ich mir das auch nicht vorstellen«, sagte Alexandra. »Schon gar nicht, wenn ich bedenke, was Tina Wittecker über den Verein erzählt hat. Vielleicht hatten die von ihr erwähnten Herren und Damen intern die Nachfolge längst unter sich ausgemacht und haben nun alle zusammengearbeitet, um Bernd Wilden aus dem Weg zu schaffen. Wenn das der Fall sein sollte, haben wir vermutlich überhaupt keine Chance, den Täter zu finden, weil sich die Mitarbeiter gegenseitig ein Alibi geben werden.«

Tobias nickte grimmig.

»Ja, und Polizeiobermeister Pallenberg habe ich auch immer noch irgendwie auf meiner Liste, weil er das Ganze zu schnell als Unfall abgetan hat.« Sie schaute nachdenklich drein. »Natürlich ist es unwahrscheinlich, dass er der Mörder ist, aber mich interessiert, welchen Grund der Gute hat, so eisern wegzusehen.«

»Der Rechtsmediziner wird schon feststellen können, ob

man Wilden vor seinem ›Sturz‹ in den Brunnen erst noch eins übergezogen hat.«

»Das Problem ist aber, dass bis dahin einige Tage vergangen sind und es nur die Fotos gibt, die Pallenberg von der Leiche und ihrem Fundort gemacht hat«, erwiderte sie.

»Vielleicht finden wir ja außer den roten Flecken auf den Kieselsteinen und der Blutspur am Brunnen noch etwas, das uns weiterhilft«, meinte Tobias. »Was ist noch in der Tüte?«

»Das Päckchen Kaugummi und die Kondome.«

»Hm, Kondome ...«

»Ich weiß, was du überlegst«, sagte Alexandra. »Mit wem wollte er während seines Hotelaufenthaltes denn Sex haben? Aber Tina Wittecker hat uns zwei Kolleginnen genannt, die infrage kommen könnten.« Sie zog den Notizblock aus der Handtasche. »Wo war das denn? Ah, hier. Yasmin Tonger und Regina Drach, seine beiden Sekretärinnen.«

Tobias kratzte sich am Hinterkopf und nickte der Wirtin dankend zu, die ihnen eine Terrine Linsensuppe servierte. Sein überraschter Blick wanderte zu Alexandra, die mit den Schultern zuckte. Sie konnte sich nicht erinnern, die Suppe bestellt zu haben. Wahrscheinlich hatte Tobias' freche Bemerkung über Dosensuppe an Angelikas Köchinnen-Ehre gekratzt. »Vielleicht haben die Kondome aber auch nur Alibifunktion«, sagte er. Alexandra hob fragend die Augenbrauen.

»Wenn er sie mit sich herumträgt, beweist er sich und allen anderen, die sie zu sehen bekommen, was für ein Schwerenöter er doch ist.« Er hatte gerade den ersten Löffel zum Mund geführt, als er überrascht aufsah. »Hm, die Linsensuppe schmeckt gar nicht so schlecht!« Er wandte sich zur Theke, um der Wirtin ein Lob auszusprechen, als die Tür geöffnet wurde und ein neuer Gast das Lokal betrat.

Der Fremde war elegant gekleidet; der Schnitt seiner blonden Haare wirkte wie eine zweifelhafte Hommage an die Dreißigerjahre. Alexandra empfand auf Anhieb eine heftige Antipathie gegen den Mann.

»Das ist ein Armani-Anzug«, raunte Tobias ihr zu. »Aber kein gewöhnlicher. Der Schnitt verrät: Es ist ein echter Gigliario. Gigliario hat sich diese besondere Schulterpartie als Patent schützen lassen.«

»Wieso denn das? Die Schulterpartie erinnert mich an den Schnitt eines Sweatshirts«, sagte sie.

»Ganz genau, das ist das Markenzeichen eines Armani von Gigliario. Da hat jemand aber eine Menge Geld.« Auf Alexandras fragenden Blick fuhr Tobias fort: »Was so ein Anzug kostet, kann ich dir nicht genau sagen, weil über die Preise nicht geredet wird. Gigliario lässt sich angeblich von einem neuen Kunden eine umfassende Bankauskunft vorlegen, außerdem Kopien der Einkommensteuererklärungen der letzten drei Jahre. Vorher nimmt er nicht mal einen Auftrag an. Interessenten können von Glück reden, wenn sie heute bestellen und in drei Jahren ihren Anzug bekommen. Einer meiner Kollegen hat mal über Gigliario schreiben dürfen, daher weiß ich überhaupt, dass es so was Exklusives ...«

»Elitäres«, warf sie ein.

Tobias nickte. »... so was Elitäres gibt. Angeblich bekommt man allein für die Anzahlung anderswo einen kleinen Sportwagen. Aber das erzählt man sich nur hinter vorgehaltener Hand.«

Alexandras Blick wanderte wieder zu dem Neuankömmling. »Dann muss er sich verfahren haben. Was kann so jemand in dieser Gegend zu suchen haben? Na ja, vielleicht will er die halbe Eifel aufkaufen und bar bezahlen.«

Ehe Tobias etwas darauf erwidern konnte, wandte sich der

Gast mit hochmütiger Miene an die Wirtin hinter der Theke: »Wo finde ich das Klosterhotel ›Zur inneren Einkehr‹?«

»Wer will das wissen?«, erkundigte sich Angelika ungerührt.

Der Mann besah sie langsam von oben bis unten. Ihm war deutlich anzusehen, was er von Angelikas enger Achtzigerjahre-Jeans und dem ausgewaschenen roten T-Shirt hielt. »Auch wenn es Sie nichts angeht: Mein Name ist Kurt Assmann. Ich bin der stellvertretende Kreisgeschäftsführer des Laurentius-Hilfswerks in Kaiserslautern. Können Sie mir also jetzt den Weg zum Klosterhotel beschreiben oder nicht?«

»Ich kann«, sagte die Wirtin kühl. »Aber ich will nicht. Und wissen Sie auch, warum? Mir gefällt ihre eingebildete Nase nicht.« Damit drehte sich Angelika auf dem Absatz um und rauschte in die Küche.

Kurt Assmann sah ihr noch einen Augenblick konsterniert nach, dann verließ er hocherhobenen Hauptes das Lokal.

»Wir sollten ihn aufhalten«, meinte Alexandra. »Wenn wir schon die Gelegenheit haben, mit ihm zu reden, dann lieber sofort, bevor ihm Wildens Mitarbeiter vielleicht irgendetwas erzählen und er beschließt, mit uns besser nicht zu kooperieren.« Sie warf einen raschen Blick auf den schlafenden Kater Brown. »Komm, Tobias, es wird ja nicht lange dauern!« In Richtung Küche rief sie: »Wir sind gleich wieder da, wir müssen nur kurz mit dem Mann reden.«

Angelikas Kopf tauchte in der Küchentür auf. Viel Spaß!«

In diesem Moment sah der Kater auf und spitzte die Ohren. Er stellte fest, dass Alexandra nicht mehr auf dem Stuhl neben ihm saß, sprang sofort auf und setzte ihr nach. Todesmutig drückte er sich an ihre Beine und hätte Alexandra fast zu Fall gebracht, hätte Tobias nicht geistesgegenwärtig nach ihrem Arm gegriffen.

»Pass doch auf, ich tu dir sonst noch weh!« Sie setzte sich hin und streichelte dem Kater über den Rücken. »Was ist denn in dich gefahren? Hast du gedacht, wir lassen dich hier zurück?« Sie nahm das Tier auf den Arm, und sofort rieb der Kater seinen Kopf an ihrer Wange. »Na komm, dann begleitest du uns zu diesem netten Herrn da draußen.«

Als sie auf den Parkplatz traten, war Kurt Assmann eben dabei, in einen silbernen Geländewagen zu steigen.

»Herr Assmann, mein Name ist Tobias Rombach. Und das ist meine Kollegin Alexandra Berger«, begann Tobias. »Sie sind doch der Assistent von Herrn Wilden, richtig?«

Der jüngere Mann schien diese Bezeichnung nicht zu mögen. »Warum interessiert Sie das?«

»Wir sind Gäste im Klosterhotel ›Zur inneren Einkehr‹«, erklärte Alexandra und bemerkte, dass sich Assmann bei ihren Worten unwillkürlich straffte. Dennoch musste er zu ihr aufsehen, denn er reichte ihr nicht einmal bis zum Kinn.

Wie typisch für Wilden, sich einen Assistenten zu suchen, der noch ein paar Zentimeter kleiner war als er selbst!

Kurt Assmann räusperte sich und setzte eine wichtige Miene auf. »Dann wissen Sie von dem tragischen Unglücksfall?«, fragte er ernst. »Ich habe mich sofort auf den Weg gemacht, als mich Frau Tonger heute Vormittag anrief.«

»Ja, tragisch.« Alexandra nickte. »Und weil die Todesumstände nicht ganz klar sind und die Polizei offenbar anderes zu tun hat, stellen wir ein paar Untersuchungen an.«

»Sie? Wer sind Sie denn überhaupt?«

»Mein Kollege und ich sind Journalisten. Wir haben Wildens Leiche gefunden. Leider konnten wir Ihre Kollegen noch nicht befragen, da sie gerade eine Wanderung unternehmen und …«

Assmann schüttelte ungläubig den Kopf. »Die gehen einfach wandern und amüsieren sich, obwohl Herr Wilden tot ist? Wie pietätlos!«

Tobias räusperte sich. »Nun, wir können nicht beurteilen, wie Sie zu Herrn Wilden gestanden haben, aber nach allem, was uns zu Ohren gekommen ist, war er bei seinen anderen Mitarbeitern nicht unbedingt sehr beliebt. Wir beide sowie einige der Mönche sind auch mit ihm aneinandergeraten, weil er – mit Verlaub – sehr cholerisch auftrat.«

Der Assistent schüttelte den Kopf. »Es tut mir leid, wenn ich Ihnen da widersprechen muss, doch Herr Wilden ist ein Mann mit Weitblick. Ich würde ihn fast als Visionär bezeichnen wollen, wenn das nicht so ein abgegriffenes Wort wäre. Sehen Sie, Bernd Wilden hat immer die Gesamtheit im Blick, die sich anderen, einfachen Leuten nicht erschließt. Sie empfinden ihn als rücksichtslos. Doch Sie irren! Er ist … er … war … ein wundervoller Mensch.«

Alexandra hatte allmählich das Gefühl, eine Miniausgabe von Wilden vor sich zu haben, und verkniff sich jeden Kommentar.

»Sagen Sie«, meinte Tobias, »gibt es eigentlich jemanden, der jetzt von Wildens Tod profitiert?«

Assmann legte den Kopf schief. »Wie meinen Sie das, wenn ich fragen darf?«

»Wer erbt sein Vermögen?«

»Seine Frau, nehme ich an. Ich kenne sein Testament nicht, aber er wird seine Vermögenswerte wohl ihr und den Kindern vermacht haben.«

»Und in beruflicher Hinsicht? Wer steigt durch Wildens Tod auf der Karriereleiter nach oben?«

Assmann riss entsetzt die Augen auf, doch dann entspannten sich seine Züge wieder, und er schien einen Moment nachzudenken. »Das ist ein interessanter Gedanke, muss ich sagen.

Von dieser Seite hatte ich das noch gar nicht betrachtet. Ich … nein, warten Sie, ich muss auf jeden Fall vorausschicken, dass ich auf den ersten Blick keinen dieser Leute für fähig halte, einen Menschen zu töten. Es sind durchweg anständige Mitarbeiter, die zwar die eine oder andere Schwäche haben, aber einen Mord? Nein, nein. Andererseits …« Er hob vielsagend die Hände. »Man schaut einem anderen Menschen immer nur vor die Stirn, nicht wahr?«

Alexandra fragte: »Könnten Sie uns ein paar Namen nennen und nach Möglichkeit auch den Grund, warum diese Leute von Wildens Tod profitieren könnten?« Sie drückte Tobias den Notizblock in die Hand, da sie mit dem Kater auf dem Arm nicht schreiben konnte. Von Assmann schien Kater Brown keine Notiz zu nehmen, jedenfalls ging sein Blick nicht ein Mal in dessen Richtung. Unwillkürlich fragte sie sich, ob das wohl etwas zu bedeuten hatte. Wusste er, dass Assmann nur ein aufgeblasener Wichtigtuer war? Ignorierte er ihn deswegen?

Der Assistent fuhr sich durchs Haar. »Wenn es darum geht, wer seinen Posten erben könnte, dann kommen Viola Dessing und Volker Kramsch infrage. Sie sind beide seit fast zwanzig Jahren im Verband, und als Bereichsleiter sind sie dem Kreisgeschäftsführer unmittelbar unterstellt. Edwin Groß wäre auch ein Kandidat. Er ist zwar erst seit fünf Jahren mit dabei, aber er leitet die Verwaltung, und damit hat er fast noch bessere Chancen, weil das ein Posten für einen Verwaltungsfachmann ist. Frank Wiesmann von der Finanzabteilung könnte auch noch infrage kommen.« Er zählte die Namen an den Fingern ab und nickte dann. »Ja, die vier.«

»Und wer hat sonst noch etwas von Wildens Tod?«, hakte Alexandra nach. »Musste vielleicht jemand um seinen Job bangen?«

Assmann lachte. »Da weiß ich fast nicht, wo ich anfangen soll. Nachdem Herr Wilden den Posten des Kreisgeschäftsführers übernommen hatte, sorgte er im Verband dafür, dass die Arbeit neu organisiert und verteilt wurde. Allein im ersten halben Jahr hat er siebzehn Verwaltungsstellen gestrichen und die Angestellten entlassen, weil sie nichts geleistet haben. Es gab drei Mitarbeiter in der Abteilung, die für die Beschaffung von Spenden zuständig waren, und die drei haben übers Jahr nicht einmal genug Spenden zusammenbekommen, um ihre eigenen Gehälter zu finanzieren. Die Buchhaltung wurde auf die halbe Mitarbeiterzahl reduziert. Die reine Erfassung der Belege wurde an eine Steuerberatungskanzlei vergeben, deren Gebührenrechnung nicht mal ein Viertel der Personalkosten ausmacht, die diese überflüssigen Mitarbeiter uns verursachen. Wenn es darum geht, wer durch Herrn Wilden seine Stelle verloren hat – und zwar zu Recht«, er zuckte mit den Schultern, »diese Leute werden sicher noch auf ihn wütend sein. Sie wollten einfach nicht einsehen, wie viel sie uns kosten. Viele von ihnen werden inzwischen sogar noch wütender sein, weil sie geklagt haben und vom Gericht die Rechtmäßigkeit der Kündigung bestätigt bekamen.«

»Vielleicht würde es ja vorerst genügen, über die Leute zu reden, die mit ihm im Klosterhotel abgestiegen sind«, entgegnete Alexandra. »Die anderen werden wohl nicht so über Wildens Aktivitäten auf dem Laufenden sein, um ein Attentat in der Eifel planen zu können.«

»Oh, ach so.« Wieder nickte Assmann. »Also, Groß, Dessing, Kramsch und Wiesmann hatten wir bereits, dann wären da noch … Norbert Hellinger, dieser Exhippie, der jeden Tag in diesen albernen langen Hemden mit Batikmuster zur Arbeit erscheint, obwohl Herr Wilden ihn mehrfach aufgefordert hatte, seinem Beispiel zu folgen und mit Anzug und Krawatte ins Büro zu kommen. Hellinger hat bis vor Kurzem die Zivildienstleistenden betreut; jetzt kümmert er sich um die Leute vom Bundesfreiwilligendienst, aber ... ihn brauchen wir nicht mehr lange.«

»Wieso nicht?«

»Die Freiwilligen bedeuten viel weniger Verwaltungsaufwand; den kann eine Halbtagskraft bequem erledigen. Und wenn wir einen jüngeren Bewerber einstellen, können wir noch zusätzliche Lohnkosten sparen. Hellinger ist so eine Art Klotz am Bein, eine Erblast, wenn man so will.« Kurt Assmann lachte über sein Wortspiel wie über einen guten Witz. »Seit über dreißig Jahren dabei, als der Verband noch eine staatliche Einrichtung war und das Personal nach Beamtentarif bezahlt wurde. Ihn zu kündigen würde uns unverhältnismäßig viel Geld kosten.«

»Also warten Sie, dass er ... was macht? In Rente geht?«, fragte Tobias. Seine Miene ließ erkennen, dass er sich zusammenreißen musste, um nicht aus der Haut zu fahren. Alexandra fand auch, dass man so nicht von langjährigen verdienten Mitarbeitern redete – und dass man sie nicht wie eine Altlast behandelte, die man schnellstmöglich loswerden wollte.

»Nein, um ehrlich zu sein, versuchen wir, ihm die Arbeit so unerträglich wie möglich zu machen, damit er hoffentlich von sich aus kündigt und wir keine Abfindung zahlen müssen.«

»So unerträglich wie möglich?«, wiederholte Alexandra und bemühte sich um einen neutralen Tonfall. Sie brauchten Assmann. Vielleicht konnte er ihnen mit seinen Antworten weiterhelfen. Unter diesem Gesichtspunkt war es nicht möglich, ihm zu zeigen, wie sehr sie ihn verachtete. Aber vielleicht ergab sich diese Gelegenheit ja noch ... »Heißt das, er muss bei Wind und Wetter auf dem Hof arbeiten? Oder wie muss ich mir das vorstellen?«

»Das wäre sicher wirkungsvoller, doch wenn er dann krankfeiert, haben wir ja auch nichts davon.« Assmann seufzte. »Nein, nein. Erst haben wir sein Büro mit einer anderen Abteilung zusammengelegt, die den ganzen Tag Publikumsverkehr hat, sodass er schon mal keine ruhige Kugel mehr schieben kann. Dann haben wir die Räume neu zugeteilt und seinen Schreibtisch in eine winzige Kammer gestellt, während die Akten im Nebengebäude in den dritten Stock ausgelagert worden sind. Nun muss Hellinger für jeden Vorgang zwei Etagen runtergehen, den Hof überqueren und drei Etagen hochsteigen. Und dann natürlich das Ganze noch mal in umgekehrter Reihenfolge.« Wildens Assistent grinste. »Es hat ihn ziemlich mürbe gemacht, aber er ist ein verdammt zäher Bursche. Ich weiß noch nicht, was wir als Nächstes versuchen.« Er zuckte unschlüssig mit den Schultern. »Okay, wen haben wir noch? Anna Maximilian aus der Buchhaltung ... Nein, mit der gibt es keine Probleme. Tina Wittecker vom Mahlzeitendienst ist ein anderes Thema. Sie ist völlig uneinsichtig, was notwendige Rationalisierungen angeht.«

Alexandra nickte nur und warf Tobias einen Seitenblick zu. In ihrem Fall kannten sie bereits die Version der Gegenseite, und die war Welten von Assmanns Darstellung entfernt.

»Bei ihr haben wir das Problem, dass diese Frau sich beharrlich weigert, ihr enormes, detailliertes Betriebswissen schriftlich festzuhalten. Sie hat ein exzellentes Gedächtnis, egal, ob es um die Fahrtrouten, ihre Mitarbeiterinnen oder die Kunden geht, die mit Essen beliefert werden. Sie weiß beispielsweise, vor welchem Haus die Fahrerinnen vor den Garagen parken können, ohne sich Ärger einzuhandeln. Oder bei welchem Kunden man dreimal klingeln oder zweimal klopfen muss, weil er sonst aus Angst vor Einbrechern die Tür nicht öffnet. Solange sie das alles nur in ihrem Kopf mit sich herumträgt, können wir sie nicht einfach durch eine andere Mitarbeiterin ersetzen. Außerdem war sie gerissen genug, ihre Fahrerinnen dazu anzuhalten, genauso wie sie vorzugehen und sich keine Notizen zu machen. Das ist ein verschworener, hinterhältiger Haufen, sage ich Ihnen! Auf diese Weise hat Tina Wittecker uns in der Hand, schließlich können wir nicht den Mahlzeitendienst für zwei Wochen schließen, um mit komplett neuem Personal wieder an den Start zu gehen. Bis dahin sind all unsere Kunden abgesprungen und zur Konkurrenz gewechselt.«

»Dann hat sie aber nichts von Wildens Tod«, hielt Alexandra dagegen. »Das würde sie beim nächsten Geschäftsführer doch sicher genauso handhaben.«

»Ja, das sehe ich auch so«, stimmte Assmann ihr zu. »Wir können ihr weder mit Abmahnungen noch mit Kündigungsdrohungen beikommen, weil sie weiß, was uns bevorsteht, wenn wir sie tatsächlich vor die Tür setzen würden.«

»Und wer bleibt dann noch übrig?«

»Seine Sekretärinnen, Yasmin Tonger und Regina Drach, außerdem der Personalleiter Karl Leybold«, sagte Assmann. »Leybold können Sie gleich von der Liste streichen, der wird komplett vom Arbeitsamt bezahlt, und das Programm läuft noch drei Jahre. Er kostet uns nichts, und warum sollten wir jemandem eine Kündigung aussprechen, der für uns keinen Kostenfaktor darstellt?«

»Ja, richtig«, sagte Alexandra gedehnt. »Und was ist mit seinen Sekretärinnen?«

Assmann zog die Mundwinkel nach unten und wiegte den Kopf hin und her. »Die beiden sind so ein Thema für sich, jedenfalls was ihre Befähigung angeht. Frau Tonger würde ich eher nicht verdächtigen. Bernd Wildens Tod wird für sie erst recht Probleme mit sich bringen. Sie müssen wissen, ihr mangelt es an so ziemlich allen Fähigkeiten, die eine Sekretärin mitbringen sollte. Herr Wilden hat sie von seiner letzten Anstellung mitgebracht, angeblich haben … hatten die beiden eine Beziehung.«

»War die Sache schon länger vorüber?«, warf Alexandra ein. »Sagen Sie deshalb ›hatten‹?«

»Nein, nein, die Beziehung war immer nur ein Gerücht. Da müssen Sie Frau Tonger schon selbst fragen. Falls Herr Wilden natürlich damit gedroht hat, sich privat von ihr zu trennen, ist davon auszugehen, dass sie über kurz oder lang die Kündigung erhalten hätte.« Kurt Assmann zuckte mit den Schultern. »Vielleicht hatte er ja doch noch eingesehen, dass sie unfähig ist.«

»Heißt das, er wollte es lange Zeit nicht einsehen?«

»Nun, ich habe ihn bei verschiedenen Gelegenheiten sozusagen durch die Blume darauf hingewiesen, aber er hat nicht darauf reagiert. Und ein paarmal habe ich versucht, Yasmin ins offene Messer laufen zu lassen, indem ich sie nicht an einen wichtigen Termin erinnert habe, obwohl ich wusste, dass sie in ihrer schludrigen Art vergessen hatte, ihn zu notieren. Aber irgendwie ist sie stets in letzter Sekunde mit einem blauen Auge davongekommen. Ob Herr Wilden dabei seine Finger im Spiel hatte, habe ich bis heute nicht herausfinden können.«

»M-hm.« Alexandra musste sich einen bissigen Kommentar verkneifen. »Und Frau Drach?«

»Tja, Regina Drach ist nicht viel besser, was ihre berufliche Qualifikation angeht. Sie ist nach einem Arbeitsbeschaffungsprogramm im Verband hängen geblieben. Bei Frau Drach sieht es genau umgekehrt aus. Frau Tongers Vorgängerin war so effizient, dass sie Frau Drachs Arbeit mehr oder weniger miterledigt hat, weil die beiden sich gut verstanden haben. Aber seit Regina Drach auf Frau Tongers … Fähigkeiten angewiesen ist, wird immer deutlicher, dass sie nur wenig taugt. Frau Drach und Frau Tonger wurschteln sich irgendwie so durch. Nein, auch bei Regina Drach wüsste ich nicht, was sie davon haben sollte, Herrn Wilden zu töten.« Er sah zwischen Alexandra und Tobias hin und her. »Ich glaube, das wären dann alle, die er zu diesem Wochenende mitgenommen hatte.«

Alexandra hielt seinen Blick fest. »Und was ist mit Ihnen?«

»Mit mir?« Täuschte sie sich, oder war Kurt Assmann ein wenig blasser geworden?

»Ja, Sie waren schließlich Wildens rechte Hand. Damit dürften Sie doch gute Chancen haben, auf seinen Platz nachzurücken. Immerhin haben Sie ihn aus nächster Nähe erlebt. Sie wissen, worauf es bei seiner Arbeit ankommt, und der Vorstand würde auf so etwas doch großen Wert legen.«

»Da würde ich mir wohl keine Chancen ausrechnen«, entgegnete er. »Allerdings hatte ich bislang auch noch gar keine Gelegenheit, mir über so etwas Gedanken zu machen. Es gibt im Moment Wichtigeres zu erledigen, schließlich muss der Geschäftsbetrieb am Laufen gehalten werden.«

»Wenn Sie in einem Augenblick der Krise so viel Engagement beweisen, können Sie beim Vorstand bestimmt punkten.«

»Worauf wollen Sie hinaus, Frau Berger?«, fragte Assmann.

»Darauf, dass Sie bessere Chancen auf eine Nachfolge haben, als Sie selbst für möglich zu halten scheinen.«

»Unsinn. Ich bin von Herrn Wilden eingestellt worden, nachdem er beim Verband angefangen hatte; ich habe nur ein paar Jahre Erfahrung. Da komme ich gegen die Alteingesessenen doch gar nicht an.«

»Sie haben erst vor ein paar Minuten erklärt, dass für Edwin Groß die Chancen besser stehen als für die ›Alteingesessenen‹, obwohl er erst vor fünf Jahren seine Arbeit aufgenommen hat. Sie selbst sind zwar noch nicht so lange dabei, aber Sie haben Wilden tagtäglich auf Schritt und Tritt begleitet und wissen sogar noch besser als Herr Groß, was zu tun ist.«

Assmann kniff die Augen ein wenig zusammen. »Wollen Sie mir wirklich unterstellen, etwas mit Herrn Wildens Tod zu tun zu haben?«

»Haben Sie etwas damit zu tun?«, fragte Tobias prompt.

»Natürlich nicht! Erstens war ich gestern gar nicht hier …«

»Und wo waren Sie?«, unterbrach Alexandra ihn.

»Zu Hause, den ganzen Tag.«

»Kann das jemand bezeugen?«

»Keine Ahnung, vielleicht ein Nachbar.«

»Ihre Frau nicht?«

»Meine *Freundin?*«, korrigierte er sie. »Nein, sie ist am Freitagmorgen nach Hamburg gefahren, um das Wochenende bei ihren Eltern und Geschwistern zu verbringen.«

»Also kann niemand belegen, dass Sie nicht schon gestern Abend hergekommen sind«, bemerkte Tobias ungerührt. »Ich meine, von Kaiserslautern hierher ist es keine Weltreise.«

»Ich könnte niemals Herrn Wilden …«, murmelte Assmann entgeistert. Nach einer Weile straffte er die Schultern und sah ruhig von einem zum anderen. »Noch einmal: Ich versichere Ihnen, falls Herr Wilden tatsächlich umgebr… ich habe damit nichts zu tun.« Damit wandte er sich um und stieg in seinen Mercedes.

Alexandra und Tobias sahen dem Wagen nach, der mit durchdrehenden Reifen vom Parkplatz fuhr.

»Der Mann kann von Glück reden, dass er gestern Abend tatsächlich nicht hier war, sonst wäre er mein Tatverdächtiger Nummer eins.«

»*Falls* er tatsächlich nicht hier war. Allerdings hat er Wilden über alle Maßen vergöttert. Er hätte ihm bestimmt kein Haar krümmen können.«

Tobias kniff nachdenklich die Augen zusammen. »Es sei denn … er wurde von Wilden enttäuscht.«

Alexandra schaute ihn fragend an.

»Du hast doch gerade gesagt, dass er ihn vergöttert hat. Stell dir mal vor, Wilden wäre in irgendeinen Skandal verwickelt gewesen, und Assmann hätte davon erfahren. Es müsste doch für ihn ein regelrechter Schock gewesen sein, zu erfahren, dass sein Idol nicht dieses weit blickende, weise Wesen ist, für das er ihn immer gehalten hat. Vielleicht ein Bestechungsskandal oder irgendetwas anderes, das Assmanns Glauben zutiefst erschüttert hat. Kurt Assmann kommt her, stellt Bernd Wilden zur Rede und tötet ihn, von mir aus im Affekt. Vielleicht weil Wilden die Sache herunterspielt und nicht merkt, dass er nicht länger die Kontrolle über seinen Assistenten hat.«

»Wäre denkbar«, räumte sie ein. »Aber wir müssen aufhören, im Nebel zu stochern. Ich möchte endlich Klarheit über die Todesursache haben und das Handy oder den Laptop finden. Sonst werden wir nicht entscheidend weiterkommen.«

Tobias zuckte mit den Schultern. »Kann schon sein. Doch komm! Gehen wir wieder rein! Ich könnte jetzt zuerst noch eine Portion Suppe verputzen.«

Alexandra lachte. »Ehrlich? Ich bin pappsatt. Aber ich trinke noch was.«

Kater Brown, der nach wie vor auf Alexandras Schulter lag, hob nur kurz den Kopf, als der Wagen mit durchdrehenden Reifen auf die Landstraße einbog. Etliche kleine Kieselsteine wurden hochgewirbelt und prallten klirrend gegen einen Stahltank, der auf einem Traktoranhänger stand. Bei dem Geräusch musste Kater Brown schaudernd an die schrecklichen Böller denken, die in der Silvesternacht in die Luft gejagt wurden.

Endlich war dieser Mann fort! Kater Brown konnte ihn nicht leiden, und deswegen hatte er ihn auch stoisch ignoriert. Aus Erfahrung wusste er, dass die meisten Menschen ihn in Ruhe ließen, wenn er demonstrativ in die andere Richtung schaute. Wenn er sie dagegen ansah, hielten sie es regelmäßig für eine Aufforderung, ihn zu streicheln.

Nein, nein, es war gut, dass dieser Mann ihn nicht gekrault hatte! Er hatte einen unangenehmen Geruch verströmt, der Kater Brown noch immer so in der Nase kitzelte, dass er nun schon zum wiederholten Mal niesen musste.

Dieser Dosenöffner war genauso unsympathisch wie der, der im Brunnen gelegen hatte. Und beide rochen sie auch ähnlich. War das vielleicht der Geruch, der Menschen anhaftete, die keine Katzen mochten? Interessante Frage! Er würde sie in nächster Zeit im Auge behalten.

Kater Brown reckte die Nase in die Luft und schnupperte noch einmal vorsichtig. Der Gestank schien sich zu verflüchtigen. Zum Glück rochen Alexandra und Tobias gut.

Zufrieden schloss er die Augen und ließ sich zurück in das Haus tragen. Er konnte sich ja schon mal ein paar Gedanken machen, wie er Alexandra am besten zu seiner Entdeckung in den Keller lockte.

11. Kapitel

»Kannten Sie den Kerl?«, fragte Angelika, die Tobias einen Teller Suppe und Alexandra eine Eisschokolade servierte.

»Bis vorhin noch nicht«, antwortete Alexandra und kraulte den Kater, den sie wieder auf den Stuhl gelegt hatte.

»Bei Ihnen im Kloster ist doch auch der andere Typ, der genauso übel drauf ist wie dieses schrecklich nette Bürschchen gerade.«

Alexandra sah von ihrer Eisschokolade auf. »Sie sprechen offenbar von Bernd Wilden, nicht wahr? Er wurde heute Morgen tot im Brunnen vor dem Kloster aufgefunden.«

»Tot?« Die Frau riss die Augen auf, doch sie fasste sich schnell wieder. »Hat ihn jemand erwürgt, damit er endlich die Klappe hält?« Sie hob entschuldigend die Hände. »Tut mir leid, wenn ich das so sage, aber ... wenn ich den Mann länger als einen Tag hätte ertragen müssen, hätte ich auch für nichts garantieren können.« Sie wies mit dem Kopf zur Eingangstür. »War das eben sein Sohn?«

»Nein, sein Assistent«, sagte Tobias. »Aber Sie haben recht: Kurt Assmann könnte durchaus als Wildens Sohn durchgehen, die gleiche nette Art.«

Angelika setzte sich zu ihnen an den Tisch und sagte in vertraulichem Ton: »Ich muss Ihnen das erzählen ... Also, dieser Herr Wilden schneite am Donnerstagabend hier rein ...«

»Am Donnerstag? Ich dachte, die Reisegruppe wäre erst am Freitagmorgen eingetroffen.« Tobias sah überrascht zu Alexandra, die nickte.

»Nein, ich bin mir ganz sicher. Wilden kam am Donnerstagabend in mein Lokal. Am ersten Donnerstag im Monat setzt sich nämlich eine Gruppe von Leuten aus dem Dorf im Wechsel einmal bei mir und einmal schräg gegenüber bei der Konkurrenz zu einer Gesprächsrunde zusammen. Diese Leute engagieren sich für Lengenich und kümmern sich um alle möglichen Belange, die das Dorf betreffen.« Die Wirtin zwinkerte Alexandra zu. »Da sind übrigens auch Ihre beiden Lieblinge mit von der Partie.«

Alexandra grinste. »Hannes und Karl …«

»Auf jeden Fall kam Herr Wilden am Donnerstagabend ins Lokal und wollte etwas zu essen bestellen. Doch die Küche hatte bereits geschlossen. Wenn die Dörfler hier zusammensitzen, dann wird nur getrunken. Darum bleibt an diesem Abend die Küche immer kalt. Wilden wollte das aber nicht einsehen, sondern beharrte darauf, etwas zu essen zu bekommen.« Angelika lachte. »Er blieb mit seinem Glas Wasser stur auf seinem Platz sitzen, doch ich kümmerte mich nicht weiter um ihn. Dahinten am letzten Tisch hockte er und hörte zwangsläufig die Diskussion der Dörfler mit an. Auf einmal stand er auf und mischte sich lautstark in die Unterhaltung ein. Er warf den Leuten vor, in zu kleinen Maßstäben zu denken, deshalb sei hier in den Dörfern auch überall ›tote Hose‹. Wir müssten über unseren Tellerrand hinaussehen, in größeren Dimensionen denken und so weiter. Dieser Angeber hatte von nichts eine Ahnung, aber redete groß mit! Als ein paar aus der Gruppe von ihm konkrete Beispiele forderten, winkte er nur großspurig ab und titulierte die Leute als ›Eifeler Hohlköppe‹! Die Dörfler wurden wütend und beschimpften ihn. Schließlich griff Pallenberg ein und geleitete Herrn Wilden nach draußen.«

»Ach, der Polizist war auch anwesend?«

»Er nimmt so gut wie immer an diesen Versammlungen teil, denn er will wissen, was im Dorf los ist. Wilden protestierte und drohte Pallenberg, dass das noch Konsequenzen nach sich ziehen würde.«

»Und wie reagierte Polizeiobermeister Pallenberg darauf?«

»Auf seine übliche Art. Er drohte Wilden im Gegenzug noch größeren Ärger an, wenn der nicht sofort einen Abgang machte.«

»Also haben sich die beiden gestritten«, folgerte Alexandra.

»Na ja, ich weiß nicht, ob ich das als ›Streit‹ bezeichnen kann. Sehen Sie, Wilden hat Pallenberg nicht wirklich beschimpft, er war nur laut und äußerst unhöflich, aber so unsanft, wie unser Polizist ihn dann gepackt und nach draußen verfrachtet hat, kam es mir schon ein bisschen so vor, als ließe er seinen persönlichen Frust an ihm aus. Sie müssen wissen, es soll in Pallenbergs Ehe ein paar Schwierigkeiten geben …«

»Hm«, machte Alexandra. »Und wie hat Wilden auf den Rausschmiss reagiert?«

»Er rief irgendetwas von Beschwerde und Vorgesetzten, doch dann hatte Pallenberg ihn auch schon nach draußen geschafft, und die Tür fiel hinter ihnen zu.«

»Hat Pallenberg später noch etwas zu dem Vorfall gesagt?«

Die Wirtin überlegte kurz, dann schüttelte sie den Kopf. »Nein, ich glaube nicht. Er war nur ziemlich sauer.«

Alexandra notierte sich etwas auf ihrem kleinen Block.

»Augenblick mal«, sagte Angelika. »Sie glauben doch nicht etwa, dass Polizeiobermeister Pallenberg etwas mit dem Todesfall zu tun hat, oder?«

»Sehen Sie«, gab Alexandra zurück. »Nachdem der Tote

geborgen war, kam Pallenberg zum Kloster, warf einen flüchtigen Blick auf die Leiche und erklärte das Ganze spontan zu einem Unfall, weil er momentan ganz allein Dienst tut und keine Spurensicherung anfordern kann. Aber die Zweifel an dieser Theorie werden immer größer.«

»Wann ist das denn passiert? Wann ist der Mann zu Tode gekommen?«

»Irgendwann zwischen gestern Abend und heute früh. Wieso?«

»Dann kann ich mir vorstellen, warum Pallenberg heute Morgen so ... schnell mit seiner Unfalltheorie war, als er zum Kloster rausgefahren kam.«

»Und wieso?«

»Sie haben ja im Vorbeifahren unser Schullandheim gesehen«, begann Angelika. »Die Abiturienten, die im Moment da untergebracht sind, reisen am Montag wieder ab, und bei diesen Aufenthalten gehört es dazu, dass am letzten Freitag eine Party steigt, die meistens die ganze Nacht durchgeht. Vermutlich hatte Pallenberg erst eine halbe Stunde Schlaf bekommen, als er heute Morgen zum Kloster gerufen wurde.«

»Aber was hat er als Polizist mit der Party zu tun?«, wandte Tobias ein.

»Bevor er zur Polizei gegangen ist, hat er seinen Zivildienst beim Arbeiter-Samariter-Bund gemacht und ist da zum Rettungssanitäter ausgebildet worden. Bei solchen Veranstaltungen muss ein Sanitäter anwesend sein, doch der wird dem Schullandheim natürlich berechnet. Pallenberg hat sich bereit erklärt, von Zeit zu Zeit einzuspringen und für die Dauer der Party anwesend zu sein, damit das Schullandheim Geld sparen kann.« Sie hob die Hände leicht an. »Sie können gern dort nachfragen. Wenden Sie sich an Frau Büchel. Sie ist Leiterin des Schullandheims und für diese Dinge zuständig.«

Alexandra sah zu Tobias, der daraufhin die Schultern hob und sagte: »Machen wir. Auch wenn ich zugeben muss, dass ich Pallenberg so viel Uneigennützigkeit gar nicht zugetraut hätte …«

Es war gegen Viertel vor vier, als sie in die baumbestandene Zufahrt zum Landschulheim einbogen.

»Schicke Hütte«, staunte Tobias und reckte den Hals.

Alexandra nickte. »Das fand ich auch, als ich das Landschulheim zum ersten Mal sah.« Sie stellte den Wagen auf einer als Besucherparkplatz gekennzeichneten Fläche ab, dann stiegen sie aus. Kater Brown, der es sich im Fußraum vor dem Beifahrersitz gemütlich gemacht hatte, hob den Kopf nur ein wenig an und blinzelte nach draußen, dann rollte er sich wieder zusammen und schlief weiter.

»Da wollen wir uns mal auf die Suche nach Frau Büchel machen«, sagte Alexandra und überzeugte sich davon, dass die Fenster für den Kater einen Spaltbreit geöffnet waren. Auch wenn der Wagen im Schatten stand, wollte sie nicht riskieren, dass Kater Brown einen Hitzschlag bekam. Aus dem Augenwinkel bemerkte sie, dass Tobias in eine andere Richtung schaute. Alexandra folgte seinem Blick und entdeckte in einigen Metern Entfernung drei achtzehn-, neunzehnjährige Mädchen in bunten, recht knappen Bikinis. Sie standen ein wenig abseits von ihren anderen Mitschülern am Rand eines kleinen Schwimmbeckens, kicherten und lächelten zu Tobias hinüber.

Alexandra zog ihn am Ohrläppchen mit sich fort.

»Aua«, protestierte Tobias in gespielter Empörung und rieb sich das Ohr.

»Komm, du könntest ja fast der Vater dieser Gänschen sein! Mach dich nicht lächerlich!«

»Wieso lächerlich?«, widersprach Tobias. »Ich scheine doch genau ihr Typ zu sein …«

»Oje!«, sagte Alexandra und grinste. »Dann möchte ich lieber nicht wissen, wie die Mitschüler dieser Grazien aussehen. Immerhin scheint ihre Not groß zu sein, wenn sie einem alten Mann wie dir schöne Augen machen.«

»Also, ehrlich, alter Mann!« Tobias schüttelte den Kopf, dann blitzte es in seinen Augen plötzlich auf. »Kann es sein, dass du nur eifersüchtig bist?«

Alexandra spürte, wie ihr eine leichte Röte in die Wangen stieg, und ärgerte sich über sich selbst. »Ich eifersüchtig? Auf diese Hühnchen? So ein Blödsinn! Und jetzt komm, wir haben nicht den ganzen Tag Zeit!«

Tobias begann, fröhlich zu pfeifen – und Alexandra ärgerte sich noch mehr.

Während sich auf dem Platz vor dem zweistöckigen Gebäude die Nachmittagswärme gestaut hatte, war es im Inneren des Hauses angenehm kühl. Im Foyer führte eine breite Treppe nach oben. Die Türen links und rechts davon waren mit Piktogrammen für Damen- und Herrentoiletten gekennzeichnet.

Durch die Eingangstür drang noch die Geräuschkulisse der ausgelassen am Schwimmbecken tobenden Schüler ins Haus, doch dann fiel die Tür hinter Tobias und Alexandra sanft ins Schloss, und sofort umgab sie eine wohltuende Ruhe.

»Hallo?«, rief Alexandra. »Frau Büchel? Sind Sie da?« Als niemand antwortete, ging sie entschlossen auf die Treppe zu. Im ersten Stockwerk kam ihnen eine zierliche Frau um die sechzig entgegen. »Kann ich Ihnen behilflich sein?«, fragte sie freundlich.

»Ja, wir suchen die Leiterin des Schullandheims«, antwortete Alexandra.

»Da sind Sie fündig geworden«, erklärte die Frau und strich sich eine dunkelblonde Haarsträhne aus dem Gesicht. »Gertrud Büchel mein Name.«

»Alexandra Berger, das ist mein Kollege Tobias Rombach. Dürfen wir Ihnen ein paar Fragen stellen? Es geht um die Nacht von gestern auf heute, da hat doch die Party der Abiturienten stattgefunden ...«

Über das Gesicht der Frau fiel ein Schatten, und sie reckte entschlossen den Kopf. »Sind Sie von dieser Initiative, die uns die Partys verbieten will? Dann können Sie gleich wieder gehen. Sehen Sie sich doch an, wie weit die nächsten Gebäude entfernt sind, und dann verraten Sie mir, wie die Leute aus dem Dorf ernsthaft behaupten können, dass sie nachts kein Auge zubekommen, weil hier die Musik angeblich so unglaublich laut gespielt wird. Ich gehe bei jeder Party regelmäßig in der Nacht nach draußen, um mich davon zu überzeugen, dass die Lautstärke nicht übertrieben ist, sonst ...«

Alexandra und Tobias hatten mehrmals versucht, den Redeschwall der Frau zu stoppen, ehe sie endlich auf ihre Zwischenrufe reagierte. »Frau Büchel, wir gehören zu keiner Initiative, und wir wissen auch nicht, wie laut die Party letzte Nacht war«, versicherte Tobias. »Drüben im Klosterhotel haben wir davon jedenfalls nichts mitbekommen.«

»Ach ... wegen der Musik sind Sie also nicht hier?« Sie sah die beiden verdutzt an, dann räusperte sie sich. »Nun, entschuldigen Sie bitte meine Reaktion, aber die Nachbarn schicken uns in regelmäßigen Abständen irgendwelche Leute auf den Hals. Mitarbeiter vom Ordnungsamt, vom Jugendamt, von der Schulbehörde. Völlig unbegründet!« Die Frau schaute zwischen Tobias und Alexandra hin und her. »Was kann ich für Sie tun?«

»Ich weiß nicht, ob Sie schon gehört haben, dass es drüben im Klosterhotel einen Toten gegeben hat …«

»Ja, Herr Pallenberg hat mir am Telefon davon erzählt«, erwiderte die Frau. »So ein schrecklicher Unfall!«

»Ja, genau«, bekräftigte Alexandra und überlegte in aller Eile, wie sie ihre Frage so formulieren konnte, dass die Frau nichts von ihren Vorbehalten gegen den Polizeiobermeister erfuhr. Offenbar stand die Leiterin des Schullandheims in regem Kontakt mit Pallenberg und würde ihm brühwarm von Alexandras Verdacht erzählen. In diesem Fall würde Pallenberg ihnen bei ihren Nachforschungen gewiss Schwierigkeiten bereiten. Aus diesem Grund entschloss sich Alexandra zu einer kleinen Notlüge. »Sehen Sie, der Mann, der tot aufgefunden wurde … wurde bereits gestern am späten Abend vermisst, und wir haben vergeblich versucht, Herrn Pallenberg zu erreichen. Auch eben war er nicht ans Telefon zu bekommen. Jemand hat davon gesprochen, dass er wohl in irgendeiner Funktion hier tätig sein soll, und da haben wir uns gedacht, wir finden ihn vielleicht bei Ihnen. Oder vielleicht können Sie uns sagen, wo wir ihn erreichen können.«

»Wo er jetzt ist, weiß ich nicht. Gestern Abend allerdings war er hier. Da feierten die Abiturienten, die sich bei uns aufhalten, ihre Abschlussparty. Das war eine von den Gelegenheiten, bei denen Herr Pallenberg sich als Rettungssanitäter schon mal zur Verfügung stellt. Alle vier bis sechs Wochen hilft er uns auf diese Weise. Sehen Sie, es ist ja noch niemals etwas vorgefallen, bei dem einer der Schüler oder Lehrer Erste Hilfe benötigt hätte …« Sie lächelte. »Herr Pallenberg ist ein wunderbarer Mensch und ein guter Polizist, und er hilft uns gern.« Sie schwieg einen Moment und fügte schließlich hinzu: »Auch gestern hat er die ganze Nacht tapfer durchgehalten, bis zum Morgengrauen – bis auch noch das letzte Paar die

Tanzfläche verlassen hatte. Draußen war es tatsächlich schon hell, als er seinen Dienst beenden konnte. Kurz darauf wurde er ja schon zum Kloster gerufen, der Arme! Das hat er mir eben am Telefon erzählt.«

»Es wurde schon wieder hell?«, hakte Alexandra nach. »Dann war die Party wohl ein voller Erfolg, wie?«

»Ja, das kann man sagen! Wir hatten die Achtzigerjahre als Thema.«

»Gut, dann ... werden wir noch einmal versuchen, Herrn Pallenberg unter seiner Nummer auf der Wache zu erreichen«, warf Tobias schnell ein, bevor sie weiterreden konnte, und gab Alexandra unauffällig ein Zeichen, damit sie den Rückzug antraten.

»Ja, genau«, bestätigte die Leiterin des Schullandheims. »Oder eben auf dem Handy.«

Alexandra bedankte sich bei Frau Büchel und verabschiedete sich.

Auf der Wiese vor dem Haupteingang tummelten sich inzwischen weitere Mädchen am Rand des Schwimmbeckens. Bei Tobias' Anblick schienen sie sich irgendwie in Pose zu werfen. Alexandra drehte sich grinsend zu ihm um. »Deine Fangemeinde wächst von Minute zu Minute.« Mit einer flüchtigen Kopfbewegung deutete sie auf die Mädchen.

Er zuckte lässig mit den Schultern. »Sag ich doch! Aber was soll ich mit dem jungen Gemüse? Ich stehe mehr auf reife Schönheiten.«

Bei seinem Grinsen konnte Alexandra sich ein Lachen nicht verkneifen und schlug ihm spielerisch mit dem Block auf den Kopf. »Reife Schönheit? Na, vielen Dank, das merk ich mir.«

»Ja, mach das nur. Bist du ja selbst schuld, wenn du für meine charmanteren Komplimente nicht zu haben bist.«

Sie hatten eben den Wagen erreicht, doch bevor Alexandra etwas auf Tobias' Bemerkung erwidern konnte, stellte sie entsetzt fest, dass die Beifahrertür offen stand. »Das kann doch nicht wahr sein! Kater Brown ist weg!«, rief sie nach einem Blick ins Wageninnere aufgeregt.

»Bestimmt hat er sich hinter den Sitzen verkrochen, um in Ruhe zu schlafen«, meinte Tobias.

»Nein, da ist er nicht!« Sie bückte sich und schaute unter den Sitzen nach. Als sie wieder auftauchte, hatten sich auf ihren Wangen hektische rote Flecken gebildet. »Er ist ehrlich weg! Was machen wir denn jetzt?«

»Wieso stand eigentlich die Beifahrertür auf?«, wollte er wissen. »Du hast doch eben abgeschlossen ...«

Alexandra nickte und sah sich beunruhigt um. »Ganz bestimmt hab ich das. Jemand muss die Tür irgendwie entriegelt haben! Dabei habe ich den Schlüssel hier.« Sie kramte in ihrer Tasche und hielt kurz darauf ihren Schlüsselbund in die Höhe.

»Oh«, murmelte Tobias. »Dann hat jemand deinen Wagen aufgebrochen. Wahrscheinlich hat dieser Jemand den Verriegelungsknopf mit einem Draht hochgezogen. Immerhin hast du das Fenster ein paar Zentimeter offen gelassen, damit es Kater Brown nicht zu warm wird.«

Alexandra sah sich noch einmal suchend um, aber keiner der Schüler verhielt sich verdächtig. »Na, toll! Und jetzt?«

Tobias überlegte kurz, dann erklärte er: »Ich werde mal meinen Charme spielen lassen.« Mit diesen Worten begab er sich zu der Gruppe seiner Bewunderinnen. Seiner ernsten Miene zufolge erzählte er den Mädchen vom Verschwinden des Katers. Zwei der Abiturientinnen rannten los und verschwanden hinter dem Haus. Eine der anderen gestikulierte, als lieferte sie eine Personenbeschreibung.

Kurz darauf kam Tobias zu Alexandra zurück. »Das scheint das Werk der drei Lukasse zu sein.«

»Drei Lukasse?«

»Schulz, Schneider und Deutschmann, alle drei heißen mit Vornamen Lukas.«

Alexandra zog missmutig eine Augenbraue hoch. »Und wo sind die Typen?«

»Die beiden Mädchen, die weggegangen sind, suchen nach ihnen und sagen uns dann Bescheid.« Kaum hatte er ausgesprochen, kamen die Schülerinnen auch schon zurück und berichteten, dass sich die drei Jungen hinter dem Gebäude an einer der Tischtennisplatten aufhielten.

Als Tobias mit Alexandra um das Haus herumging, entdeckte er die drei Schüler sofort. Sie trugen Jeans und T-Shirt und sahen einander recht ähnlich. Vielleicht lag das aber auch nur an der uniformen Kleidung der Jungen. Am besten unterscheiden konnte man sie an ihrer Haarfarbe. Der erste hatte dunkle, fast schwarze Haare, der zweite war blond und der dritte rothaarig.

Tobias ging zielstrebig auf die Schüler zu, die die beiden Fremden mit demonstrativem Desinteresse betrachteten. »Hallo«, sagte er und nickte lächelnd in die Runde. »Wir hätten gern unseren Kater zurück.«

»Echt?«, gab der erste Lukas zurück.

»Ich hab keinen Kater gesehen«, fügte Lukas Nummer zwei hinzu und sah den Dritten im Bunde an. »Du, Luke?«

»Ich weiß nicht mal, wie ein Kater aussieht, nur wie er sich anfühlt.« Dabei grinste er frech.

Tobias trat einen Schritt näher. »Ich will wissen, wo ihr unseren Kater hingebracht habt, sonst gibt es Ärger.«

»Sie können uns nichts tun«, konterte der blonde Junge. »Das wäre nämlich Körperverletzung. Und damit würden Sie sich strafbar machen.«

»Wer sagt denn, dass ich euch was *tun* werde«, gab Tobias mit gespielter Freundlichkeit zurück. »Handgreiflich werde ich sicher nicht – so dumm bin ich nicht. Aber ich habe einen guten Freund, der jede Website knacken kann. Der wird sich eure Facebook-Seiten und euren Twitter-Account einmal vornehmen und euch drei so zum Gespött der Leute machen, dass ihr euch wünschen werdet, Facebook und Twitter wären nie erfunden worden.«

»Wenn Sie Lügen über uns verbreiten werden, dann …«

»Hey, ganz ruhig, Kleiner! Warum soll ich Lügen über euch verbreiten, wenn ich es so arrangieren kann, dass ihr euch selbst blamiert? Website zum Thema Impotenz? ›Gefällt mir.‹ Website zum Thema ›Wie geht eigentlich Selbstbefriedigung?‹ ›Gefällt mir‹. Das wird eure Freunde sicher interessieren.«

»Blödsinn«, hielt der dritte Lukas dagegen, doch sein cooles Auftreten begann sichtlich zu bröckeln. »Tools kann man löschen. Und Facebook-Einträge auch.«

»Aber nur, wenn das Tool auch gefunden und gelöscht werden *will*. Und das will dieses Tool garantiert nicht.«

Die drei sahen sich sekundenlang unschlüssig an, dann nickte der erste Lukas. »Okay, ist ja schon gut. Das sollte nur ein kleiner Streich sein.«

»Wo ist der Kater?«, warf Alexandra kühl ein.

»Kommen Sie mit!«, brummte Lukas Nummer drei und stand zusammen mit den beiden anderen auf.

Die Jungen führten sie zu einem Geräteschuppen hinter dem Haus. Der dunkelhaarige Lukas öffnete den Riegel und zog die Tür auf. »Ihr Liebling ist da drin«, erklärte er. Er warf seinen Freunden einen ärgerlichen Blick zu, weil die beiden sich von der Drohung hatten beeindrucken lassen.

Alexandra spähte in den düsteren Raum. »Ich kann ihn nicht sehen.«

»Er muss aber da sein«, meinte der blonde Lukas. »Es sei denn … er ist durch das Fenster da entwischt.« Er zeigte auf eine Öffnung in der seitlichen Wand, durch die nur wenig Licht ins Innere drang.

»Er ist euch entwischt?«, entfuhr es Alexandra erschrocken. »Wie dämlich kann man eigentlich sein?«

»Hey, dahinten ist er ja«, sagte der rothaarige Lukas und zeigte auf den Weg, der auf der anderen Seite am Gebäude entlang verlief.

Alexandra lief aus dem Schuppen, aber da hatte Kater Brown bereits die Flucht ergriffen. Offenbar hatte er Angst.

»Kater Brown!«, rief Alexandra. »Bleib stehen, es ist ja alles gut!« So schnell sie konnte, lief sie hinter ihm her, obwohl ihr klar war, dass sie gar keine Chance haben würde, ihn einzuholen, sollte er wirklich nicht gefangen werden wollen.

Irgendwo hinter ihr war Tobias, der den Jungen befohlen hatte, ihnen bloß nicht zu folgen. Also hatte er auch erkannt, vor wem Kater Brown die Flucht ergriffen hatte.

Kurz bevor er die Ausfahrt zur Landstraße erreicht hatte, blieb der Kater plötzlich stehen und drehte sich zu ihr um.

»Ja, so ist es gut«, sagte sie laut und wurde langsamer, damit er sich nicht noch einmal erschreckte. »Ganz brav«, redete sie auf ihn ein.

Kater Brown setzte sich hin, um abwechselnd Alexandra und die Umgebung hinter ihr zu betrachten. Dabei zuckte sein Schwanz nervös hin und her.

Nur noch ein paar Meter, dachte Alexandra. Dann habe ich ihn erreicht und kann ihn hochnehmen, um ihn zum Wagen zu tragen. Nur noch ein paar Meter …

In diesem Moment kam ein großer Wagen um die Ecke geschossen und hielt geradewegs auf die Einfahrt zu – auf die Einfahrt und auf Kater Brown!

12. Kapitel

Der Fahrer des Kurierdienstes schien den Kater, der vor ihm auf der Fahrbahn saß, nicht zu sehen. Sein Blick war auf ein anderes Hindernis gerichtet. Mit aufgerissenen Augen starrte er Alexandra an, die nur noch zwei Meter von Kater Brown entfernt dastand. Als der Kater hinter sich das Motorgeräusch des Transporters hörte, drehte er sich erschrocken um, bewegte sich jedoch nicht vom Fleck. Erst da löste sich Alexandra aus ihrer Starre und hechtete nach vorn und damit auf den heranrasenden Wagen zu. Wie durch ein Wunder bekam sie Kater Brown zu fassen, der kläglich miaute, drückte ihn an sich und rollte sich mit ihm nach rechts herum in Richtung der Büsche, die einen Teil der Zufahrt zum Grundstück säumten.

Hoffentlich lenkt der Fahrer den Wagen nicht vor Schreck in dic gleiche Richtung, dachte sie voller Angst.

Als sie schließlich liegen blieb, klopfte ihr das Herz bis zum Hals, und sie spürte, wie ihr vor Erleichterung die Tränen in die Augen stiegen. Sie lebte, und Kater Brown lebte auch! Vorsichtig setzte sie sich auf. Der Kater zappelte, wand sich aus ihren Armen und sprang auf den Boden neben Alexandra. Dort setzte er sich hin und begann, sich ausgiebig zu putzen. Ab und zu hielt er inne, um ihr einen rätselhaften Blick zuzuwerfen.

»Bitte, gern geschehen, mein Kleiner«, murmelte Alexandra, die sich einbildete, Dankbarkeit in den grünen Katzenaugen zu lesen.

Der Fahrer des Transporters hätte sie und Kater Brown

bestimmt in voller Fahrt unter sich begraben, wenn sie nicht das Tier geschnappt und sich zur Seite weggerollt hätte!

Tobias rannte gerade wutentbrannt auf den Wagen zu. Der Fahrer stieg aus, fuhr sich mit einer Hand durchs Haar und sah sich besorgt nach Alexandra um.

Frau Büchel kam ebenfalls aus dem Gebäude gestürmt und hielt auf den Kurierfahrer zu. Alexandra wollte sich aufrappeln, doch sie fühlte sich wie benommen. Deshalb blieb sie, wo sie war, und sah zu, wie die beiden auf den Fahrer losgingen.

Nach einer Weile, als ihre Beine nicht mehr so zitterten, stand sie auf und ging zu der kleinen Gruppe, die immer noch heftig diskutierte.

»Du kannst jetzt aufhören, den Mann zur Schnecke zu machen, Tobias«, sagte sie und brachte zu ihrem eigenen Erstaunen ein Lächeln zustande. »Wir haben es ja überlebt.«

Tobias' Gesicht war vor Zorn gerötet. »Ja, aber dieser Idiot kann trotzdem nicht einfach so auf ein Grundstück rasen, auf dem es von Schülern nur so wimmelt.«

Alexandra nickte. »Ja. Danke, dass du mich so lieb verteidigst.« Sie sah an ihm vorbei zu Frau Büchel, die den Mann noch immer mit Vorwürfen überhäufte. »Oje. Ich glaube, wenn sie gleich in dieser Laune den Kurierdienst anruft, dann ist der Gute die längste Zeit Fahrer gewesen.«

»So, und jetzt knöpfe ich mir die Lukasse vor«, erklärte Frau Büchel und marschierte auf die drei Schüler zu, die in einiger Entfernung stehen geblieben waren, um das Geschehen zu beobachten. Sie machten nicht den Eindruck, als bereuten sie ihr Handeln sonderlich. »Das wird für die Burschen Konsequenzen haben.«

Alexandra hätte die Standpauke, die die Jungen erwartete, mit Freuden verfolgt, doch da kam der Fahrer auf sie zu. Er wirkte zerknirscht, als er ihr die Hand reichte. »Tut mir leid«, sagte er und konnte ihr dabei kaum in die Augen sehen. »Ich war so in Eile ... Da habe ich einfach nur aufs Gas gedrückt.«

Alexandra nickte nur und ging dann zu Kater Brown, um ihn hochzunehmen. Als sie ihm über den weichen Kopf streichelte, schmiegte er sich sofort an sie und begann zu schnurren. Er schien den Schrecken zum Glück überwunden zu haben.

Mit dem Kater auf dem Arm stieg Alexandra in ihren Wagen und wartete, bis sich Tobias zu ihnen gesellte. Erst dann entließ sie Kater Brown aus der Umklammerung und setzte ihn Tobias auf den Schoß.

Puh, das war ja gerade noch mal gut gegangen! Kater Brown ließ sich von dem Brummen des Motors einlullen und schloss die Augen. Er war froh, von diesem schrecklichen Ort fortzukommen. Er mochte den großen Park mit seiner Unruhe und den vielen Menschen nicht. Und die drei Jungen, die ihn aus dem Auto geholt hatten, konnte er erst recht nicht ausstehen! Schon als sie ihn durch die Scheibe hindurch angestarrt und dabei so laut geredet und gelacht hatten, war ihm klar gewesen, dass sie nichts Gutes im Schilde führten. Und dann war es ihnen irgendwie gelungen, die Tür zu öffnen und ihm ein Handtuch überzuwerfen, damit er nichts sehen konnte.

Natürlich hatte er sich mit Krallen und Zähnen zur Wehr zu setzen versucht, aber das Handtuch war zu dick gewesen, und er war von den lauten Jungen weggebracht und in einen dunklen, engen Raum gesperrt worden. Zum Glück hatte er schnell das kleine Fenster entdeckt, aus dem er bald nach seiner Entführung hatte entkommen können.

Und dann hatten sich die Ereignisse auch schon überstürzt. Alexandras Rufe ... und das schreckliche Motorgeräusch, das immer lauter geworden war. Ein weißes Ungetüm war auf ihn zugeschossen. Obwohl er normalerweise sehr schnell laufen konnte, war er wie gelähmt gewesen und hatte das Blechmonster nur anstarren können. Gleich bist du mausetot, hatte er gedacht – und Alexandra auch. Doch da hatte sie ihn schon gepackt, und sie waren gemeinsam den Abhang heruntergerollt ... Sie war schon ein Teufelsmädchen! Kein Zweifel, sie hatte ihm eines seiner sieben Leben gerettet ...

»›Es wurde schon wieder hell‹, hat Frau Büchel gesagt«, überlegte Tobias nach einer Weile, während er Kater Brown streichelte, der seit der Abfahrt vom Schullandheim auf seinem Schoß lag und döste. »Damit scheidet der Polizist als Täter aus. Der Mord ereignete sich irgendwann nach zweiundzwanzig Uhr, und er kann sich nur im Schutz der Dunkelheit abgespielt haben, weil alles andere zu riskant gewesen wäre. Wenn es hell wird, kann man vom Kloster aus den Parkplatz und die Fläche rund um den Brunnen beobachten, ohne selbst gesehen zu werden.«

Alexandra nickte. »Trotzdem hätte ich es Pallenberg nicht zugetraut, dass er sich regelmäßig als Sanitäter für die Schulpartys zur Verfügung stellt. Vielleicht ist er doch nicht so faul, wie wir dachten.«

Tobias schnaubte. »Na, ich weiß nicht. Kann doch sein, dass er sich seine Arbeit nur danach aussucht, ob sie ihm Spaß macht oder nicht. Du hast ja gehört, was Frau Büchel sagte. Bisher wurde auf einer solchen Party noch nie ein Sanitäter gebraucht. Also kann Pallenberg an solchen Abenden eine ruhige Kugel schieben und den Wohltäter spielen. Und davon abgesehen, bekommt er von den Lehrern bestimmt das eine oder andere Bier spendiert. So war das gewiss auch gestern Abend. Und dann wurde er nach vielleicht einer Stunde Schlaf zum Kloster gerufen, um sich dort mit einem mysteriösen Todesfall zu befassen. Ihm ist gleich klar, dass ihm jede Menge Arbeit bevorsteht, wenn er von einem Tötungsdelikt ausgeht. Also sagt er einfach, es war ein Unfall, und damit hat sich die Sache. Eine kurze Notiz für die Akten, und weg mit dem Fall.«

»Oder er glaubt nach der Auseinandersetzung in Angelikas Kneipe, den Mörder zu kennen, und will ihn schützen, indem er die Ermittlungen erst gar nicht aufnimmt beziehungsweise verzögert.«

»Die verschworene Dorfgemeinschaft, die zusammenhält?«

»Ganz genau. Und je enger dieser Zusammenhalt ist, desto besser lässt sich ein Verbrechen vertuschen.« Alexandra setzte den Blinker, bog in die Einfahrt zum Klosterhotel ein und lenkte den Wagen in eine schmale Parklücke neben Kurt Assmanns Mercedes Cabrio.

Kaum hatte sie den Schlüssel im Zündschloss gedreht, hob Kater Brown den Kopf, stand auf und reckte sich auf Tobias' Schoß. Der Blick, mit dem er ihn bedachte, schien zu sagen: Na los, öffne mir die Tür! Ich bin zu Hause.

»Ich finde, er hat uns schon ganz gut im Griff«, bemerkte Tobias und lachte, als er dem Kater zusah, wie er zielstrebig in Richtung Kloster davonflitzte.

Sie folgten Kater Brown langsam. Alexandra zog ihr Handy aus der Handtasche und wählte noch einmal Bernd Wildens Mobilfunknummer. Wieder meldete sich niemand. Alexandra seufzte frustriert. »Vielleicht gibt es ja irgendeine Möglichkeit, an Wildens Verbindungsnachweis für die letzten zwei Tage heranzukommen«, überlegte sie laut.

»Kein Problem«, scherzte Tobias. »Wir suchen uns einfach einen Richter, der uns eine Generalvollmacht erteilt, diese Daten abzufragen. Dann fahren wir mal eben bei allen Mobilfunkanbietern im Land vorbei – schließlich wissen wir ja nicht, mit welchem Wilden überhaupt einen Vertrag abgeschlossen hat –, halten ihnen den richterlichen Wisch vor die Nase und lassen uns den Einzelverbindungsnachweis aushändigen, sobald wir den richtigen Ansprechpartner gefunden haben.« Er schaute demonstrativ auf die Uhr. »Hm, wenn wir uns beeilen, sind wir vielleicht bis Montag wieder zurück.«

»Blödmann!« Alexandra schüttelte den Kopf. »Ich habe gerade an etwas ganz anderes gedacht. Euer Magazin stellt doch von Zeit zu Zeit Technikneuheiten vor, und ich weiß, dass ihr erst vor Kurzem ein Sonderheft zum Thema ›Computer‹ herausgebracht habt. Vielleicht hat da ja irgendjemand auch was über Telekommunikation geschrieben. Wenn dem so ist, kannst du den Kollegen möglicherweise um Hilfe bitten und ihn fragen, ob er irgendwie herausfinden kann, mit wem Wilden zuletzt telefoniert hat.«

Tobias sah sie verdutzt an. »Stimmt, daran hatte ich jetzt gar nicht gedacht … Ich werde gleich mal nachhören, wer dafür der beste Ansprechpartner ist.« Er gab ihr zu verstehen, schon einmal vorauszugehen, während er die Nummer seiner Redaktion wählte.

Alexandra kraulte Kater Brown, der sich inzwischen auf dem Brunnenrand zusammengerollt hatte, hinter den Ohren und betrat dann das Foyer. Bruder Hartmut stand hinter dem Tresen und telefonierte, nickte ihr jedoch freundlich zu.

»Ja, bis zum Vierzehnten … sieben Personen … ist notiert … Ja … die Bestätigung geht am Montag per Brief an Sie raus … Vielen Dank … Ihnen auch … Auf Wiederhören.« Er legte den Hörer zur Seite und wandte sich Alexandra zu.

»Können Sie mir sagen, wo sich Bruder Johannes im Augenblick aufhält?«

»Ich rufe ihn sofort an«, versprach er ihr und griff wieder zum Hörer.

Während er darauf wartete, dass Bruder Johannes sich meldete, trat Tobias zu ihnen. Alexandra warf ihm einen fragenden Blick zu, doch er zuckte mit den Schultern.

»Heute ist die Redaktion nur mit ein paar Leuten besetzt, aber Susi versucht, den Redakteur und die Autoren zu erreichen«, berichtete er leise. »Sie weiß, dass die Sache eilt, doch wir haben Wochenende, und ich habe keine Ahnung, wie schnell die Autoren reagieren werden.« Er grinste schief. »Ich habe vorsichtshalber ausrichten lassen, dass es sich um eine sehr knifflige Sache handelt. Das ist für die Jungs genau der richtige Ansporn. Die sind ganz heiß auf alles, was nach Herausforderung klingt.«

»Entschuldigen Sie, Frau Berger«, meldete sich Bruder Hartmut zu Wort. »Bruder Johannes wird in einer Viertelstunde in seinem Zimmer auf Sie warten.«

»Ah, da sind Sie ja!«, rief Assmann in diesem Moment und eilte mit einem arroganten Lächeln auf sie zu. »Ich habe alles vorbereitet. Sie können gleich mit den Verhören anfangen.«

»Den Verhören?«, wiederholte Tobias verwundert.

»Ja.« Assmann schaute mit wichtiger Miene von einem zum anderen. »Sie wollten doch die Mitarbeiter befragen, oder habe ich das falsch verstanden?«

»Grundsätzlich ist das richtig«, erklärte Alexandra geduldig. »Aber wir hatten eine Unterhaltung im Sinn, bei der die Leute sich wohlfühlen und nicht den Eindruck bekommen, sie müssten jedes Wort auf die Goldwaage legen, weil es vielleicht gegen sie verwendet werden könnte.«

Assmann zuckte ratlos mit den Schultern. »Aber genau das wird doch anschließend geschehen, wenn Sie den Schuldigen gefunden haben.«

»Das ist richtig. Trotzdem möchten wir uns zwanglos mit den Mitarbeitern unterhalten. Immerhin sind wir nicht von der Polizei. Wenn die Leute nicht mit uns reden wollen, müssen sie das auch nicht.«

»Sie werden Ihre Fragen beantworten, davon können Sie ausgehen«, versicherte Assmann ihr.

Bestimmt hat er ihnen mit einer Abmahnung gedroht, dachte Alexandra ärgerlich. Bernd Wilden hatte in Kurt Assmann wirklich einen würdigen Assistenten gefunden!

Tobias wechselte einen kurzen Blick mit ihr. »Wir wollten sowieso mit den Leuten reden. Also können wir es auch jetzt gleich hinter uns bringen.«

»Ja, einverstanden.« Sie wandte sich an Bruder Hartmut: »Richten Sie Bruder Johannes doch bitte aus, dass er sich noch Zeit lassen kann. Wir reden zuerst mit Wildens Angestellten, danach kommen wir zu ihm.«

Der Mönch lächelte sie beruhigend an. »Er wird dafür Verständnis haben, dass Sie erst die Gelegenheit nutzen möchten, Herrn Wildens Mitarbeiter zu befragen. Schließlich ist es in unser aller Interesse, Licht in diese Angelegenheit zu bringen.«

Assmann nickte zufrieden, und Alexandra ärgerte sich im Stillen noch mehr. Sie hätte lieber zuvor gewusst, was die Bewegungsprofile ergeben hatten, die Bruder Andreas auf den Computer hatte übertragen wollen. Dann hätte sie die Möglichkeit gehabt, die Leute gegebenenfalls sofort mit einer falschen Aussage zu konfrontieren. Na gut, überlegte sie grimmig. Der Punkt geht an Assmann, aber das wird auch der einzige Punkt bleiben, den er für sich verbuchen kann.

Zu dritt begaben sie sich ins Refektorium, einen weitläufigen, L-förmigen Saal mit hoher, kuppelartiger Decke, an der mehrere schlichte Kronleuchter hingen.

Zwei Tischreihen mit Holzbänken zu beiden Seiten erstreckten sich über die ganze Länge des Raumes. In Abständen waren diese Reihen unterbrochen, damit man vom äußeren in den inneren Bereich des Saals gelangen konnte, ohne erst um die gesamte Tafel herumgehen zu müssen. Die zehn Mitarbeiter, die zusammen mit Wilden für das Wochenende hergekommen waren, saßen wie die Hühner auf der Stange auf der inneren Bank und schauten nervös hin und her. Assmann hatte ihnen offenbar massiv zugesetzt.

»Wir haben bereits alles vorbereitet«, erklärte Wildens Assistent. Dabei zeigte er auf einen Tisch im linken Teil des Saals, der durch eine mobile Stellwand vom Rest des Raumes abgetrennt worden war. Auf diesem Tisch standen zwei Schreibtischlampen, die so ausgerichtet waren, dass sie eine Tischhälfte und den Stuhl auf dieser Seite in grelles Licht tauchten. Alexandra drängte sich unwillkürlich der Verdacht auf, dass Assmann die ursprünglichen Glühbirnen durch viel stärkere hatte ersetzen lassen.

Dieses Arrangement erinnerte, passend zu Assmanns Wortwahl, an ein Verhörzimmer in einem Kellerraum oder einer alten, längst nicht mehr genutzten Fabrikhalle. Obwohl diese Szene in ihrer Klischeehaftigkeit beinah lächerlich wirkte, verursachte sie Alexandra eine Gänsehaut.

Sie hatte Assmann schon bei ihrer ersten Begegnung unsympathisch gefunden, doch je länger er sich in ihrer Nähe aufhielt, desto größer wurde ihre Abneigung gegen diesen Mann, der so wirkte, als wäre er in einer anderen Zeit geboren worden.

»Aha«, sagte sie nur, stieß Tobias, den der Anblick gleichermaßen irritiert hatte, leicht an und wandte sich nach rechts. Sie nickte den wartenden Mitarbeitern freundlich zu. Manche von ihnen wirkten trotzig, andere wiederum ängstlich oder unsicher.

Alexandra blieb stehen, stellte sich und Tobias vor und begrüßte die Anwesenden. Dass sie Tina Wittecker bereits kannte, ließ sie absichtlich unerwähnt.

»Frau Drach, kommen Sie«, sagte Assmann dann in einem sehr bestimmenden Tonfall, der die Frau zusammenzucken ließ. Schnell stand sie auf und ging zu ihm. »Sie setzen sich schon mal dahinten an den Tisch und ...«

»Nein, nein, bitte entschuldigen Sie, Frau Drach!« Alexandra fuhr zu Kurt Assmann herum. »Was soll das werden? Bitte lassen Sie uns die Befragung auf unsere Art und Weise und in der von uns gewünschten Reihenfolge durchführen! Ich halte nämlich nichts von solchen ... Stasimethoden.« Sie wies mit dem Kopf zu der von Assmann arrangierten »Sitzgruppe«. »Wir werden uns mit unseren Gesprächspartnern nach dahinten an den letzten Tisch zurückziehen. Dort können wir in Ruhe reden. Ohne grelle Lampen, ohne Stellwände, okay?«

Assmann, dem die Zornesröte ins Gesicht gestiegen war, stemmte die Arme in die Seiten. »Frau Berger, das finde ich unerhört! Ich habe alles vorbereitet, um ein geeignetes Ambiente zu scha...« Weiter kam er nicht, da die Kollegen in Erheiterung ausbrachen, als Kater Brown in aller Seelenruhe zu ihm geschlendert kam, kurz an seinen Hosenbeinen schnüffelte und dann zweimal hintereinander lautstark nieste.

Als wollte er die öffentliche Demütigung dieses Mannes noch unterstreichen, trottete er dann weiter und sprang auf den Tisch, auf den die Lampen gerichtet waren. In der Wärme der starken Glühbirnen ließ er sich nieder und blickte sich hoheitsvoll zu Assmann um.

Alexandra hätte bei diesem Anblick fast laut aufgelacht. Deutlicher hätte Kater Brown wohl kaum zum Ausdruck bringen können, was er von diesem Mann hielt. Um Kurt Assmann jedoch nicht gegen das Tier aufzubringen, bemühte sie sich, ernst zu bleiben.

Kopfschüttelnd sah Assmann zu, wie sie die Sekretärin bat, wieder Platz zu nehmen, und stattdessen Norbert Hellinger zu sich an einen der hinteren Tische rief.

Missmutig gesellte er sich zu ihnen und nahm ebenfalls Platz.

»Entschuldigen Sie, Herr Assmann«, sagte Tobias. »Wir möchten gern allein mit den Leuten reden.«

»Tut mir leid, aber das geht nun wirklich zu weit«, ereiferte sich Kurt Assmann. »Schließlich möchte ich wissen, was hier gesprochen wird. Sie setzen sich einfach über meine Arrangements hinweg, leiten selbst die Befragungen der Verdächtigen und …«

»Der Verdächtigen?«, fiel Norbert Hellinger ihm empört ins Wort. »Wer hat Sie denn zum Kommissar ernannt, dem es zusteht, uns zu verdächtigen, Herr Assmann? Und was heißt, Sie wollen zuhören, was hier gesprochen wird? Wenn ich mit den beiden Journalisten rede, ist das ganz allein meine Sache, und wenn mir ihre Fragen nicht gefallen, werde ich sowieso kein Wort mehr sagen. Und eines vorweg …« Er schenkte Assmann ein spöttisches Lächeln. »Ich werde ohnehin nichts von mir geben, was Sie für eine Abmahnung missbrauchen könnten. Sie halten sich für unglaublich schlau, doch in Wahrheit sind Sie nur ein kleiner dummer Junge, der seinem zweifelhaften Vorbild nachzueifern versucht. So und nicht anders sieht's aus!«

»Wir leben in einem freien Land«, konterte Assmann und rettete sich damit in eine Plattitüde der übelsten Art. Er lehnte sich auf der Bank zurück und verschränkte trotzig die Arme vor der Brust. »Und von Ihnen ...«, er bedachte Hellmann mit einem hochnäsigen Blick, »lasse ich mir schon gar nicht vorschreiben, wo ich mich hinsetzen darf und wo nicht.«

Nun platzte Alexandra der Kragen. »Wissen Sie, Herr Assmann, wenn Sie so engagiert sind, sollten wir vielleicht kurzerhand die Reihenfolge ändern und Sie vorziehen.«

»Mich vorziehen?« Er sah verständnislos zwischen Tobias und ihr hin und her. »Was soll das heißen?«

»Wir befragen Sie zuerst. So erhalten Sie die Möglichkeit, Ihren Kollegen mit gutem Beispiel voranzugehen«, erklärte Tobias, um dessen Mundwinkel es belustigt zuckte.

»Warum ... warum sollte ich Ihre Fragen beantworten?«

Alexandra lächelte ihn gespielt harmlos an. »Ja, wissen Sie denn nicht, dass Sie auf unserer Liste der Verdächtigen ganz oben stehen?«

Assmanns Gesicht war inzwischen puterrot angelaufen, und er sprang entrüstet auf und ging davon. »Fangen Sie jetzt schon wieder mit diesen unsinnigen Unterstellungen an? Das muss ich mir nicht bieten lassen!« Sie tauschte einen raschen Blick mit Tobias und wandte sich an Norbert Hellinger, der sie anlächelte. »Sie machen so einen zufriedenen Eindruck«, stellte sie fest. »Wie kommt das?«

»Den mache ich immer, wenn dieser Schnösel eins auf den Deckel bekommt. Leider ist das viel zu selten der Fall.« Hellinger warf sein langes graues Haar über die Schulter zurück und zupfte an seinem Bart, der ihm bis auf die Brust reichte. »Aber jetzt, da Wilden nicht mehr ist, wird das sicher noch öfter passieren.« Er legte den Kopf schräg. »Die werden sich noch wundern.«

»Wer wird sich noch wundern?«, wollte Alexandra wissen.

»Na, die Damen und Herren vom Vorstand. Als Wildens Assistent dürfte Assmann die besten Chancen haben, zumindest kommissarisch dessen Posten zu übernehmen, doch das wird auch schon alles sein. Dann wird seine Karriere nämlich bald einen jähen und tiefen Absturz erleben.«

»Wieso?«

»Weil Assmann ein Blender ist, der nur solange den Kopf über Wasser halten kann, wie er jemanden hat, den er imitieren und dem er nacheifern kann. Er hat sich von Wilden abgeguckt, wie man seine Mitarbeiter von oben herab behandelt. Aber das funktioniert alles nur, solange es jemanden gibt, der die Hände schützend über ihn hält. Ohne starke Rückendeckung und eine Vorlage, an der er sich orientieren kann, ist Assmann nämlich so hilflos wie ein Fisch auf dem Trockenen. Wenn er die Arbeit kommissarisch erledigt, kommt früher oder später ein Vorgang auf seinen Tisch, mit dem er überfordert ist. Dann wird der Vorstand begreifen, dass Assmann in Wahrheit eine Null ist, und man wird ihn feuern.«

»Aber Sie und einige Ihrer Kollegen sind doch schon viel länger mit dabei«, wandte Tobias ein. »Wieso sollte man ausgerechnet den zu Wildens Nachfolger ernennen, der als Letzter eingestellt wurde?«

»Weil Assmann ein Blender ist.« Hellinger zuckte mit den Schultern. »Er versteht es, sich zu verkaufen und gleichzeitig die Konkurrenz schlechtzureden.«

»Wird der Vorstand ihn denn nicht durchschauen?«

»Sehen Sie, Assmann verkörpert ein Image, das zurzeit sehr in ist. Er ist jung und voller Elan, er hat Rhetorikkurse absolviert und kann schlau daherreden. In seinen Vorträgen arbeitet er mit komplizierten Grafiken und ausgefeilten Schaubildern, er wartet mit Statistiken und überraschenden Prognosen auf. Mit all dem Schischi täuscht er gekonnt darüber hinweg, dass alles, was er sagt, nur heiße Luft ist. Er ist in gewisser Weise noch schlimmer als Wilden.«

Alexandra nickte. »Halten Sie es für möglich, dass er Bernd Wilden ... aus dem Weg geräumt hat, um dessen Platz einzunehmen? Ich meine, Herr Assmann hat einen ziemlich teuren Geschmack, den er sich als Assistent eines Geschäftsführers eigentlich nicht leisten kann.«

»Hm.« Hellinger versank einen Augenblick in nachdenkliches Schweigen. »Ja, möglich wäre es. Bei seiner Neigung zur Selbstüberschätzung kann ich mir vorstellen, dass er glaubt, Wildens Job mit links machen zu können.«

»Und ... wüssten Sie sonst noch jemanden, der vom Tod Ihres Geschäftsführers profitieren würde?«

»Keine Ahnung. Ich war's jedenfalls nicht.« Norbert Hellinger zwinkerte Alexandra zu. »Ich weiß, worauf Sie hinauswollen.«

»Okay, dann dürfte Ihnen auch klar sein, dass Sie in unseren Augen ein Motiv für eine solche Tat hätten.«

»Und welches Motiv sollte das sein?«

»Sie könnten sich beispielsweise von Wilden schikaniert gefühlt haben«, erklärte Tobias, »und sauer sein, weil Ihr Arbeitsplatz durch die Abschaffung des Zivildienstes praktisch überflüssig geworden ist.«

»Schikaniert?«, wiederholte Hellinger und lachte laut auf. »Das waren alberne Machtspielchen, aber keine Schikanen. Ich wusste ja, Wilden will mich loswerden. Es ging ihm nicht darum, mich zu quälen. Er wollte bloß, dass ich kündige, auf meine Abfindung verzichte und für jemanden Platz mache, der für ein Viertel meines Gehalts genauso viel arbeiten muss.

Wenn jemand schikaniert wird, dann wird es das arme Schwein sein, das meine Nachfolge antritt. Die Bezahlung wird nämlich ein Witz sein.« Er sah Tobias und Alexandra eindringlich an. »Ich habe damals noch aus Überzeugung meinen Zivildienst geleistet; ich wollte niemals in die Situation kommen, einen Menschen töten zu müssen. Daran hat sich nichts geändert. Töten würde ich auch heute nur, um mein eigenes oder ein drittes Leben zu retten. Wilden stellte keine Bedrohung für mein Leben dar, nicht mal eine für meine Stelle. Er konnte mich nicht rausschmeißen, ohne tief in die Tasche greifen zu müssen. Und dieser Hanswurst Assmann steht vor dem gleichen Problem. Der Vorstand macht eine Menge mit, doch meine Abfindung würde nach so vielen Dienstjahren so unverschämt hoch ausfallen, dass sie mich lieber in ein Büro setzen und Ordner zählen lassen. Das kommt sie immer noch billiger zu stehen.«

»Gut«, sagte Alexandra und sah auf ihre Notizen. »Dann wär's das für den Moment. Vielen Dank, Herr Hellinger. Aber ... Sie könnten bitte hier auf diesem Blatt noch notieren, wo Sie sich wann aufgehalten haben, und zwar in der Zeit von acht Uhr am Freitagabend bis zum Auffinden der Leiche heute Morgen. Versuchen Sie, die Angaben so präzise wie möglich zu machen, und vermerken Sie bitte auch, wo Sie Herrn Wilden zuletzt gesehen haben.«

Norbert Hellinger sah sie argwöhnisch an. »Ich dachte, Sie verdächtigen mich nicht. Was soll denn das jetzt?«

»Wir verdächtigen Sie tatsächlich nicht, genauso haben wir auch keinen Ihrer Kollegen im Visier«, meldete sich Tobias zu Wort. »Wir möchten nur herausfinden, wer sich im fraglichen Zeitraum wo im Gebäude oder auch außerhalb aufgehalten hat. So können wir mit etwas Glück feststellen, wer der absolut Letzte war, der Wilden noch lebend gesehen hat.«

»Machen sie sich keine Sorgen, Herr Hellinger«, fügte Alexandra hinzu. »Wir bringen Licht in die Sache.«

Es war kurz nach neunzehn Uhr, als sie den zehnten und letzten Mitarbeiter befragt und Gesprächsnotizen angefertigt hatten. Um achtzehn Uhr hatten die Mönche ihnen allen belegte Brote gebracht. Jeder von ihnen hatte eine Scheibe Brot bekommen, je zur Hälfte mit Wurst und mit Käse belegt. Offenbar war das nach dem aus Gründen der Enthaltsamkeit entfallenen Mittagessen alles, was sie heute noch zu essen bekommen würden. Beim Anblick des Brotbelags war Alexandra heilfroh, am Mittag bei Angelika eingekehrt zu sein.

Zwischendurch war Bruder Andreas ein paarmal vorbeigekommen, um die Zettel der Befragten abzuholen und die Zeitangaben und Beobachtungen in das Computerprogramm zu übertragen. Der Form halber schrieben Alexandra und Tobias ebenfalls auf, wo sie sich wann aufgehalten und wen sie dabei gesehen hatten. Vielleicht halfen ihre Angaben ja, jemand anders einer Falschaussage zu überführen.

»Ich werde das Gefühl nicht los, dass wir so schlau sind wie zuvor«, murmelte Alexandra enttäuscht und überflog ihre Notizen. »Also … Hellinger scheint keinen Grund gehabt zu haben, Wilden zu ermorden. Leybold aus der Personalabteilung ist rundum mit seiner Arbeit zufrieden, jedenfalls behauptet er das. Angeblich hat es ihm nie etwas ausgemacht, sich von Wilden Vorschriften machen zu lassen.«

Tobias holte seinen Notizblock hervor und blätterte darin. »Anna Maximilian hat gar nichts von Wildens Tod, weil sie nicht qualifiziert ist, zur Leiterin der Finanzen aufzusteigen, wenn Wiesmann, der momentan die Finanzabteilung unter sich hat, auf den Geschäftsführerposten wechselt. Ich glaube, sie kommt von allen am wenigsten infrage, weil es ja nicht mal sicher ist, dass ihr Chef Wildens Nachfolger wird. Allein aufgrund von Wunschdenken jemanden umzubringen wäre verdammt voreilig.«

»Yasmin Tonger behauptet, Wilden habe sich nicht von ihr getrennt und das auch nicht beabsichtigt, und ihre Kollegin Drach macht auf mich nicht den Eindruck, dass sie überhaupt intelligent genug ist, um so eine Tat zu planen«, ergänzte sie. »Damit bleiben als wahrscheinlichste Verdächtige nach wie vor Groß, Wiesmann, Dessing und Kramsch, weil die alle von Wildens Tod hätten profitieren können.«

»Vergiss Assmann nicht!«, warf er ein.

»Habe ich nicht vergessen, weil mir gerade ein Gedanke durch den Kopf gegangen ist. Assmann ist zwar ehrgeizig, aber ziemlich unfähig, wenn er auf sich gestellt ist. Jetzt nimm mal an, er weiß das. Dann wäre es doch beruflicher Selbstmord, wenn er Wilden tötet und auf dessen Posten nachrückt, den er gar nicht ausfüllen kann.«

»Du meinst, es könnte eher einer der vier anderen gewesen sein, um zwei Fliegen mit einer Klappe zu schlagen?«

»Einer … oder mehrere«, überlegte sie. »Vielleicht sogar die ganze Bande gemeinsam.« Alexandra runzelte die Stirn. »Lass mich mal laut nachdenken: Der Vorstand setzt sich überwiegend aus alten Männern zusammen, also wird eine Frau bei ihnen wahrscheinlich schlechte Karten haben. Damit kann Viola Dessing den Posten vergessen. Edwin Groß ist der Jüngste aus der Gruppe, Volker Kramsch der Älteste. Wenn wir Wiesmann mal außer Acht lassen, dann könnte Kramsch den Posten übernehmen, bleibt sechs oder sieben Jahre darauf hocken und wird pensioniert. Danach kann Groß ihn beerben und hat dann immer noch sicher zehn oder zwölf Jahre vor sich. Viola Dessing könnte den Bereich von Kramsch mit übernehmen. Als Leiterin hat man da bestimmt nicht so viel zu tun, schließlich gibt es genug Mitarbeiter, die die Arbeit erledigen. Wenn sie zwei Bereiche leitet, kann sie eine ordentliche Gehaltserhöhung fordern. Solange sie nicht das doppelte Gehalt bekommt, spart der Verband immer noch etliche Tausend Euro im Jahr. Wiesmann … der bleibt auf seinem Posten, weil er da eine ruhige Kugel schieben kann. Die Abteilungen liefern ihm die Zahlen, er muss sie nur an der richtigen Stelle in der Tabelle einsetzen, und drei Tastendrucke später zaubert er Listen, Statistiken und Grafiken aus dem Drucker. Die Überwachung der Ausgaben ist eigentlich auch nicht viel Arbeit. Ich meine, was soll denn das? Er bekommt einen Antrag für eine Anschaffung vorgelegt, er überprüft, ob die im Haushalt vorgesehen ist und ob der Betrag den veranschlagten Kosten entspricht. Wenn das nicht der Fall ist, lehnt er den Antrag ab, und die Sache hat sich für ihn erledigt …«

Tobias verzog in gespieltem Selbstmitleid den Mund. »Weißt du was? Ich glaube, ich habe den falschen Job.« Dann meinte er lobend: »Das ist eine gute Theorie, weißt du das? Ein solches Komplott könnte gut funktionieren, weil einer den anderen in der Hand hat und weil jeder vom anderen profitiert. Sie wären allesamt bald Assmann los und könnten sich gegenseitig in die Tasche wirtschaften. Das einzige Problem dabei …«

»Wie soll man's ihnen nachweisen?«, beendete sie seufzend seinen Satz.

»Richtig. Das übersteigt unsere Möglichkeiten, denn dafür müsste ein Richter Durchsuchungsbefehle ausstellen, damit bei den vieren zu Hause und in den Büros alles auf den Kopf gestellt werden kann.«

»Selbst wenn wir Pallenberg mit dieser Theorie konfrontieren, wird der nichts unternehmen«, sagte sie. »Aber weißt du was? Ich rufe jetzt in Bitburg auf der Polizeidienststelle an, erkundige mich nach seinem Vorgesetzten und informiere ihn im Groben über unsere ›Ermittlungen‹. Wir haben inzwischen doch so einiges zusammengetragen, was die Polizei interessieren könnte. Vielleicht lässt sich die Sache ja beschleunigen …«

Sie stand auf, zog ihr Handy aus der Tasche und verließ das Refektorium. Nach ungefähr zehn Minuten kehrte sie mit hängenden Schultern zurück. »Fehlanzeige«, sagte sie und schlug mit der Hand zornig auf den Tisch. »Pallenbergs direkter Vorgesetzter war nicht mehr im Hause, und der diensthabende Beamte, den ich an der Strippe hatte, will ›dem Kollegen in Lengenich nicht vorgreifen‹, wie er mir erklärte. Offenbar hat der Mann das, was ich ihm zu sagen hatte, als das Gerede einer übereifrigen Journalistin abgetan.«

Ein leises Klingeln unterbrach ihre Unterhaltung. Tobias drückte tröstend Alexandras Arm und sah auf sein Handy. »Eine SMS von einem der Redakteure. Gut … aha … Gib mir doch mal Wildens Handynummer!«

Alexandra klickte die Anrufliste ihres Telefons an und hielt ihm das Display hin. Er tippte die Nummer ein und schickte sie dann als SMS an den Absender zurück. »Endlich eine Spur?«, fragte sie und hielt gespannt den Atem an.

»Noch nicht, aber der Redakteur scheint etwas erreichen zu können, wenn er die Nummer kennt. Mal abwarten.« Tobias sah wieder auf die Notizen, die während der Unterhaltungen mit Wildens Mitarbeitern entstanden waren. »Wir bleiben also vorerst auf uns gestellt. Na ja, unser Hauptproblem ist natürlich die Frage, ob die anderen die Wahrheit sagen.«

Alexandra seufzte. »Wir kommen irgendwie nicht richtig weiter.«

Tobias kniff die Augen zu und rieb sich über das Gesicht. »Hätten wir bloß nie angefangen, uns in diese Sache einzumischen!«, murmelte er niedergeschlagen.

»Ach, fang jetzt nicht so an! Unser Problem ist nur, dass uns nicht viel Zeit bleibt. Am Montagmorgen reist Wildens Team wieder ab, und wir bleiben mit einem dummen Gesicht zurück.«

»Wenn wir wenigstens Pallenberg von unserer Sicht der Dinge überzeugen könnten!« Tobias schüttelte den Kopf. »Auf den Mann könnte eine Beförderung warten.«

»Weißt du was? Wir sprechen jetzt erst mal mit Bruder Johannes«, schlug sie vor. »Vielleicht hat der inzwischen irgendetwas herausgefunden, das uns weiterhilft. Und wir können bestimmt einen ersten Blick auf die Daten werfen, die Bruder Andreas inzwischen verarbeitet hat. Könnte ja sein, dass wir da auf Widersprüche zu den Aussagen der Mitarbeiter stoßen.«

Kater Brown lag nach wie vor ausgestreckt auf dem Tisch und genoss die Wärme der Schreibtischlampen. Er hob träge den Kopf, blinzelte und miaute leise. Alexandra ging zu ihm und streichelte ihn ausgiebig, was ihn dazu veranlasste, sich auf den Rücken zu drehen. Sie verstand den kleinen Wink und kraulte ihm den Bauch.

»So, mein Junge, das muss für den Moment genügen«, erklärte sie. »Wir haben nämlich jetzt noch etwas zu erledigen. Am besten, du wartest nachher in meinem Zimmer auf mich. Ich habe dir das Fenster offen gelassen.«

»Ich würde mir das an seiner Stelle nicht zweimal sagen lassen«, meinte Tobias und lachte, als ein leichter Hieb mit dem Notizblock seinen Hinterkopf traf.

Kater Brown setzte sich auf und lauschte dem Geräusch der sich entfernenden Schritte. Mit verschlafenem Blick sah er sich im menschenleeren Saal um und kam zu dem Schluss, dass er Hunger hatte. Höchste Zeit, eine Kleinigkeit zu essen aufzutreiben. Zu schade, dass es für die Menschen nur so fade Wurst und so trockenen Käse gegeben hatte, sonst hätte er sich etwas erbetteln können. Alexandra hätte ihm bestimmt etwas abgegeben. Wie lange sie wohl noch hierbleiben würde? Normalerweise reisten die Gäste nach einigen Tagen wieder ab und wurden durch andere ersetzt.

Kater Brown wusste schon jetzt, dass er Alexandra sehr vermissen würde. Er musste sich unbedingt etwas überlegen, wie er sie noch eine Weile hierbehalten konnte. Ganz sicher würde ihm da etwas einfallen.

Aber jetzt wollte er sich erst mal etwas zu essen suchen.

13. Kapitel

Bruder Johannes hatte Alexandra und Tobias ins Verwaltungsbüro gebeten. »Ah, da sind Sie ja«, begrüßte er sie freudestrahlend, als sie das modern eingerichtete Büro betraten. An einem der Schreibtische saß Bruder Andreas und war damit beschäftigt, etwas in den Computer einzugeben. Als er die Besucher sah, nickte er ihnen kurz zu, dann vertiefte er sich wieder in seine Arbeit. »Kommen Sie herein und nehmen Sie Platz!« Der ältere Mönch winkte sie zu sich und führte sie zu einer Sitzgruppe am linken Ende des lang gestreckten Raumes. Auf einem Sideboard stand ein großer Flachbildfernseher.

»Für Videokonferenzen«, erklärte Bruder Johannes und verzog entschuldigend die Mundwinkel. »Das war auch so eine Idee unserer Bank. Diese Videokonferenzen dienen als Ersatz für den persönlichen Kontakt, weil der für unser Hotel zuständige Kundenbetreuer keine Lust hat, regelmäßig von der Zentrale in Frankfurt hier in die ›Pampa‹ zu fahren, wie er sich gern ausdrückt.«

»Apropos Hotel«, warf Tobias ein. »Sie werden doch einen festgelegten Tagesablauf gehabt haben, bevor sich diese … Sache mit Abt Bruno ereignet hat. Also zum Beispiel bestimmte feste Zeiten, um zu beten, zu meditieren oder zu singen? Wie sieht es denn jetzt damit aus?«

»Derzeit stehen unsere Gäste im Vordergrund, und auch wenn ich das nicht zu dramatisch darstellen möchte, leidet unsere Gemeinschaft schon ein wenig darunter. Wir arbeiten im Hotel in einer Art Rotationsverfahren, sodass wir mit regelmäßigen Unterbrechungen immer noch – in eingeschränkter Weise – ein monastisches Leben führen können, das von Gebet, Meditation und Gemeinschaft geprägt ist. Wir können uns jedoch nicht mehr einfach zurückziehen, um das Gespräch mit Gott zu suchen, wann uns der Sinn danach steht. Ein Teil von uns hat sich immer und zuerst um die Bedürfnisse der Gäste zu kümmern. Aber verstehen Sie mich bitte nicht falsch! Wir sind dankbar für jeden Gast, der zu uns kommt. Unsere eigenen Glaubensbedürfnisse müssen eben vorerst ein wenig zurückgestellt werden.«

»Vorerst?«

»Ja, wir hoffen, dass sich das Hotel langfristig so gut etablieren wird, dass wir nicht nur für die Rückzahlung des Kredits arbeiten müssen, sondern vielleicht auch Mitarbeiter einstellen können. Dann ließe sich das gute alte Klosterleben für uns alle wieder ausbauen.« Bruder Johannes lächelte milde. »Doch das ist augenblicklich noch Zukunftsmusik. Jetzt geht es erst einmal darum, dieses Hotel zum Erfolg zu führen, und das ist eine Aufgabe, bei der wir uns von nichts und niemandem Steine in den Weg legen lassen. Abt Bruno hätte uns fast um unser Zuhause gebracht, und wir haben viel bewegen müssen, um es zu retten.«

»Bislang ist Ihnen das doch auch ganz gut gelungen. Ist nur die Frage, wie die Öffentlichkeit auf den Todesfall reagiert«, sagte Alexandra.

Bruder Johannes nickte bedächtig. »Ich weiß, das klingt ganz und gar unchristlich, aber insgeheim hoffe ich, dass Herr Wilden nicht durch einen Unfall umgekommen ist, denn ein Unfall … das wäre für uns viel unerfreulicher. Dann würde es eine Untersuchung geben, man würde unsere Sicherheitsstandards überprüfen, und wir könnten verklagt werden.«

Alexandra wiegte den Kopf hin und her. »Derzeit deutet immer mehr darauf hin, dass es kein Unfall war, und es gibt einen bunten Kreis von Verdächtigen.«

»Tatsächlich?«, fragte Bruder Johannes, und in seine Augen trat ein neugieriges Glitzern.

»Na ja, wir nehmen an, dass der Täter im Kreise der Mitarbeiter zu suchen ist. Einige von ihnen hätten durchaus ein Motiv gehabt, Wilden aus dem Weg zu räumen.«

»Aber sicher nicht dieser Herr Assmann, der heute Nachmittag hier eingetroffen ist, oder?« Bruder Johannes sah gespannt von einem zum anderen.

»Apropos eingetroffen«, sagte Tobias, der seltsam abgelenkt wirkte. »Wussten Sie eigentlich, dass Bernd Wilden bereits am Donnerstag in Lengenich gesehen wurde?«

»Nein. Er hat definitiv erst am Freitagmorgen bei uns eingecheckt.«

»Dann hat er irgendwo anders übernachtet«, überlegte Tobias laut. »Aber wo könnte das gewesen sein?«

Bruder Johannes winkte ab. »Versuchen Sie gar nicht erst, das herauszufinden! Im Umkreis von wenigen Kilometern gibt es einige Dutzend private Unterkünfte, sodass Sie tagelang damit beschäftigt wären, die alle abzuklappern.«

Tobias zog einen Mundwinkel nach unten und gab einen resignierten Laut von sich.

»Wieso sagen Sie, dass Assmann kein Motiv gehabt haben könnte?«, griff Alexandra den verlorenen Gesprächsfaden wieder auf.

»So sehr, wie er sich über den Tod von Herrn Wilden aufgeregt hat, kann ich mir nicht vorstellen, dass er damit etwas zu tun hat. Er war außer sich und hat jedem von uns die schlimmsten Vorwürfe gemacht. Bernd Wilden muss ihm als Mensch und als Vorgesetzter sehr viel bedeutet haben.«

»Das stimmt wohl.« Alexandra hob unschlüssig die Schultern. »Er hat ihm nachgeeifert, allerdings in einer maßlosen Form, so als wollte der Schüler den Meister noch übertreffen. Und außerdem bleiben Ungereimtheiten. Mit seinem Gehalt kann Assmann seine Anzüge und den Wagen, den er fährt, jedenfalls nicht finanzieren. Also könnte er es auf Wildens Posten abgesehen haben.«

»Oh, das habe ich nicht bedacht«, sagte der Mönch betroffen.

»Kurt Assmann ist zwar erst heute Nachmittag hier eingetroffen, aber solange wir keine Ahnung haben, wo er sich zwischen Freitagabend und Samstagmorgen aufgehalten hat, kommt er als möglicher Täter infrage.« Nach einer kurzen Pause fügte sie hinzu: »Das wäre natürlich etwas, was Herr Pallenberg überprüfen müsste, weil dafür die Polizei in Kaiserslautern hinzugezogen werden muss. Doch der gute Mann hat ja vorgezogen, das Wochenende ganz in Ruhe zu verbringen.«

»Darüber bin ich auch nicht glücklich«, stimmte Bruder Johannes ihr zu. »Aber während Sie unterwegs waren, habe ich ein wenig herumtelefoniert, und es ist tatsächlich so, dass durch diese Demonstration in Trier die halbe Eifel polizeilich unterversorgt ist. Ich konnte niemanden erreichen, der bereit gewesen wäre, Pallenberg dazu zu verdonnern, sich sofort um die Sache zu kümmern.«

Alexandra nickte. Dass sie mit ihren Bemühungen diesbezüglich ebenfalls gescheitert war, behielt sie für sich.

»Ich wäre dann fertig, Bruder Johannes«, meldete sich in diesem Moment Bruder Andreas zu Wort, der bis jetzt an seinem Schreibtisch gesessen hatte und in seine Arbeit vertieft gewesen war.

»Ah, wunderbar!« Bruder Johannes griff nach der Fernbedienung für den Fernseher, als er auf einmal stutzte. »Lieber Himmel, wo habe ich denn bloß meine Manieren gelassen! Sie sitzen hier stundenlang auf dem Trockenen, dabei wollte ich Ihnen doch eine ganz besondere Spezialität anbieten.« Er stand auf und ging zu einer Kühltasche. Kurz darauf kam er mit vier Bierflaschen zurück, von denen er eine Bruder Andreas reichte. »Die hast du dir mehr als verdient«, merkte er an und stellte die anderen drei auf den niedrigen Tisch vor der Sitzgruppe. Nachdem er noch vier Biergläser geholt hatte, nahm er wieder Platz und hielt eine der Flaschen hoch. »Das ist ein sogenanntes Trappistenbier, ein Duc de Walthéry, das uns von einer Abtei in Belgien in der Nähe von Lüttich geliefert wird, die dieses Bier seit 1609 braut. Obwohl wir keine Trappisten sind, dürfen wir ausnahmsweise das Bier hier weiterverkaufen. Unser Glück ist, dass ein Bruder von Bruder Jonas in der belgischen Abtei lebt. Er hat dafür gesorgt, dass wir eine Verkaufslizenz von der Abbaye de Walthéry erhalten haben. Normalerweise darf ein Trappistenbier nur in der unmittelbaren Umgebung des jeweiligen Klosters verkauft werden.«

»Wie kommt es, dass Sie kein eigenes Bier brauen?«

Bruder Johannes zuckte mit den Schultern. »Wir haben ja nicht einmal das Geld, um die Kapelle aus eigenen Mitteln zu renovieren. Wie sollten wir da eine eigene Brauerei finanzieren?«

»Ja, die Kapelle wollte ich mir ja auch noch ansehen«, warf Alexandra ein und machte sich diesbezüglich eine Notiz.

»Tut mir leid, aber das geht nicht. Sie ist zurzeit eine einzige große Baustelle. Auch wenn die Bauarbeiten momentan ruhen.«

»Wieso?«

»Weil die Bank den Kredit für die Renovierung nur häppchenweise freigibt.« Bruder Johannes seufzte frustriert. »Wenn drei Raten für den Hauptkredit pünktlich gezahlt worden sind, erhalten wir das nächste ›Häppchen‹ und können die Handwerker wieder herbeordern, damit sie weiterarbeiten.« Er legte den Kopf leicht schräg. »Ich habe natürlich auch Verständnis für die Vorgehensweise der Bank, und ich bin guter Dinge, dass wir bald in kürzeren Abständen diese Gelder zugeteilt bekommen, wenn sich unsere Zahlen weiter so entwickeln.«

Er öffnete vorsichtig den Bügelverschluss einer Bierflasche. Ein leises Zischen verriet das Entweichen der Kohlensäure. Dann schenkte er Alexandra ein.

»Bitte nur ein halbes Glas. Ich trinke selten Alkohol, und wenn ich das Etikett richtig deute, dann ist das ein ziemlich starkes Bier«, sagte sie.

»Ja, der Alkoholgehalt liegt bei fast zwölf Prozent, das ist in etwa die Obergrenze«, bestätigte der Mönch. Tobias wollte nach der Flasche greifen, doch der Mönch hielt ihn zurück. »Bitte nicht. Ein solches Bier muss man sehr vorsichtig einschenken, sonst kann es passieren, dass der Hefesatz im Glas landet, und das würde Ihnen gar nicht gefallen, das können Sie mir glauben. Als ich heute Nachmittag gehört habe, dass Sie noch mit mir reden wollen, habe ich ein paar Flaschen aus dem Keller geholt, deshalb auch die Kühltasche, damit das Bier nicht warm wird. Im Kühlschrank da drüben kann man es bedauerlicherweise nicht lagern, weil es dort zu kalt ist und das Bier dadurch trüb würde.«

Als Bruder Johannes allen eingeschenkt hatte, lehnte er sich in seinem Sessel zurück. »Und jetzt müssen Sie sich noch ein paar Minuten gedulden. Das Bier muss erst eine Weile atmen, sonst kann sich das Aroma nicht entfalten.«

Alexandra, die sich bei diesen Ausführungen allmählich zu langweilen begann, verdrehte im Stillen die Augen.

Auf das Zeichen des Mönchs hin griff sie wenig später nach ihrem Glas und trank einen Schluck Bier. »Uuuh«, machte sie und zog anerkennend eine Augenbraue hoch. »Das nenne ich wirklich stark, aber sehr ... angenehm«, fügte sie schnell hinzu, um Bruder Johannes nicht zu enttäuschen. Aus dem Augenwinkel sah sie, wie sich Tobias' Mund zu einem amüsierten Grinsen verzog. »Weswegen wir jedoch eigentlich hier sind ... Bruder Andreas hat doch inzwischen die Orts- und Zeitangaben der Mönche und der Gäste erfasst ...«

Bruder Johannes lachte und schlug sich mit der Hand leicht gegen die Stirn. »Ja, natürlich.« Er nahm die Fernbedienung an sich und schaltete den Fernseher ein. »Das Gerät ist mit den Computern da drüben verbunden. Auf dem großen Bildschirm können wir besser sehen, was Bruder Andreas uns zeigen möchte.«

Alle sahen gebannt auf den Fernsehbildschirm. Ein Grundriss des Klosterhotels nahm Gestalt an; in einer Ecke wurde eine Uhr angezeigt, die in Fünfminutenintervallen umsprang, während sich zahlreiche Lichtpunkte durch den Grundriss bewegten.

Bruder Andreas hielt das Bild an und bewegte die Maus über die Anzeige auf dem Bildschirm. »Was Sie jetzt sehen, ist ein Zeitrafferfilm, der alle Eingaben gleichzeitig darstellt. Jeder Punkt auf dem Grundriss steht entweder für die Person, die für den fraglichen Zeitpunkt ihre Bewegungen durch das Gebäude so beschrieben hat, oder für die Mönche und Gäste, die diese Person dabei gesehen haben. Dieses Gesamtbild ist natürlich unübersichtlich, deshalb schlage ich vor, dass ich Ihnen zuerst einmal zeige, wann Herr Wilden wo im Haus beobachtet wurde. Ich kann jederzeit anhalten und Ihnen die Angabe einblenden, welche Person ihn jeweils bemerkt hat.«

Der Punkt, der Wilden darstellte, wanderte vom Foyer durch die Gänge zu den Gästequartieren. Dort hatte man Bernd Wilden gesehen, wie er sich in sein Zimmer zurückzog. Dann machte die Uhr einen Sprung von gut einer halben Stunde, und der Punkt geriet wieder in Bewegung. Er ging den Weg zurück, den er gekommen war, verließ das Gebäude und blinkte ein letztes Mal ein Stück vom Brunnen entfernt. Der Richtung nach zu urteilen, musste er auf dem Weg zum Parkplatz sein.

Alexandra stand auf und stellte sich vor den Fernseher. »Da wurde Wilden also zum letzten Mal gesehen, richtig?«

Bruder Andreas nickte.

»Um 21.50 Uhr«, sagte sie mehr zu sich selbst. »Und von wem?«

»Von Bruder Jonas.«

Sie griff nach dem Notizblock und schrieb etwas auf. »Mit ihm müssen wir noch reden, Tobias«, erklärte sie, dann bat sie Bruder Andreas, ihr zu zeigen, wo im Haus sich die anderen Personen zu diesem Zeitpunkt aufhielten. »Hm«, machte sie, als Dutzende Lichtpunkte aufleuchteten und neben jedem der dazugehörige Name angezeigt wurde. »Wenn alle Angaben der Wahrheit entsprechen, dann war um zehn vor zehn nur Bruder Jonas noch draußen. Die anderen, Gäste wie Mönche, befanden sich im Kloster, und zwar … jeder in seinem Zimmer, wenn ich mich nicht irre.«

»Ja, das ist richtig«, bestätigte Bruder Johannes. »Bruder Jonas hatte am Freitagabend die Aufgabe, kurz vor dem Zubettgehen noch eine Runde um das Kloster zu drehen und sich zu vergewissern, dass alles in Ordnung ist und alle Türen verschlossen sind. Er hat dann nach der Rückkehr ins Kloster die

Eingangstür hinter sich abgeschlossen.« Der Mönch kam zu ihr und zeigte auf den Lichtpunkt, der den fraglichen Mann darstellte. »Bruder Andreas, kannst du fünf Minuten vorgehen?«

»Schon erledigt.« Der Lichtpunkt befand sich nun innerhalb des Grundrisses, und nach weiteren fünf Minuten hatte er sich in eines der Quartiere für die Mönche weiterbewegt. Die Uhr schlug auf 22.00 Uhr um, von da an verharrten alle Punkte regungslos.

»Wenn Bruder Jonas die Tür zum Foyer abschließen sollte, muss er Wilden darauf hingewiesen haben, dass er nicht mehr ins Haus hereinkommt, wenn er tatsächlich zum Parkplatz weitergeht«, sagte Tobias und sah zu Bruder Johannes. »Können Sie Bruder Jonas gleich herbitten? Wir müssen wissen, worüber die beiden geredet haben.«

»Ich erledige das schon«, warf Bruder Andreas ein und griff nach dem Telefonhörer.

Währenddessen ging Alexandra die Namensliste der Mönche und die der Gäste durch und versah jeden Namen mit einem Häkchen, der den farbigen Punkten zugeordnet war. »Es sind alle vollzählig«, stellte sie schließlich fest. »Und jeder befindet sich in seinem Quartier … sofern alle die Wahrheit gesagt haben. Also gut …«

Kurz darauf klopfte es, die Tür wurde geöffnet, und Bruder Jonas trat ein. Wieder fielen Alexandra die tief liegenden Augen des jungen Mönchs auf.

»Wir haben festgestellt, dass Sie am Freitagabend Herrn Wilden offenbar als Letzter lebend gesehen haben«, begann sie. Wie ungeschickt von mir, dachte sie, als sie das Erschrecken sah, das sich auf Bruder Jonas' Gesicht abzeichnete.

»Aber ich habe nicht …«, sagte er hilflos und sah sich erschrocken nach Bruder Johannes um.

»Nein, nein, Bruder Jonas, wir verdächtigen dich nicht, dass du Herrn Wilden etwas angetan haben könntest«, beruhigte ihn der ältere Mönch sofort. »Frau Berger und Herr Rombach wollten nur wissen, ob Herr Wilden noch etwas gesagt hat.«

»Oh.« Bruder Jonas atmete erleichtert auf. »Ich ... hatte eben meine Runde um das Kloster beendet, als mir Herr Wilden entgegenkam. Ich sagte ihm, dass ich in ein paar Minuten abschließen würde, doch er winkte ab und erwiderte, ich müsse nicht auf ihn warten. Er habe am nächsten Morgen irgendwo einen Termin und wolle lieber noch am Abend hinfahren und die Nacht dort in einem Hotel verbringen. Ich habe mich daraufhin noch einmal vergewissert, um ein Missverständnis auch ganz sicher auszuschließen, und Herr Wilden hat dann bekräftigt, er müsse nicht zurück ins Kloster, ich könne ruhig abschließen. Er hatte vor, erst am Samstag zurückzukommen, vermutlich nicht vor Mittag, sagte er noch.«

»Und dann ist er direkt zum Parkplatz gegangen?«, hakte Tobias nach.

»Ja.« Der junge Mönch nickte. »Jedenfalls ging er in diese Richtung weg. Ich habe mich ins Haus zurückgezogen und hinter mir abgeschlossen. Daher weiß ich nicht, wohin er tatsächlich gegangen ist.«

»Und Sie haben auch niemanden sonst gesehen, der sich zu diesem Zeitpunkt vor dem Gebäude aufgehalten hat?«, wollte Alexandra wissen.

»Nein, ganz sicher nicht. Die anderen Gäste müssen sich alle im Kloster befunden haben. Wie meine Mitbrüder.«

»Ich dachte da eher an einen Fremden. An jemanden, der auf dem Parkplatz auf Wilden gewartet hat«, erläuterte sie. »Es könnte ja sein, dass Herr Wilden abgeholt werden sollte.«

Bruder Jonas schüttelte den Kopf. »Nein, da war niemand. Der Kontrollgang um das Kloster und die Kapelle schließt auch die Nebengebäude und den Parkplatz mit ein, und dort standen auch nur Ihre Wagen«, er deutete mit einer Kopfbewegung auf Alexandra und Tobias, »außerdem die von Wildens Mitarbeitern, sein Porsche und unser Transporter.« Er hob kurz die Schultern. »Hätte dort ein anderer Wagen gestanden, dann wäre mir das sicher aufgefallen, und ich hätte den Fahrer auf jeden Fall angesprochen. Immerhin gehört der Parkplatz zum Grundstück des Klosters, und wenn sich dort ein Fremder aufhält, frage ich ihn natürlich, was er da zu so später Stunde zu suchen hat.«

»Es kann aber sein, dass noch ein Wagen auf den Parkplatz gefahren ist, als Wilden auf dem Weg dorthin war?«

Er hob die Schultern. »Tja, Frau Berger, wie gesagt, solange ich noch vorn im Foyer war, habe ich nichts in der Art beobachtet. Wäre in der Zeit ein Wagen zum Kloster gekommen, hätte ich das Motorgeräusch eigentlich hören müssen.«

»Gut«, sagte Alexandra nachdenklich. »Und sonst ist Ihnen nichts Ungewöhnliches aufgefallen?«

»Nein … außer … Herr Wilden war recht guter Laune, jedenfalls für seine Verhältnisse. Sehen Sie, als er mir entgegenkam, da wusste ich ja, ich muss ihm sagen, dass ich in ein paar Minuten die Eingangstür abschließen würde. Um ehrlich zu sein, befürchtete ich einen Wutausbruch … Ich rechnete fest damit, dass Wilden von mir verlangen würde, bis zu seiner Rückkehr an der Tür auf ihn zu warten.«

»Und stattdessen?«

»Stattdessen sagte er zu mir: ›Ja, ja, machen Sie ruhig Ihre Arbeit.‹ Er erzählte mir von seinen Plänen, noch an diesem Abend wegzufahren, und machte einen fröhlichen … ja äußerst zufriedenen Eindruck. So als hätte er irgendetwas erreicht, was ihm wichtig war.«

Alexandra sah zu Tobias hinüber, der ihr zunickte. »Bruder Jonas, das wär's für den Moment, vielen Dank«, sagte sie, und der junge Mönch verließ nach kurzem Gruß das Zimmer. »Bruder Andreas, können Sie die Informationen so filtern, dass wir uns ein Bild davon machen können, in welcher zeitlichen Abfolge Wilden vor dem Verlassen des Klosters wo gesehen wurde und wo sich jeweils die Person aufgehalten hat, von der er beobachtet wurde?«

»Einen Moment bitte.« Der Mönch tippte kurz auf seiner Tastatur herum und deutete dann mit einer Kopfbewegung auf den Bildschirm.

Alexandra ging einen Schritt zurück und betrachtete die Anzeige. »Hm«, machte sie. »Es sieht ganz so aus, als hätte Wilden fünf Minuten vor dieser kurzen Unterhaltung mit Bruder Jonas sein Zimmer verlassen und wäre dann zielstrebig in Richtung Parkplatz gegangen. Er wurde von allen nur aus der Ferne gesehen. Doch wieso war er wohl so gut gelaunt, als er das Kloster verließ?«

»Vielleicht hat ihn jemand angerufen und ihm etwas Erfreuliches mitgeteilt«, meinte Tobias. »Möglicherweise war ihm ja ein neuer Posten angeboten worden, der für ihn mehr Einfluss, mehr Macht über andere und natürlich auch mehr Geld bedeutete.«

»Was wir nicht herausfinden können, solange wir sein Handy nicht haben. Sollten wir Kurt Assmann fragen, ob er sich vorstellen kann, wieso sein Chef so zufrieden wirkte?« Alexandra sah auf die Uhr. »Viertel nach neun«, murmelte sie, dann fragte sie Bruder Johannes: »Welches Zimmer hat Herr Assmann?«

Der Mönch drehte sich zu Bruder Andreas um und wollte

die Frage eben weitergeben, da antwortete der jüngere Mann bereits: »Er hat darauf bestanden, das Zimmer von Herrn Wilden zu bekommen.«

»Was?«, riefen Alexandra, Tobias und auch Bruder Johannes wie aus einem Mund.

»Ja, er war heute Mittag am Empfang an Bruder Jonas geraten«, erklärte Bruder Andreas. »Mit seiner … energischen Art hat er unseren jungen Bruder in Grund und Boden geredet, bis der ihm das Zimmer überlassen hat.«

»Das heißt, er hat die Möglichkeit gehabt, Wildens Habseligkeiten in aller Ruhe zu durchsuchen«, folgerte Alexandra ärgerlich. »Und er hatte genug Zeit, um mögliche Beweise und Informationen beiseitezuschaffen oder in seinen Besitz zu bringen, um selbst daraus Profit zu ziehen.« Sie stieß frustriert den Atem aus. »Das hatte uns gerade noch gefehlt!«

»Und falls er Wilden selbst umgebracht hat, dann hatte er jetzt alle Zeit der Welt, um nach Notizen zu suchen, die belegen könnten, dass er sich nicht erst heute Morgen von zu Hause auf den Weg hierher gemacht hat, sondern bereits gestern Abend in der Nähe des Klosters war«, ergänzte Tobias düster. »Das macht uns die Arbeit nur noch schwieriger.«

»So ein Mist!« Alexandra stand da und starrte auf den Bildschirm. »Können Sie mir das da bitte als Tabelle ausdrucken, Bruder Andreas?«, fragte sie dann.

Der Mönch nickte und beugte sich wieder über die Tastatur.

»Ich möchte Wildens Weg Schritt für Schritt aufgelistet haben«, erklärte sie, »und zwar in der Reihenfolge, in der er von den Leuten gesehen wurde. Vielleicht hat ja noch jemand Bernd Wildens zufriedenen Gesichtsausdruck bemerkt und hat irgendeine Erklärung dafür.«

Der Drucker auf dem Beistelltisch erwachte zum Leben

und spuckte kurz darauf zwei Blätter aus, die Alexandra an sich nahm.

»Danke, Bruder Andreas«, sagte sie und drehte sich zu Tobias und dem älteren Mönch um. »Wir werden zuerst mit Assmann sprechen, danach nehmen wir uns die Mitarbeiter vor.« Sie überflog die Liste und schüttelte den Kopf. »Von Ihren Brüdern hat ihn sonst niemand gesehen, also müssen wir mit ihnen auch nicht reden. Aber mit den Gästen … Sagen Sie, Bruder Johannes … Ich befürchte, dass diese Befragungen mehr als eine halbe Stunde in Anspruch nehmen werden. Das heißt, wir werden nicht vor zehn Uhr fertig sein. Lässt es sich irgendwie einrichten, dass heute Abend ausnahmsweise der Strom etwas später abgestellt wird?«

»Ja, sicher, das ist kein Problem«, beteuerte der Mönch. Er gab Bruder Andreas ein Zeichen, sich darum zu kümmern, woraufhin der wieder zum Telefonhörer griff und einen der anderen Mönche anrief.

»Gut, Ihnen beiden vielen Dank«, sagte sie und nickte Tobias zu, der noch schnell sein Glas Trappistenbier austrank, ehe er sich zu ihr gesellte.

»Na, dann wollen wir mal!«, brummte er. »Wird bestimmt eine angenehme Plauderrunde!«

»In seinem Quartier finden Sie Herrn Assmann jetzt aber nicht«, rief Bruder Andreas den beiden nach, bevor sie das Zimmer verlassen konnten. »Er ist in Saal II …«

»Dort findet heute Abend doch der zweite Teil unseres Schweigeseminars statt«, warf Bruder Johannes irritiert ein. »Herr Assmann kann nicht einfach bei Teil zwei einsteigen, wenn er den ersten Teil versäumt hat!« Seinen beiden Gästen erklärte er: »Teil zwei vertieft die Grundlagen des konstruktiven Schweigens aus dem ersten Teil, aber ohne dieses Grundlagenwissen ist es nicht möglich, die Übungen des zweiten Teils zu verinnerlichen. Er ... er stört dort nur die anderen! Bruder Markus kann den Kurs unter solchen Umständen doch gar nicht zu Ende führen!«

»Bruder Markus ist längst nicht mehr im Kurs«, ließ der jüngere Mönch ihn leise wissen.

»Nicht mehr im Kurs? Was soll das heißen?«

»Er ... er hat vor einer Viertelstunde die Flucht ergriffen.« Nach kurzem Schweigen ergänzte Bruder Andreas: »Vor Herrn Assmann.«

»Vor einer Viertelstunde?«, warf Tobias ein. »Woher wissen Sie das? Da waren Sie doch hier bei uns.«

Der jüngere Mönch sah ihn mit reumütiger Miene an und hielt sein Handy hoch. »Bruder Markus hat uns allen eine SMS geschickt, um uns mitzuteilen, dass er den Kurs unterbrochen hat.«

Bruder Johannes zog das Mobiltelefon aus der Tasche seiner braunen Kutte. »Oh, tatsächlich, da ist eine SMS. Davon hatte ich gar nichts mitbekommen.« Er öffnete sie und stutzte, dann sagte er ein wenig pikiert zu Bruder Andreas: »Ich darf wohl davon ausgehen, dass er den Namen Assmann nur versehentlich verkehrt geschrieben hat.«

»Ganz sicher«, erwiderte Bruder Andreas. Er schien jedoch ein Grinsen unterdrücken zu müssen. Bruder Johannes schüttelte betrübt den Kopf. »Es ist schon weit gekommen, wenn unsere Gäste mit ihrem Verhalten meine Brüder in die Flucht schlagen können. Wie dem auch sei. Ich werde auf jeden Fall mit Bruder Markus reden. Er kann doch nicht einfach seine Pflicht vernachlässigen – egal, wie Assmann sich aufgeführt hat!«, schimpfte er. »Frau Berger, Herr Rombach, ich nehme an, Sie begeben sich jetzt gleich zu Saal II?«

»Ja, wir wissen schließlich nicht, wann die Gruppe morgen abreisen wird, daher ...«, begann Tobias.

Der ältere Mönch schüttelte den Kopf und hob eine Hand. »Sofern Herr Assmann nicht etwas anderes bestimmt, werden die Leute erst am Montag abreisen. Das Programm, für das sie sich entschieden hatten, ist zu umfangreich, um es an einem Wochenende zu absolvieren. Anreise am Freitag, Abreise am Montag, schließlich soll das Ganze auch in Ruhe geschehen.« Er zog die Schultern hoch. »Den Weg zur inneren Ausgeglichenheit findet man nicht, wenn man sich einem Termindruck aussetzt, sondern nur durch die Ruhe selbst.«

»Das leuchtet ein«, erwiderte Tobias. »Trotzdem sollten wir auf unsere Fragen so bald wie möglich eine Antwort bekommen. Schließlich möchten wir den Kreis der Verdächtigen auch mal irgendwann einengen können.«

»Das verstehe ich nur zu gut«, sagte Bruder Johannes.

Kater Brown saß nun schon seit geraumer Zeit vor der Küchentür im hinteren Teil des Refektoriums und wartete ungeduldig darauf, dass ihm endlich jemand seine Futterschale füllte. Natürlich hätte er auch eine Maus oder einen unachtsamen Vogel fangen können, aber nach diesem aufregenden Tag stand Kater Brown nicht der Sinn nach körperlicher Ertüchtigung. Und überhaupt, was waren denn das für neue Sitten? Normalerweise bekam er doch um diese Zeit sein leckeres Feuchtfutter serviert!

Plötzlich hörte er Schritte. Endlich! Er spitzte die Ohren und drehte den Kopf in die Richtung, aus der die Geräusche kamen. Ein Mann bog um die Ecke. Leider war es nicht der, der ihn normalerweise fütterte. Dennoch lief Kater Brown ihm ein Stück entgegen und strich ihm um die Beine. Dabei ließ er ein klägliches Miauen hören, das ihm diesmal besonders gut gelang, wie er zufrieden feststellte.

»Oh, du hast bestimmt Hunger, nicht wahr, mein Kleiner?«, sagte der Mann und ging langsam weiter, um ihm nicht wehzutun.

Kater Brown folgte ihm begeistert bis zur Küchentür.

»Du weißt, in die Küche darfst du nicht mit hinein. Warte hier, ich bringe dir etwas ganz besonders Leckeres.«

Kater Brown setzte sich hin und fuhr sich mit der Zunge über den Bart. Jetzt würde es nicht mehr lange dauern. Hm, etwas ganz besonders Leckeres hatte der Mann ihm versprochen! Geduldig wartete der Kater, den Blick starr auf die Küchentür gerichtet. Endlich wurde sie geöffnet, und der Mann trat wieder zu ihm.

»Hier«, sagte er, bückte sich und stellte ihm einen Teller hin.

Die Fleischbrocken waren von einer dunklen Soße bedeckt und rochen noch verlockender als sonst. Wie schlau, dass er auf das Futter von den Menschen gewartet hatte! So gut rochen Mäuse nicht – und sie schmeckten auch nicht so lecker.

»Guten Appetit«, wünschte der Mann ihm noch, sah ihm einen Moment beim Fressen zu und ging dann davon.

Weil Kater Brown so sehr mit dieser ungewohnten Köstlichkeit beschäftigt war, entging ihm der seltsame Glanz in den Menschenaugen.

Entschlossen klopfte Alexandra an die Tür zu Saal II und drückte die Klinke hinunter. Im hell erleuchteten Raum saßen Wildens ehemalige Mitarbeiter im Halbkreis zusammen. Vor ihnen hatte sich Assmann aufgebaut, fuchtelte mit den Armen und redete auf sie ein. Alexandra hörte Begriffe wie »Motivation«, »Teamarbeit« und »Wir-Gefühl«, ehe Kurt Assmann zu ihr und Tobias herumfuhr.

»Was soll denn das?«, fragte er ungehalten. »Wir sind hier in einer Dienstbesprechung!«

»Und wir suchen einen Mörder«, entgegnete Alexandra ruhig. Sie hatte nicht vor, sich von Assmann unterkriegen zu lassen, und war entschlossen, ihm das auch zu zeigen. »Ihre dienstliche Besprechung muss ein paar Minuten warten, aber ich weiß ja, wie sehr gerade Sie, Herr Assmann, daran interessiert sind, dass Herrn Wildens Mörder schnellstmöglich überführt wird.«

»Ja, natürlich bin ich daran interessiert«, erwiderte er und wirkte mit einem Mal sehr kleinlaut.

Alexandra lächelte in die Runde. »Es dauert hoffentlich nicht lange. Frau Tonger, Ihrer Aussage nach haben Sie Herrn Wilden gegen einundzwanzig Uhr fünfundvierzig aus seinem Zimmer kommen sehen.«

Die Sekretärin nickte verhalten und musterte Alexandra skeptisch.

»Ist Ihnen irgendetwas Ungewöhnliches an ihm aufgefallen?«

»Ähm ...« Yasmin Tonger schüttelte den Kopf. »Wenn Sie nicht etwas konkreter werden können, dann weiß ich gar nicht, was ich mir unter Ihrer Frage vorstellen soll.«

»Einem der Mönche ist etwas an Herrn Wilden aufgefallen, das gar nicht typisch für ihn ist«, erklärte Tobias. »Aber es ist so, wie meine Kollegin sagt: Wenn wir Ihnen verraten, was das war, werden Sie die Aussage unter Umständen bestätigen, weil Sie sich einbilden, es auch bemerkt zu haben.«

Wieder schüttelte die Frau den Kopf. »Nein, ich glaube, mir ist nichts Besonderes aufgefallen. Ich kann mich jedenfalls an nichts Außergewöhnliches erinnern.«

»Herr Hellinger«, wandte sich Alexandra an den nächsten Mitarbeiter. »Ihnen ist Wilden im Korridor entgegengekommen, als Sie auf dem Weg zu Ihrem Zimmer waren. Was ist Ihnen aufgefallen?«

»Nur, dass Herr Wilden den Wagenschlüssel in der Hand hielt … und vielleicht noch, dass er ziemlich zielstrebig an mir vorbeigegangen ist. Aber ich fand daran nichts ungewöhnlich, denn es war bereits Viertel vor zehn durch. Ich nahm an, dass er noch was aus seinem Wagen holen wollte und sich beeilen musste, um vor dem Beginn der Nachtruhe zurück in seinem Zimmer zu sein.«

Alexandra notierte sich etwas auf dem Ausdruck, den Bruder Andreas ihr ausgehändigt hatte. »Frau Maximilian?«

Die Buchhalterin kratzte sich nachdenklich am Kinn. »Ich hatte gerade meine Zimmertür aufgeschlossen, als Herr Wilden um die Ecke kam.«

»Hat er etwas gesagt?«

»Er hat mir eine gute Nacht gewünscht. Nicht von sich aus, ich habe es zuerst gesagt. Aber von ihm kam dann ein ›Gute Nacht‹ zurück. Doch eigentlich ist daran ja nichts Ungewöhnliches, oder?«

Tobias nickte und warf einen Blick in den Ausdruck. »Herr Leybold, Sie sind Ihrem Chef im Gang zum Foyer begegnet, also unmittelbar bevor er das Haus verließ.«

»Ja, so sieht's aus«, bestätigte der Mann. »Ich hatte mir zuvor am Empfang noch eine von diesen Broschüren geholt und darin geblättert, als er mir entgegenkam. Im ersten Moment war er mir gar nicht aufgefallen, aber dann sah ich ihn und nickte ihm zu. Er hat zurückgenickt, und dann war er auch schon an mir vorbeigegangen.«

»Und Ihnen ist nichts aufgefallen?«

»Nein, außer dass er dabei irgendwie gelächelt hat.«

»Irgendwie?«, hakte Alexandra sofort nach.

»Na ja, das ist … ich weiß nicht, das ist nicht so leicht zu erklären. Es war so, als …« Leybold verstummte für einige Sekunden, dann sagte er: »Wissen Sie, das war nicht so ein höfliches Lächeln, das Leute aufsetzen, wenn sie sich zufällig begegnen. Das Lächeln … es galt nicht mir. Das war so, als freute er sich auf irgendetwas … Ja, ich glaube, das beschreibt es am besten.«

»Ja, das stimmt«, meldete sich Hellinger zu Wort. »Ich hatte mich noch gewundert, aber dann dachte ich, dass die Landluft vielleicht ein kleines Wunder bei ihm bewirkt hat.«

»Frau Maximilian?«, wandte Alexandra sich wieder der Buchhalterin zu.

Die schüttelte den Kopf. »Dazu kann ich nichts sagen. Ich habe ihn erst im letzten Moment bemerkt, und als er mir eine gute Nacht gewünscht hat, da ging er bereits an mir vorbei. Ob er gelächelt hat? Keine Ahnung.«

»Frau Tonger?«

»Ich habe gesehen, wie er aus seinem Zimmer kam, aber zu seinem Gesichtsausdruck kann ich nichts sagen.«

Vermutlich wäre es Yasmin Tonger ohnehin nicht aufgefallen, schließlich hatte sie Wilden privat gekannt und ihn sicherlich des Öfteren lächeln sehen.

»Ist auch nicht so schlimm«, sagte Alexandra. »Herr Leybold und Herr Hellinger haben bereits bestätigt, was ich wissen wollte.«

»Interessant«, warf Assmann spöttisch ein. »Jetzt sind wir also zu der grandiosen Erkenntnis gelangt, dass Herr Wilden gelächelt hat. Und was fangen wir nun damit an?«

»Ein Mönch ist Bernd Wilden vor dem Kloster begegnet. Er hat gesagt, dass Wilden auf dem Weg zum Parkplatz war und einen sehr zufriedenen Eindruck machte. Er hat den Mönch wissen lassen, dass er erst am nächsten Tag wieder herkommen würde, und sprach davon, am nächsten Morgen einen Termin zu haben und die Nacht dort in einem Hotel verbringen zu wollen. Jetzt frage ich Sie – auch Sie, Herr Assmann –, wo hatte er diesen Termin und um was ging es dabei?«

»Mir hat er nichts von einem Termin erzählt, und ich hätte davon auf jeden Fall wissen müssen«, antwortete Assmann. »Selbst bei einer Sache, die sich kurzfristig ergeben hätte, wäre eine Mail an mich das Mindeste gewesen. Es muss sich um etwas Privates gehandelt haben.«

»Das heißt, er hat Sie auch nicht telefonisch von diesem Termin in Kenntnis gesetzt?«, fragte Tobias.

»Nein, bedauerlicherweise nicht.«

»Und Sie wussten ebenfalls nichts von einem Termin, Frau Tonger?«

Yasmin Tonger verschränkte die Arme vor der Brust und schüttelte den Kopf. »Nein, ich hatte keine Ahnung.«

»Wann haben Sie sich denn das letzte Mal gesprochen, Herr Assmann?«

»Persönlich am Donnerstagmorgen, telefonisch am Freitagmorgen. Er ist ja bereits Donnerstag losgefahren, weil er vor der Fahrt hierher noch irgendeinen alten Schulfreund besuchen wollte ...«

»Wissen Sie, wie der heißt?«

Der Assistent schüttelte den Kopf. »Den Namen hat er nicht genannt, und wenn mir klar ist, dass es sich um private Dinge handelt, stelle ich auch keine Fragen. Mobil wäre Herr Wilden ja ohne Weiteres zu erreichen gewesen.«

»Am Donnerstag wurde er aber bereits hier in Lengenich gesehen«, sagte Alexandra, was Assmann aufhorchen ließ.

»Tatsächlich? Ich vermute, ein Blick in seinen privaten Terminplan würde da sicher weiterhelfen. Haben Sie es schon mal mit seinem Laptop versucht?«

»Wir nicht, aber Sie vielleicht. Sie haben ja so selbstverständlich Wildens Zimmer übernommen«, gab Tobias zurück, und Alexandra hielt bei seinem vorwurfsvollen Ton unwillkürlich die Luft an.

»In seinem Zimmer befindet sich der Laptop nicht, und Bruder Johannes konnte mir auch nichts über den Verbleib des Gerätes sagen«, antwortete Kurt Assmann und hielt Tobias' prüfendem Blick ruhig stand. »Aber wenn Herr Wilden ja wegfahren wollte, wird er ihn sicher mitgenommen und im Wagen verstaut haben.«

»Da ist er nicht, genauso wenig wie sein Handy. Wir haben den Wagen bereits durchsucht und nichts gefunden.«

»Sein Smartphone ist auch verschwunden?«, fragte der Assistent. »Das macht die Sache allerdings immer merkwürdiger! Und es spricht dagegen, dass Herr Wilden unglücklich gestürzt und in den Brunnen gefallen ist. Dann müssten die beiden Dinge ja noch irgendwo sein.«

»Genauso sehen wir das auch.« Alexandra verkniff es sich, ihn darauf hinzuweisen, dass sie ihn nach wie vor zum Kreis der Verdächtigen zählte.

»Hören Sie, Frau Berger«, sagte Kurt Assmann nach einer kurzen Denkpause. »Wir sollten unsere Telefonnummern austauschen, damit wir uns kurzschließen können, wenn sich etwas Neues ergibt. Wir dürfen in dieser Angelegenheit nicht noch mehr Zeit ungenutzt verstreichen lassen.«

»Das ist eine gute Idee«, stimmte sie ihm zu, innerlich jedoch auf der Hut. Er mochte sich im Augenblick noch so kooperativ verhalten, sie würde ihm dennoch weiter mit Skepsis begegnen. Wenn er der Mörder war, wollte er vielleicht nur herausfinden, wie dicht Tobias und sie ihm auf den Fersen waren. Waren sie in diesem Fall in Gefahr, ebenfalls von Assmann aus dem Weg geräumt zu werden? Alexandra verdrängte diesen unschönen Gedanken schnell und versuchte, sich auf das Wesentliche – die Spurensuche – zu konzentrieren.

Nachdem Kurt Assmann und sie die Handynummern ausgetauscht hatten, verließen Tobias und sie wieder den Saal. An der Tür blieb Alexandra noch einmal stehen und drehte sich um: »Sagen Sie mal, Herr Assmann, wieso sind Sie am Freitag eigentlich nicht zu diesem Kloster-Wochenende mitgekommen?«

Assmann lächelte spöttisch. »Ich hatte mich schon gefragt, wann Ihnen das wohl auffallen würde. Aber die Erklärung ist ganz einfach: Der Aufenthalt hier soll die Teamfähigkeit der Mitarbeiter untereinander fördern. Ich als Herrn Wildens Stellvertreter stehe nicht auf der gleichen Ebene wie die anderen, wenn Sie verstehen, was ich meine. Deshalb war *meine* Teilnahme nicht erforderlich.«

Die Blicke seiner Kollegen im Hintergrund sprachen Bände.

»M-hm, das leuchtet ein, findest du nicht, Alexandra?«, sagte Tobias, und in seinen Augen funkelte es belustigt. Doch sie winkte nur ab und trat wortlos auf den Flur hinaus.

»Oh Mann«, schnaubte sie leise, nachdem die Tür hinter ihnen ins Schloss gefallen war und sie weitergegangen waren. »Der Kerl ist ja fast noch schlimmer als Wilden! Diese maßlose Selbstüberschätzung!«

Tobias bemerkte lächelnd: »Gegen den muss ich dir doch eigentlich wie der sympathischste Mann auf Erden erscheinen, oder?«

»Oh ja, das kannst du laut sagen«, antwortete sie, aber nur Sekunden später stutzte sie. Das war ihr nur so rausgerutscht!

»Danke für das Kompliment«, meinte er grinsend, beugte sich vor, und ehe sie sich's versah, küsste er sie auf die Wange.

Sie verzog den Mund. »Du bist *kein bisschen* von dir eingenommen, wie?«

»Ach, ein kleines bisschen schon«, räumte er augenzwinkernd ein. »Aber höchstens so viel.« Dabei zeigte er mit Daumen und Zeigefinger einen halben Zentimeter an.

»Wenigstens gibst du das zu. Das ist schon einmal ein Anfang.«

»Was? Der Kuss?«

»Hör auf, mich absichtlich falsch zu verstehen!«, murrte sie, musste jedoch unwillkürlich lächeln. Im Vergleich zu Wilden und Assmann war Tobias tatsächlich ein Schatz – aber auch wirklich nur im Vergleich zu den beiden, sagte sie sich dann. Ansonsten war er nicht ihr Typ.

»Wo ist eigentlich Kater Brown?«, fragte Alexandra und sah sich um. Sie hatte ihn nicht mehr gesehen, seit sie das Refektorium verlassen hatten und zu Bruder Johannes in die Verwaltung gegangen waren. »Erst verfolgt er mich auf Schritt und Tritt, und jetzt lässt er sich gar nicht mehr blicken!«

»Er wird halt mit irgendeiner wichtigen Katzenangelegenheit beschäftigt sein«, meinte Tobias und zuckte mit den Schultern.

»Komm, wir sehen uns mal um, ob wir ihn irgendwo finden können«, entschied sie. »Sonst bekomme ich die ganze Nacht kein Auge zu.«

»Du tust gerade so, als wäre er schon seit Jahren dein treuer Begleiter.«

»Na und? Er ist mir eben ans Herz gewachsen. Das kannst du natürlich nicht verstehen«, sagte Alexandra ungehalten und wandte sich wieder zum Gehen.

Sie nahmen den Weg, den sie gekommen waren, und stiegen dann ins Erdgeschoss hinunter.

»Kater Brown? Kater Brown, wo bist du?«, rief Alexandra immer wieder, doch der Kater tauchte nicht auf. Im Kloster herrschte völlige Stille, obwohl die Gänge noch hell erleuchtet waren. Wildens Mitarbeiter hielten sich offenbar nach wie vor in Saal II auf. Die Mönche hatten sich zweifellos längst in ihre Zimmer zurückgezogen, immerhin war es inzwischen halb elf.

Alexandra blieb stehen und ließ den Blick durch den Korridor links von ihr schweifen, aber auch dort fehlte jede Spur von Kater Brown.

»Vielleicht wartet er ja vor deinem Zimmer auf dich«, schlug Tobias vor.

»Okay, dann sieh du da bitte schnell nach, ja? Ich werfe noch einmal einen Blick ins Foyer und in den Speisesaal.«

Der Empfang war um diese Uhrzeit nicht mehr besetzt, und das Büro dahinter war in Dunkelheit getaucht. Alexandra trat durch den an einen Torbogen erinnernden Durchgang ins Refektorium. Der weitläufige Raum war menschenleer, und auch hier war Kater Brown nicht zu entdecken. Auf Alexandras Rufe blieb alles still. Dennoch wurde sie das Gefühl nicht los, dass hier irgendetwas nicht stimmte.

Langsam ging sie weiter bis zu der letzten Bankreihe. Auf einmal spürte sie, wie ihr Herz schneller klopfte und sich ihr die Härchen auf den Armen aufstellten.

Und da sah sie ihn! Vor Schreck stockte ihr der Atem.

Kater Brown!

Das Tier lag auf dem kalten Steinboden. Vor ihm stand ein Teller mit ein paar Fleischbrocken, die in einer Soße schwammen.

Alexandra näherte sich dem Kater, der auf ihre Rufe noch immer nicht reagierte. Er hatte die Augen fest geschlossen und rührte sich nicht! Sie spürte, wie ihr ein Schluchzen in die

Kehle stieg, als sie neben Kater Brown auf die Knie sank und ihn vorsichtig berührte. Doch nichts geschah!

»Nein!«, flüsterte sie entsetzt. »Bitte nicht!«

14. Kapitel

Jemand hatte Kater Brown … vergiftet! Alexandras Blick streifte erneut den Teller mit der Soße, und sie spürte, wie ein Zittern ihren Körper überlief. Wer hatte das getan … und warum? Noch einmal stupste sie den Kater sachte an, aber er reagierte nicht. Tränen traten in ihre Augen, die sie hastig wegzublinzeln versuchte. Auf einmal stutzte sie. Da war doch …

Hatte sie sich das gerade nur eingebildet oder … atmete Kater Brown noch schwach? Sie beugte sich vor und legte behutsam das Ohr auf den weichen Katzenkörper. Nein, sie hatte sich nicht geirrt, der Kater atmete tatsächlich noch! Als Alexandra vorsichtig die Hand auf den schmalen Brustkorb legte, entfuhr ihr ein Laut der Erleichterung. Kater Browns kleines Herz schlug noch, wenn auch langsam, wie es ihr erschien.

Mit zitternden Händen zog sie das Handy aus der Hosentasche und wählte Tobias' Nummer. Zum Glück meldete er sich schon nach dem zweiten Klingelton. »Komm in den Speisesaal, wir müssen zum Tierarzt! Sofort!«, rief sie aufgeregt und unterbrach die Verbindung.

Auf einem der hinteren Tische entdeckte Alexandra einen Stapel Tischdecken, die wohl für das Frühstück am nächsten Morgen bereitgelegt worden waren. Als sie mit drei Decken unter dem Arm zu Kater Brown zurückeilte, kam gerade Tobias in den Saal gestürmt, dicht gefolgt von Bruder Johannes, der offenbar dem aufgeregten Tobias begegnet und ihm gefolgt war.

»Was ist denn los?«, rief Tobias ihr zu.

»Hier!«, entgegnete sie. »Hinter dem Tisch!«

Während sie den reglosen Kater vorsichtig aufhob und ihn in die Decken bettete, hörte sie Tobias' unterdrücktes Stöhnen. »Ist er … Ist er …?«

»Nein«, erwiderte sie. »Zum Glück lebt er noch.« So behutsam sie konnte, hob sie das Deckenbündel mit dem Kater auf den Arm. Der kleine Katzenkörper fühlte sich ganz schlaff an, als läge er in tiefer Narkose. Alexandra wies mit dem Kopf auf den Teller mit den Fleischbrocken. »Nimm du den da und komm mit!« Sie zwang sich zu einem ruhigeren Tonfall und wandte sich an Bruder Johannes: »Wo finden wir den nächsten Tierarzt?«

»Um diese Zeit?« Der Mönch schüttelte ratlos den Kopf. »Ja … da müssen Sie nach Neuerburg zu Doktor Erzbauer. Warten Sie, ich suche Ihnen die Adresse raus.« Noch während er redete, lief er vor ihnen her in Richtung Foyer.

»Du fährst«, entschied sie. »Ich kümmere mich unterwegs um Kater Brown.«

Bruder Johannes hielt ihnen einen Zettel hin, auf dem er in aller Eile die Adresse des Tierarztes sowie die Fahrtroute vermerkt hatte. »Das sind ungefähr zwanzig Kilometer, also werden Sie wohl um die fünfundzwanzig Minuten benötigen. Ich werde Doktor Erzbauer anrufen und Sie ankündigen«, sagte er und eilte mit ein paar ausholenden Schritten zur Tür, um sie aufzuschließen und sie ihnen aufzuhalten.

Tobias öffnete kurz darauf die Wagentür und klappte den Sitz zurück. »Ich nehme an, du möchtest mit dem kleinen Kerl hinten sitzen.«

Sie nickte und legte den Kater in seinem Deckenbett vorsichtig auf die Rückbank. Dabei fiel ihr Tobias' schwarze Laptop-Tasche hinter dem Fahrersitz auf. »Du hast doch einen Mobilfunk-Stick?«

»Ja klar«, konnte er noch antworten, dann war sie auch schon eingestiegen. Als er kurz darauf den Motor startete, war Alexandra bereits damit beschäftigt, den Computer hochzufahren.

»Passwort?«, fragte sie ungeduldig.

»Skywalker.«

Sie tippte es ein, dann öffnete sie den Browser. »Bitte beeil dich, Tobias!«, forderte sie ihn auf, als er den Wagen zur Parkplatzausfahrt lenkte.

»Nach der Zeichnung zu urteilen müssen wir am Schullandheim vorbei, um nach Neuerburg zu kommen«, sagte Tobias. Nachdem er auf die Landstraße eingebogen war, gab er Gas.

»Wir fahren nicht nach Neuerburg«, antwortete Alexandra und tippte hastig auf der Tastatur herum.

Mit fliegenden Fingern zog sie ihr Handy hervor, wählte eine Nummer und wartete. »Ist da die Praxis Paressi? Ja, ich habe hier einen Kater, der vermutlich vergiftet wurde … Nein, bewusstlos … Ja, wir sind in Lengenich … Nein, nach Neuerburg ist es zu weit, finde ich … Ja, gut, vielen Dank … In zwanzig Minuten, würde ich sagen … Ja, bis gleich.«

Als sie das Gespräch beendet hatte, sah sie im Lichtschein, den der Monitor des Laptops verbreitete, dass Tobias den Kopf schüttelte.

»Wieso fahren wir nicht zu Doktor Erzbauer nach Neuerburg?«

»Wir fahren nach Echternacherbrück«, erklärte Alexandra. »Das ist ein wenig näher als Neuerburg. Trotzdem: Beeil dich!«, bat sie und vergrößerte auf dem Laptop die Karte mit der Fahrtroute.

»Ich würde meinen Führerschein zwar noch gern eine Weile behalten …«

Alexandra schien ihn gar nicht gehört zu haben. Sie schaute konzentriert an der Kopfstütze vorbei durch die Windschutzscheibe in die Dunkelheit. »Da vorne links, der Hauptstraße nach.«

Bäume und Büsche zuckten im Scheinwerferlicht vorüber, während Alexandra sich nervös auf die Unterlippe biss und immer wieder einen besorgten Blick auf den bewusstlosen Kater Brown warf. Alexandras Herz klopfte zum Zerspringen! Hoffentlich erreichten sie die Tierarztpraxis noch rechtzeitig!

»Da ist es!«, sagte Alexandra erleichtert, als sie um zwei Minuten nach elf mit quietschenden Reifen in der Einfahrt zu einem Einfamilienhaus am Ufer der Sauer zum Stehen kamen. In weiser Voraussicht hatte die Ärztin die Leuchtreklame eingeschaltet, die auf die Tierarztpraxis hinwies.

Kaum hatte Tobias den Wagen geparkt, sprang er auch schon hinaus und öffnete die Tür, um Alexandra, die den Kater aufgenommen hatte, beim Aussteigen zu helfen.

»Denk an das Fleisch!«, rief sie ihm zu und eilte über den Rasen zu einer Treppe, die in die im Souterrain gelegene Praxis führte.

Als Tobias ins Sprechzimmer kam, hatte Alexandra der Ärztin bereits alles erklärt, was sie über den Zustand des Katers wusste. Kater Brown lag auf einem Behandlungstisch aus glänzendem Edelstahl, der zum Teil von einer Plastikmatte bedeckt war.

Dr. Paressi war eine zierliche Frau Mitte dreißig mit fast schwarzem Lockenkopf, bei deren Statur sich Alexandra unwillkürlich fragte, wie diese Frau wohl die Kraft aufbrachte, um einen schweren Hund, beispielsweise einen Berner Sennenhund oder einen Rottweiler, zu behandeln.

Dr. Paressi leuchtete Kater Brown mit einer schmalen Stifttaschenlampe in die Augen, horchte ihn gründlich ab und drückte vorsichtig die Kiefer auseinander, um ihm in den Rachen zu sehen.

»Davon hat er wohl gefressen«, erklärte Tobias und deutete auf den Teller mit den Fleischbrocken, den er auf dem Tresen links vom Behandlungstisch abstellte. »Ein wenig davon hat er erbrochen.«

»Wie viel er gefressen hat, wissen wir nicht«, ergänzte Alexandra. »Wir hatten ihn eine Weile nicht gesehen.«

»Ja, verstehe«, erwiderte die Tierärztin und fuhr mit der Untersuchung fort.

»Und? Was können Sie uns sagen?«, drängte Alexandra, die sich schreckliche Sorgen um Kater Brown machte.

»Ich möchte mich erst genauer äußern, wenn ich meine Untersuchung abgeschlossen habe«, erwiderte die Frau ruhig und sachlich. Ganz offensichtlich war sie den Umgang mit besorgten Tierhaltern gewohnt und ließ sich von deren Nervosität nicht anstecken. »Ich möchte Sie zu diesem Zeitpunkt weder unnötig aufregen noch bei Ihnen eine womöglich trügerische Zuversicht wecken. Ich werde den Kater behandeln. Aber Sie fahren jetzt bitte wieder nach Hause. Sobald ich Genaueres weiß, werde ich Sie anrufen. Geben Sie mir bitte Ihre Adresse und eine Telefonnummer, unter der ich Sie heute Nacht erreichen kann.« Sie reichte Tobias einen Zettel, er begann sofort zu schreiben. »Und das ist Ihr Kater?« Sie schaute Alexandra freundlich an.

»Nein, Kater Brown lebt im Klosterhotel ›Zur inneren Einkehr‹ in Lengenich. Dort wohnen wir zurzeit.«

»Und Sie sind zu mir gekommen, weil Ihnen die Praxis von Doktor Erzbauer zu weit entfernt schien?«

»Ja, eigentlich hatte man uns dorthin geschickt. Einer der Mönche wollte uns auch telefonisch bei ihm anmelden …«

»Hm«, murmelte die Ärztin, die nun mehrere Spritzen bereitlegte und Fläschchen mit farblosen Lösungen aus einem kleinen Kühlschrank nahm. »Bei ihm anmelden. Interessant.«

Alexandra sah hilfesuchend zu Tobias. »Warum das?«

Dr. Paressi schaute zwischen den beiden hin und her. »Nun, er wird Doktor Erzbauer nicht erreicht haben. Der Kollege ist leider vor etwa vier Wochen bei einer Wanderung in den Alpen tödlich verunglückt, und die Praxis ist seitdem geschlossen.«

Alexandra schnappte erschrocken nach Luft. »Dann … dann wären wir vergeblich zu ihm gefahren?«

Die Ärztin nickte. »Sie hätten einen großen Umweg fahren müssen und wären wahrscheinlich zu spät bei mir eingetroffen. Ein Glück für Kater Brown, dass Sie sich gleich anders entschieden hatten.« Während sie eine Spritze aufzog, fügte sie hinzu: »Über die genauen Hintergründe, wie der Kater an dieses Fleisch dort kam, werden Sie mich noch genauer informieren müssen. Aber nicht jetzt. Jetzt habe ich zu tun.«

»Sie sind doch auch der Meinung, dass Kater Brown vergiftet wurde, oder?«, vergewisserte sich Alexandra.

Die Ärztin nickte. »So sieht es für mich aus. Lassen Sie mich jetzt bitte meine Arbeit machen, ich rufe Sie an.«

Sie verabschiedeten sich und warfen einen letzten Blick auf den reglos auf dem Behandlungstisch liegenden Kater. »Viel Glück, mein Kleiner!«, raunte Alexandra ihm noch zu, dann kehrten sie zu Tobias' Leihwagen zurück. Tobias hatte tröstend einen Arm um Alexandra gelegt.

In diesem Moment klingelte ihr Handy, und ihr blieb vor Schreck beinahe das Herz stehen. Sie wollte sich schon umdrehen und zurück in die Praxis laufen, als sie auf dem Display eine ihr fremde Handynummer sah. Das war nicht Dr. Paressis Nummer!

»Hallo?«, meldete sie sich zögerlich.

»Frau Berger?«, tönte eine aufgeregte Männerstimme an ihr Ohr. Schnell schaltete sie das Telefon auf Lautsprecher. »Hier ist Bruder Johannes.«

»Ja ... Was gibt es denn?«

»Gott sei Dank! Ich habe schon dreimal versucht, Sie zu erreichen, bin aber irgendwie nicht durchgekommen. Hören Sie, bei Doktor Erzbauer hat sich niemand gemeldet, und ich musste mich erst nach einem anderen Tierarzt umhören. Ich kenne mich da nicht so gut aus. Von einem Mitbruder habe ich schließlich erfahren, dass Doktor Erzbauer vor Kurzem verstorben ist. Ich habe sofort nach einer anderen Adresse gesucht und ...«

»Es hat sich bereits erledigt«, unterbrach sie ihn beschwichtigend.

»Ist Kater Brown etwa ...?«

»Nein, er wird jetzt gerade behandelt. Der Tierarzt macht einen recht kompetenten Eindruck, aber ... Na ja«, sie seufzte besorgt, »wir müssen abwarten. Hoffentlich kann Kater Brown noch geholfen werden!«

»Sie müssen fest daran glauben, Frau Berger. Das tue ich auch«, versuchte Bruder Johannes, sie aufzumuntern. »Wir beten hier für ihn, vielleicht möchten Sie sich uns ja später anschließen.«

»Mal sehen«, sagte sie ausweichend, bedankte sich und beendete das Telefonat.

Gemeinsam gingen sie zu Tobias' Wagen und stiegen ein, als

Alexandras Handy den Eingang einer SMS meldete. »Hm«, murmelte sie und öffnete die Kurznachricht.

»Was ist?«

»Eine SMS von Assmann: *Bekomme gleich Hr. Wildens Laptop ausgehändigt.*«

»Von wem?«, wollte Tobias wissen.

»Das schreibt er nicht.«

»Dann unterhalten wir uns sofort mit ihm, wenn wir zurück im Kloster sind.«

Es war bereits nach Mitternacht, als sie auf den dunklen Parkplatz des Klosterhotels einbogen und den Polo parkten.

Alexandra sah kurz zu ihrem Auto hinüber. »Guck mal, Assmann scheint für die Übergabe weggefahren zu sein. Jedenfalls steht sein Cabrio nicht mehr auf dem Platz neben meinem Auto. Heute Mittag parkte er doch dort.« Sie stieg aus und ging ein paar Schritte, bis Tobias bei ihr war. »Ich kann es gar nicht fassen, dass jemand versucht hat, Kater Brown zu vergiften ... und vielleicht ist es ihm sogar gelungen. Aber wer macht so was ... und vor allem: warum?«

»Verrückte gibt es überall«, erwiderte Tobias mit sanfter Stimme. »Das ist ja das Schlimme.«

»Nein, ich halte das nicht für die Tat eines Verrückten. Hast du den Teller gesehen? Das waren keine Küchenabfälle und auch kein Katzenfeuchtfutter, sondern in kleine Würfel geschnittenes Rindfleisch ohne Fett oder Sehnen. Das muss jemand extra beschafft und sorgsam mit Gift präpariert haben. Und dann diese seltsame Soße! Ich fand ja, sie roch fischig.«

»Wenn es nicht das Werk eines Verrückten war – welchen Sinn sollte der Giftanschlag denn sonst haben? Kater Brown ist nicht gerade der Typ Zeuge, den man zum Schweigen bringen muss. Schließlich kann er nicht zur Polizei gehen und den Täter anzeigen.«

»Vielleicht soll der Anschlag eine Art Warnung sein«, gab sie zurück. »Oder aber: Kater Brown weiß wirklich noch etwas, das dem Mörder gefährlich werden kann.« Alexandra stutzte. »Außerdem haben wir noch eine neue Erkenntnis über den Täter gewonnen. Er hat offenbar nicht im Affekt gehandelt, sondern ist bereit weiterzumachen. Und wenn er den Kater so einfach vergiftet, scheint er auch vor einem weiteren Mord nicht zurückzuschrecken.«

Tobias schaute sie nachdenklich an. »Aber wer könnte das sein? Wer geht so weit? Wer gewinnt bei der Sache? Assmann? Will er uns davon abbringen, nach Wildens Mörder zu suchen?«

»Es muss nicht Kurt Assmann sein. Es kann jeder von Wildens Truppe gewesen sein. Oder einer der Mönche ... «

Tobias blieb stehen und schüttelte den Kopf. »Das ist jetzt aber nicht dein Ernst, oder? Die Mönche würden doch nicht ihr eigenes Maskottchen umbringen.«

»Überleg mal, der Kater hat uns auf die Leiche im Brunnen aufmerksam gemacht, in den so schnell wohl niemand einen Blick geworfen hätte, wäre Kater Brown nicht auf die Idee gekommen, dieses Theater auf dem Brunnenrand zu veranstalten.«

»Sicher, doch früher oder später hätte man die Leiche trotzdem gefunden.«

»Das ja«, stimmte sie ihm zu. »Aber die Leiche wäre nicht heute Morgen gefunden worden, sondern vielleicht nächste Woche. Möglicherweise wurde der Tote zu früh entdeckt, und der Täter muss jetzt Zeit schinden.«

Tobias seufzte leise.

Alexandra fuhr fort: »Denk mal daran, worüber wir gesprochen haben, als wir heute Morgen aus dem Zimmer von Bruder Johannes kamen. Wir unterhielten uns darüber, dass wir es wohl Kater Brown zu verdanken haben, dass wir einen Blick in den Brunnenschacht geworfen haben. Als wir das Zimmer verließen, war da dieser andere Mönch, dieser Bruder … Harald …?«

»Hartmut, wenn ich mich nicht irre«, warf Tobias ein.

»Ja, richtig, Bruder Hartmut! Er stand da und hörte uns über Kater Brown reden. Kurz darauf hat der Kater mich in den Keller geführt, wo ich Bruder Dietmar und Bruder Siegmund belauscht habe, wie sie wegen irgendeiner Sache stritten, die Bruder Johannes nicht erfahren soll. Kater Brown hat sich im Keller vor eine Tür gesetzt, als wartete er darauf, dass ich sie ihm öffne. Die beiden Mönche haben mir zwar diese Geschichte von der vertauschten Bettwäsche aufgetischt, doch ich bin mir sicher, es steckt irgendetwas anderes dahinter. Möglicherweise hat es mit dem zu tun, was sich hinter dieser Tür im Keller befindet. Wenn Bruder Hartmut ebenfalls eingeweiht ist, dann könnten die drei auf die Idee gekommen sein, den Kater aus dem Weg zu räumen, damit er mich … uns nicht zu der Sache führt, die sie sogar vor Bruder Johannes geheim halten wollen.« Sie ließ eine kleine Pause folgen. Schließlich fuhr sie fort: »Die Frage ist natürlich, ob der Mord an Wilden überhaupt mit dem Geheimnis der Mönche in Zusammenhang steht. Ich meine, es könnte ja auch purer Zufall sein, dass Wilden von irgendeinem seiner Angestellten ermordet wird und dass gleichzeitig irgendetwas in diesem Kloster vertuscht werden soll.«

»Und Bruder Johannes? Verdächtigst du ihn auch, den Giftanschlag auf Kater Brown verübt zu haben?«

»Nein«, sagte sie. »Zugegeben, komisch war das eben schon.

Erst schickt er uns zu diesem Doktor Erzbauer, und gerade als wir dort angekommen sein müssten, ruft er an und erzählt uns, dass der Arzt tot ist. Aber Doktor Erzbauer hat in Neuerburg praktiziert, nicht in Lengenich, und im Kloster gibt es außer Kater Brown keine Tiere. Also wird Bruder Johannes einfach nicht gewusst haben, dass Doktor Erzbauer gar nicht mehr lebt.«

»Und trotzdem hast du ihm gegenüber von einem Tier*arzt* gesprochen, der Kater Brown jetzt behandelt. Und du hast auch nicht den Namen Paressi erwähnt. Wieso?«

»Weil ich verhindern will, dass es unserem Unbekannten doch noch gelingt, Kater Brown zu töten. Ich weiß nicht, mit wem Bruder Johannes über den Giftanschlag sprechen wird, aber wenn derjenige, der den Kater vergiftet hat, herausfindet, wo das Tier in Behandlung ist …« Sie unterbrach sich kurz. »Nicht, dass der Giftattentäter noch einmal zuschlägt.«

Tobias atmete seufzend aus. Die Wolkendecke riss auf, und im fahlen Licht der Sterne gingen sie ein Stück und lehnten sich schließlich Seite an Seite gegen den Holzzaun, der um den Parkplatz herum verlief. »Hm, ich weiß nicht. Das wäre doch ein wenig riskant … Und deine Theorie von der Verschwörung der Mönche scheint mir auch weit hergeholt zu sein.«

Eine Weile schwiegen sie, während jeder mit seinen eigenen Gedanken beschäftigt war. Alexandra legte den Kopf in den Nacken. »Sieh dir nur diese Sterne an! Ist das nicht ein unglaublich schöner Anblick? Und so ruhig. Dort oben gibt es keine Hektik, wie wir sie seit heute Morgen ohne Pause erleben.«

»Was mich so fasziniert, ist die Tatsache, dass wir immer nur die Vergangenheit sehen. Ich weiß gar nicht, wie Menschen allen Ernstes glauben können, anhand der Sterne die Zukunft voraussagen zu können, wenn die Sterne einem doch ein Bild zeigen, das Jahrtausende alt ist.«

Alexandra warf ihm einen fragenden Seitenblick zu.

»Na, die Sterne sind doch zigtausend Lichtjahre entfernt, und das Licht, das wir jetzt gerade sehen, ist schon vor zigtausend Jahren auf die Reise zu uns gegangen. Wenn wir heute Nacht da oben einen Alien beobachten könnten, der ein Schild mit der Aufschrift *Helft uns!* hochhält, dann käme jede Hilfe von unserer Seite zu spät, weil die Welt des Außerirdischen vielleicht bereits vor dreißigtausend Jahren untergegangen ist. Denn überleg mal, selbst wenn wir in der Lage wären, so schnell wie das Licht durchs All zu reisen, würden wir für diese Strecke dreißigtausend Jahre benötigen, und dann wären bei unserer Ankunft sechzigtausend Jahre seit dem Moment vergangen, als dieser Alien sein Schild hochgehalten hat.«

»So habe ich das Ganze noch nie betrachtet.«

»Tja, ch bringe dich eben auf ganz andere Gedanken.« Alexandra schaute ihn an, dann wieder weg.

Tobias räusperte sich. »Ich ...«

Als er verstummte, wandte sie ihm den Kopf zu und schaute ihn erneut an. Obwohl es dunkel war, meinte sie, im fahlen Sternenlicht einen merkwürdigen Ausdruck in Tobias' Augen zu bemerken.

»Ja?«, brachte sie ein wenig heiser heraus. Unschlüssig biss sie sich auf die Unterlippe.

Was war los mit ihm? Und was war mit ihr selbst los? Was hatte er ihr sagen wollen? Vielleicht war das einer dieser Momente, die etwas zu bedeuten haben. Sollte sie nachhaken? Doch dann verließ sie der Mut und sie senkte den Blick.

Tobias setzte noch einmal zum Reden an. »Alexandra, ich ...«

»Ja?« Alexandra schluckte.

»Ich muss Dir etwas sagen …« Plötzlich traf ihn unvermittelt ein greller Lichtstrahl ins Gesicht, sodass Tobias die Augen zusammenkneifen musste.

15. Kapitel

»Da sind Sie ja!«, erklang eine atemlose Männerstimme.

Alexandra fuhr zusammen. Das Herz klopfte ihr bis zum Hals, und für den Bruchteil einer Sekunde fürchtete sie, Wildens Mörder hätte sich angeschlichen, um sie beide nun im Schutz der Nacht aus dem Weg zu räumen.

Aber dann erkannte sie im Lichtschein, der von Tobias' Gesicht reflektiert wurde, wer da mit einer Taschenlampe vor ihnen stand.

»Bruder Johannes?«, entfuhr es ihr. »Was machen Sie denn hier?«

»Entschuldigen Sie, wenn ich Sie erschreckt habe. Ich wollte mir nicht noch länger die Beine in den Bauch stehen«, gab er zurück und richtete den Strahl der Lampe zu Boden. »Ich hatte im Foyer auf Sie gewartet, um Sie ins Haus zu lassen, und dann auf einmal sah ich einen Wagen auf den Platz einbiegen. Aber dann habe ich gewartet und gewartet, und Sie kamen nicht. Also habe ich mich auf die Suche nach Ihnen gemacht. Ich hatte schon fast befürchtet, Ihnen wäre etwas zugestoßen.« Dann ließ er den Lichtstrahl über sie wandern. »Wo ist Kater Brown?«, fragte er zögerlich. »Haben Sie ihn denn nicht mitgebracht?«

»Nein, er ist noch beim Tierarzt und wird versorgt«, sagte Alexandra. »Wir wissen auch noch nichts Genaues. Außer dass jemand den kleinen Kerl ganz offensichtlich vergiften wollte. Hoffentlich überlebt er!«

»Auf jeden Fall ist der Kater jetzt in guten Händen«, meinte

Bruder Johannes bedrückt. »Ich hoffe auch, er kommt durch.« Nach einer kurzen Pause fügte der Mönch hinzu: »Hören Sie, das mit Doktor Erzbauer tut mir ehrlich leid, das hätte böse enden können ...«

»Ich mache Ihnen keinen Vorwurf, Bruder Johannes«, versicherte Alexandra. »Sie konnten es ja nicht wissen.«

»Nur gut, dass Sie so schnell einen anderen Tierarzt gefunden haben! Wie, sagten Sie noch mal, heißt der Veterinär, zu dem Sie gefahren sind?«

»Oh, fragen Sie mich nicht nach dem Namen!«, antwortete sie ausweichend. »Ich glaube, der Arzt heißt ... Glogauer oder so ähnlich. Na ja, er hat ja unsere Telefonnummern, und sobald wir Kater Brown wieder abholen können, wird er sich melden.«

»Lassen Sie sich bitte eine Rechnung geben«, sagte Bruder Johannes. »Der Kater hat schließlich auf unserem Grund und Boden das Gift gefressen, also werden wir auch für die Kosten aufkommen.«

»Warten wir erst einmal ab, ob alles gut geht«, warf Tobias ein. »Wir wissen ja nicht mal, wie lange Kater Brown noch behandelt werden muss.«

»Verstehe«, sagte Bruder Johannes. »Dann werde ich beten, damit sich dieses Sprichwort nicht bewahrheitet. Sie kennen es doch sicher?« Auf Alexandras verständnislosen Blick hin fügte er seufzend hinzu: »›Die Neugier ist der Katze Tod.‹«

»Um Himmels willen!«, rief sie. »Kater Brown darf nichts passieren! Immerhin brauchen wir die kleine schwarze Spürnase bei unserer Mördersuche noch.«

»Dann hat Bruder Andreas' Computerübersicht Ihnen nicht weiterhelfen können?«, erkundigte sich der Mönch.

»Nur bedingt«, antwortete Tobias. »Wir haben erfahren,

dass Wilden ungewöhnlich gut gelaunt war, als er das Kloster verließ. Aber das führt uns nicht zum Täter.«

»Bernd Wilden wollte wegfahren und sich am nächsten Tag mit jemandem treffen, doch da sein Handy und sein Laptop verschwunden sind, haben wir keinerlei Anhaltspunkte, mit wem er wo verabredet war.« Alexandra ließ die SMS, die Assmann ihr geschickt hatte, unerwähnt. Während Bruder Johannes und Tobias rekapitulierten, was sie bisher zusammengetragen hatten, zog sie ihr Handy aus der Tasche und schrieb eine SMS an Kurt Assmann.

Gerät schon erhalten? Bitte, melden Sie sich bei mir!

Hoffentlich antwortete der Mann bald!

Tobias sah auf die Uhr. »Oje. Es ist schon fast ein Uhr. Ich würde mich jetzt gern aufs Ohr legen. Es war ein unerwartet hektischer Tag.«

»Das kannst du laut sagen«, stimmte sie ihm zu und stieß sich vom Zaun ab, dann gingen sie im Schein von Bruder Johannes' Taschenlampe zu dritt zurück zum Kloster.

Im Foyer fiel Alexandra etwas ein. »Ach, Bruder Johannes, dürfen wir uns mal in aller Ruhe im Keller umsehen? Nur, wenn es keine Umstände macht?«

»Glauben Sie, Sie finden da einen Hinweis auf den Täter?«

»Eigentlich nicht, aber wir hätten einfach ein besseres Gefühl, wenn wir wüssten, dass wir keine Möglichkeit außer Acht gelassen haben, nach Hinweisen zu suchen.«

Bruder Johannes nickte. »Ja, natürlich. Ich kann Sie beide gern morgen früh durch den Keller führen. Sagen wir, gleich nach dem Frühstück?«

»Einverstanden«, willigte Alexandra ein und sah, dass auch Tobias zustimmend nickte.

Bruder Johannes führte die kleine Gruppe weiter an und leuchtete ihnen den Weg zu ihren Zimmern. Er wartete, bis beide abgeschlossen hatten, dann entfernten sich seine Schritte auf dem Flur. Alexandra schmunzelte, denn sie musste unwillkürlich an die Bemühungen eines Herbergsvaters denken, der die Jungen und Mädchen in seinem Haus strikt voneinander getrennt hielt, um sie daran zu hindern, Dummheiten zu machen. Aber da bestand bei Tobias und ihr doch gar keine Gefahr! Schließlich wollte sie nichts von diesem Mann! Trotzdem musste sie wieder an den seltsamen Ausdruck in Tobias' Augen denken und an die ungewohnte Befangenheit, die sie selbst in seiner Nähe ergriffen hatte. »Unsinn! Es lag nur an der romantischen Sommernacht«, sagte sie sich dann und lauschte noch einmal auf den Korridor hinaus. Als sie sicher war, dass sich niemand mehr draußen aufhielt, öffnete sie die Tür und huschte zu Kurt Assmanns Zimmer hinüber. »Herr Assmann, sind Sie da? Herr Assmann?«, fragte sie mit unterdrückter Stimme. Doch auch nach dreimaligem Klopfen regte sich nichts hinter der Zimmertür, und Alexandra schlich zurück in ihre Kammer. Kurt Assmann schien wirklich nicht ins Kloster zurückgekehrt zu sein. Hoffentlich war ihm nichts zugestoßen!

Im Licht des Laptopmonitors zog Alexandra sich aus und tappte ins angrenzende Bad. Dabei kreisten ihre Gedanken unaufhörlich um die Frage, wohin Assmann wohl gefahren war.

Vor dem Zubettgehen fuhr sie noch rasch den Computer runter und griff nach ihrem Handy. Seltsam, Kurt Assmann hatte sich immer noch nicht auf ihre SMS gemeldet! Seufzend deckte Alexandra sich zu. Doch an Schlaf war nicht zu denken. Ihre Gedanken fuhren Achterbahn. Ob Kater Brown wohl noch lebte? Hoffentlich hatte Dr. Paressi ihn stabilisieren können! Wer hinter diesen Mauern war nur so grausam, ein unschuldiges Tier zu vergiften?

Alexandra stellte noch einmal sicher, dass ihr Handy noch ausreichend aufgeladen war, dann kuschelte sie sich in ihre Kissen und schloss die Augen. Sie musste einfach versuchen, noch ein wenig zu schlafen, sonst würde sie sich morgen wie gerädert fühlen.

Ein Geräusch riss Alexandra aus dem Schlaf. Als sie die Augen aufschlug, herrschte um sie herum noch tiefe Dunkelheit. Sie schaute auf die Uhr. Halb vier. Wer war um diese Zeit denn schon auf den Beinen?

Verschlafen setzte sie sich auf und lauschte, aber das Geräusch war zu leise, zu weit entfernt, um es bestimmen zu können. Hastig stand sie auf und tappte zur Tür, um sie einen Spaltbreit zu öffnen. Der Korridor war in Dunkelheit getaucht, nur die wenigen winzigen grünen Leuchtdioden, die den Fluchtweg kennzeichneten, spendeten einen schwachen Lichtschein.

Das scharrende Geräusch war nun etwas deutlicher zu hören, aber noch immer konnte Alexandra sich nicht erklären, von welcher Quelle es verursacht wurde. Alexandra war versucht, dieser Sache sofort auf den Grund zu gehen, doch dann besann sie sich eines Besseren. In ihrem kurzen Nachthemd wollte sie nun doch niemandem begegnen. In aller Eile zog sie sich an, dann griff sie nach ihrem Handy, schaltete die integrierte Taschenlampe ein und verließ das Zimmer.

Einen Moment überlegte sie, ob sie Tobias wecken sollte, aber dann entschied sie sich dagegen. Er würde sie nur wieder necken, ein Angsthase zu sein.

Auf leisen Sohlen wandte sie sich nach links und huschte bis zum Ende des Korridors, bog dann nach rechts ab und kam schließlich zu der Stelle, von der aus es auf der einen Seite zum Foyer, auf der anderen Seite zu den Unterkünften der Mönche ging. Dort befand sich auch die Kellertür, zu der Kater Brown sie gelockt hatte! Sie war nur angelehnt! Wieder lauschte Alexandra ein paar Sekunden in die Dunkelheit. Kein Zweifel, das Geräusch kam aus dem Keller!

Vorsichtig, um keinen Laut zu verursachen, zog sie die Tür weiter auf und schlich die schmale steinerne Wendeltreppe nach unten. Der große Kellerraum, in dem sie am Vortag auf Bruder Dietmar und Bruder Siegmund gestoßen war, war in ein diffuses Licht getaucht, das von einer rötlich schimmernden Glühbirne über der Tür ausging, vor der Kater Brown gesessen hatte. Es dauerte nur einen Moment, dann hatten Alexandras Augen sich an das Licht gewöhnt, und sie ging zu der Tür, die einen Spaltbreit offen stand. Durch den schmalen Spalt drang das Geräusch nun viel lauter an ihre Ohren. Es war ein aufgeregtes, hastiges Kratzen über Holz.

Alexandra spürte, wie sich ihr die Nackenhaare aufstellten. Gebannt hielt sie den Atem an, nahm all ihren Mut zusammen und zog die Tür ein Stück weiter auf. Der angrenzende Raum war ebenfalls von rötlichem Licht erhellt, aber Alexandra konnte niemanden entdecken, der das Kratzen verursachte. Als sie den weitläufigen Gewölbekeller betrat, entfuhr ihr ein erschrecktes Keuchen. Zehn oder zwölf Steinsärge standen in Reih und Glied an einer der Wände! Alexandra fröstelte. Ruhten darin verstorbene Mitglieder der Bruderschaft?

Das Kratzen wurde lauter, und Alexandra fuhr herum. In einem Alkoven stand eine große Holzkiste … aus der das Kratzgeräusch kam! Fast lautlos schlich Alexandra näher und beugte sich ein wenig vor. Das Herz pochte ihr beinah schmerzhaft hart gegen die Rippen, doch sie zwang sich, die Hände auszustrecken und den Deckel vorsichtig anzuheben. Ein schreckliches Fauchen erklang – und etwas Dunkles schoss zischend auf Alexandra zu und über ihre Schulter hinweg tiefer in den Kellerraum hinein. Mit einem leisen Aufschrei ließ sie den schweren Deckel fallen.

Alexandra zitterte wie Espenlaub, als sie sich umdrehte und die schwarze Katze erkannte, deren gelbe Augen im Licht der getönten Glühbirne seltsam rötlich leuchteten. Wie ein Gesandter des Teufels, ging es Alexandra unwillkürlich durch den Sinn. Die Katze warf ihr noch einen rätselhaften Blick zu, dann jagte sie durch die offen stehende Tür in den Nebenraum und die Kellertreppe hinauf.

Alexandra wollte ihr eben folgen, als sie eine Bewegung zu ihrer Linken bemerkte. Erschrocken drehte sie sich um und richtete den Lichtkegel ihrer Handy-Taschenlampe auf den Schemen, der sich dort gerührt hatte.

»Da sind Sie ja, Frau Berger«, sagte eine vertraute, unangenehme Stimme. »Wir haben schon auf sie gewartet.«

»Herr Assmann, was … was machen Sie denn hier unten?«, flüsterte Alexandra, und namenlose Angst erfüllte sie.

»Du bist einfach zu neugierig«, vernahm sie eine andere Stimme, die sie kannte, aber ebenfalls nicht sofort zuordnen konnte. Aus der Dunkelheit löste sich eine Gestalt, die sich jedoch bewusst außerhalb des Lichtkegels der Handylampe hielt.

Alexandra blinzelte. Wer war der Mann?

Du bist einfach zu neugierig …

Plötzlich schossen Hände auf Alexandra zu und legten sich um ihren Hals. Sie drückten zu, sodass ihr die Luft wegblieb. Alexandra versuchte verzweifelt, sich zu wehren – doch es war vergebens! Sie spürte, wie alle Kraft ihren Körper verließ, und fürchtete schon, jeden Moment ohnmächtig zu werden. Doch ihre Sinne waren seltsam geschärft, und sie konnte alles um sich herum wahrnehmen.

Ein Mann schleifte sie zu der Holzkiste hinüber und öffnete den Deckel. Scheinbar mühelos hob er sie hoch und legte sie in die Kiste. Als er sich wieder aufrichtete und den Deckel über ihr schließen wollte, sah Alexandra endlich sein Gesicht. Es war ...

... Bernd Wilden! Mit einem Aufschrei fuhr Alexandra aus dem Schlaf und riss entsetzt die Augen auf. Ihr Atem ging in schnellen, abgehackten Stößen, sie war schweißgebadet und zitterte am ganzen Körper wie Espenlaub. Es war nur ein Traum, sagte sie sich, als sie wieder einen klaren Gedanken fassen konnte. Es war nur ein böser Traum ... Sie saß in ihrem Bett, sie war nicht in einer Holzkiste gefangen.

Es dauerte eine Weile, bis sie sich wieder beruhigt hatte. »Mein Gott«, murmelte sie und stand auf, um sich mit ausgestreckten Armen ins Badezimmer vorzutasten. In der Dunkelheit drehte sie den Wasserhahn auf, hielt die Hände unter den Strahl und spritzte sich kaltes Wasser ins Gesicht, bis sie sich besser fühlte. Das war's jetzt wohl, dachte sie. Nach diesem Albtraum würde es ihr sicher nicht gelingen, noch einmal einzuschlafen ...

Ein wiederholtes Summen ließ Alexandra aufschrecken. Einen Moment sah sie sich ängstlich im Zimmer um, in das das erste schwache Licht des Morgens fiel. Dann lenkte das leuchtende Handydisplay ihren Blick auf das Gerät, das auf dem Nachttisch lag. Sie hatte eine SMS erhalten!

Assmann!, war ihr erster Gedanke. Endlich!

Hektisch tastete sie nach dem Mobiltelefon und drückte die Freigabetaste. Die Nummer des Absenders sagte ihr nichts; nicht einmal die Vorwahl konnte sie im ersten Moment zuordnen.

Mit klopfendem Herzen öffnete Alexandra die SMS … und spürte, wie ihr Freudentränen in die Augen traten. Ein Foto leuchtete ihr entgegen: Es zeigte Kater Brown, wie er auf dem Behandlungstisch in der Praxis von Dr. Paressi saß … Alexandra blinzelte. Er war wohlauf, er lebte! Kater Brown lebte!

Und er hatte offenbar eine Nachricht für sie.

Holt mich hier ab!, stand in einer Sprechblase über seinem Kopf geschrieben.

Mit zitternden Fingern blätterte Alexandra weiter, um zum Text der SMS zu gelangen.

Ich dachte, das sollten Sie sehen. Ein Smiley, das ein Auge zusammenkniff, folgte. *Rufen Sie mich ab 9 Uhr an! Gegen Mittag können Sie den Kleinen dann abholen. Gruß, Paressi.*

Alexandra spürte, wie sich auf ihrem Gesicht ein Strahlen ausbreitete. Sie blätterte zurück und betrachtete wieder das Foto. Zugegeben, Kater Brown schaute noch ein wenig verschlafen in die Kamera, so als wäre er gerade erst aufgewacht, aber … er lebte, er war gerettet! Nur das zählte!

Nun gab es für Alexandra kein Halten mehr. Wie sie war,

stürmte sie auf den Flur hinaus und klopfte an Tobias' Zimmertür. Nichts geschah. »Tobias, wach auf! Ich muss dir was zeigen.«

Endlich ertönte leises Gemurmel, Füße tappten auf dem Boden, und im nächsten Moment wurde die Tür aufgestoßen. »Weißt du eigentlich, wie spät es ist?«, maulte Tobias, als er im Lichtschein ihres Handydisplays ihr Gesicht erkannte.

Alexandra hielt ihm strahlend Kater Browns Foto entgegen.

»Was ist ...« Er verstummte und betrachtete das Bild. Sie konnte ihm ansehen, wie er zu verarbeiten versuchte, was er da gezeigt bekam. Dann begriff er, und mit einem Mal strahlte er über das ganze Gesicht.

»Gerade eben reingekommen«, flüsterte sie mit rauer Stimme. Ihre Kehle war auf einmal vor Freude wie zugeschnürt.

Ohne ein weiteres Wort schlang Tobias die Arme um sie und drückte sie an sich. In dem Moment verlor Alexandra endgültig die Beherrschung und ließ ihren Tränen freien Lauf. Dabei klammerte sie sich so fest an Tobias, als wären sie selbst soeben um Haaresbreite dem Tod entronnen.

Alexandra wusste nicht, wie lange sie so dastanden, aber irgendwann wurde ihr bewusst, dass sie lediglich ein kurzes Nachthemd und Tobias nichts als eine Boxershorts trug. Sie konnte seine nackte Haut unter ihren Händen spüren und löste sich verlegen von ihm. Fahrig wischte sie sich über das Gesicht. »Wir sollen ihn gegen Mittag abholen, hat Doktor Paressi geschrieben.«

Er nickte lächelnd. »Das war der beste Grund, den du haben konntest, um mich zu wecken.«

»Ja.« Kurz drückte sie ihre Wange an seine. »Er ist über den Berg! Ich bin so froh!«

»Ich auch«, antwortete er.

»Ja«, sagte sie noch einmal und spürte, wie sie errötete. Wieder fühlte sie sich so seltsam befangen! »Ich gehe dann mal zurück in mein Zimmer. Eine Stunde können wir ja noch schlafen.«

»Zwei Stunden«, korrigierte er sie. »Es ist Sonntag, und am Sonntagmorgen dürfen die Gäste ›ausschlafen‹ ... bis sieben Uhr.«

»Was für ein Luxus!«, lachte sie und huschte schnell davon.

Es war kurz nach halb acht, als Alexandra und Tobias gemeinsam das Refektorium betraten. Die Mönche – darunter auch einige, die sie bislang noch nicht kennengelernt hatten – saßen an der Tischreihe auf der rechten Seite, die Hotelgäste an der auf der linken Seite. Leises Gemurmel und das Klirren von Geschirr und Besteck waren zu hören.

Alexandra nahm neben Tina Wittecker Platz, Tobias setzte sich ihr gegenüber hin. Die Leiterin des Mahlzeitendienstes machte wie ihre Kollegen noch einen recht verschlafenen Eindruck, aber als sie Alexandra sah, lächelte sie freundlich.

»Guten Morgen, Frau Berger«, sagte sie. »Hallo, Herr Rombach.« Obwohl es noch so früh am Tag war, war sie bereits perfekt geschminkt.

Sie erwiderten die Begrüßung, und Tina Wittecker stellte gleich darauf fest: »Sie beide sehen auch ziemlich geschafft aus, wenn ich das einmal so sagen darf. Dabei mussten Sie sich doch gestern Abend gar nicht den Vortrag unseres hochverehrten Herrn Assmann anhören.«

»Oh, hat er noch lange auf Sie eingeredet?«, erkundigte sich Alexandra.

»Ja, ich meine, es war Viertel vor elf, als wir uns endlich in unsere Zimmer zurückziehen durften. Der Gute konnte gar kein Ende finden. Und dann diese unterschwelligen Drohungen, weiteren Mitarbeitern zu kündigen.« Sie nahm eine Scheibe Brot, verteilte ein wenig Margarine darauf und zog sich dann den Käseteller heran. »Er versucht wirklich, Wilden in jeder Hinsicht zu übertreffen. Und ich glaube, dass der Vorstand ihm die kommissarische Leitung des Verbands übertragen wird.«

»Oh«, entfuhr es Alexandra. »Das dürfte aber einigen Leuten gar nicht gefallen.«

Tina Wittecker grinste sie an. »Sehen Sie mal ans Tischende, was da für eine Stimmung herrscht!«

Alexandra beugte sich vor, um nach der Kaffeekanne zu greifen, dabei warf sie einen unauffälligen Blick in die angegebene Richtung. Die Bereichsleiter saßen dort und starrten so finster vor sich hin, als hätten sie in der vergangenen Nacht die Kündigung erhalten. Sie schenkte sich Kaffee ein.

Tobias war ihrem Blick gefolgt. »Wo ist eigentlich Assmann?«, fragte er scheinbar ahnungslos und sah sich suchend im Refektorium um. Bevor Alexandra und er zum Frühstück gekommen waren, hatten sie noch einmal an Assmanns Zimmertür geklopft – ohne eine Antwort zu erhalten. Als sie ihn dann auf dem Handy angerufen hatten, war kein Telefonklingeln aus dem Zimmer zu hören gewesen, und Assmann hatte sich nicht gemeldet.

»Noch nicht aufgetaucht«, sagte die Angestellte. »Phh, vielleicht wartet er ja darauf, dass ihm das Frühstück auf dem Zimmer serviert wird. Soll er ruhig hungern, dann hat er wenigstens mal einen guten Grund für seine schlechte Laune.«

Alexandra nickte nur. Offenbar waren Tobias und sie die Einzigen, die von der geplanten Übergabe des Laptops an Kurt

Assmann wussten. Sie beschlich ein ungutes Gefühl. Nicht, dass Assmann etwas zugestoßen war! Alexandra nahm sich vor, ihm gegen zehn Uhr noch einmal eine SMS zu schicken, in der sie ihn dringend aufforderte, sich baldmöglichst bei ihr zu melden. Notfalls mussten sie versuchen, seine Freundin zu erreichen, und sie fragen, ob sie in der vergangenen Nacht etwas von Assmann gehört hatte.

»Guten Morgen, Frau Berger«, riss eine leise Stimme Alexandra aus ihren düsteren Gedanken. Sie hob den Kopf und entdeckte Bruder Johannes neben ihrem Tisch. »Haben Sie Neuigkeiten von Kater Brown?«

Alexandra schüttelte den Kopf. Beim Anblick seiner besorgten Miene fiel es ihr zwar nicht leicht, den Mönch im Ungewissen zu lassen, aber sie konnte nicht riskieren, dass er etwas ausplauderte, was niemand wissen sollte. Vielleicht würde sich der Giftattentäter ja selbst verraten, solange er im Unklaren war, ob Kater Brown überlebt hatte. »Nein, leider nicht.«

»Sprechen Sie von dem schwarzen Kater, der Ihnen schon die ganze Zeit nachläuft?«, erkundigte sich Yvonne Tonger, die neben Tobias saß und die Frage des Mönchs mitbekommen hatte. »Ist er etwa entlaufen?«

»Nein«, antwortete Alexandra. »Offenbar wurde er vergiftet.«

Kaum hatte sie ausgesprochen, machte sich am Tisch erschrockenes Schweigen breit. Alle Angestellten sahen zu ihr herüber, und Alexandra nutzte genauso wie Tobias die Gelegenheit, um die Mienen der Leute genauer zu studieren. Einige waren sichtlich entsetzt, andere schauten ungläubig drein, und ein paar wenige – vor allem Groß, Dessing und Kramsch – demonstrierten völliges Desinteresse. Vielleicht lag es daran, dass die leitenden Angestellten zu sehr mit Wildens mutmaßlicher

Nachfolge beschäftigt waren, dass das Schicksal einer Katze sie so kaltließ.

»Wussten Sie das nicht?«, fragte Alexandra verwundert in die Runde. »Ich dachte, das hätte sich längst herumgesprochen.«

»Das ist der Unterschied zwischen einem Kloster und einem Marktplatz«, warf Bruder Johannes ein und lächelte sanft. »Wenn Sie gefrühstückt haben, können wir wie verabredet in den Keller hinuntergehen. Sagen Sie einfach Bescheid, wenn Sie beide fertig sind.«

Als Bruder Johannes an seinen Tisch zurückkehrte, ließ Alexandra einen kritischen Blick über die versammelten Mönche wandern, die in ihr Frühstück vertieft waren und schwiegen. Keiner von ihnen sah in ihre Richtung.

Stattdessen bombardierten die Angestellten des Laurentius-Hilfswerks sie mit Fragen zu dem Giftanschlag, die Tobias und Alexandra so vage wie möglich beantworteten.

Nachdem sie zu Ende gefrühstückt hatten, gab Bruder Johannes ihnen ein Zeichen. »Kommen Sie bitte!«, sagte er, ging ihnen voran ins Foyer und nahm den Bund mit den Kellerschlüsseln vom Schlüsselbrett. Dann geleitete er sie zu der Kellertür.

Er schloss auf und betätigte einen Lichtschalter links neben dem Türrahmen. Eine Reihe von Deckenlampen flammten auf und sorgten in dem schmalen Treppenhaus für genügend Helligkeit.

Sie gelangten in den Keller, der deutlich besser beleuchtet war als in Alexandras Traum. Unbehagen machte sich in Alexandra breit, als sie sich dem angrenzenden Kellerraum näherten. Und fast meinte sie, wieder Wildens drohende Stimme zu hören: *Du bist einfach zu neugierig …*

Alexandra räusperte sich, weil sie glaubte, seine Hände um ihren Hals zu spüren.

Ein Schauer kroch ihr den Rücken herunter, und ihr stockte der Atem, als Bruder Johannes die Tür öffnete, die so in den Angeln quietschte, dass es ihr in den Ohren wehtat.

16. Kapitel

Mit einem Laut der Erleichterung ließ Alexandra die angestaute Luft entweichen. So unsinnig es auch war, hatte sie einen Moment befürchtet, wieder in ihrem Albtraum gefangen zu sein und von der Teufelskatze angesprungen zu werden. Aber nichts geschah. Mit ruhigen Schritten ging Bruder Johannes vor ihnen in den nächsten Raum, wo er das Licht einschaltete. Mehrere Neonröhren erwachten flackernd zum Leben und tauchten den Gewölbekeller in kaltes bläuliches Licht.

Dieser Kellerraum wies keinerlei Ähnlichkeit mit dem aus ihrem Albtraum auf, was Alexandra mit großer Erleichterung erfüllte. Anstelle von Steinsärgen wurden die Wände von langen Regalreihen beansprucht, in denen sich Kartons über Kartons stapelten.

Tobias blieb vor einem der Regale stehen und studierte die Beschriftung, die aus Zahlen- und Buchstabenkombinationen bestand. »Was ist da drin?«

»Das hier ist unser Archiv«, erklärte Bruder Johannes und machte eine allumfassende Handbewegung. »In den Kartons verwahren wir den Schriftverkehr mit allen möglichen Institutionen, kirchlichen wie weltlichen. Einiges davon ist ein paar Hundert Jahre alt.« Er drehte sich zu Alexandra um. »Es ist lange her, dass ich den Bestand geprüft habe, aber in den Regalen lagern sicher drei-, vierhundert Kisten. Ich weiß nicht, ob Sie hoffen, hier etwas zu finden, was mit Herrn Wildens Tod in Zusammenhang stehen könnte, doch ich halte es für sehr unwahrscheinlich. Er war nicht hier unten, und das sind Vorgänge, die sogar lange vor meiner Zeit abgeschlossen wurden. Alle aktuelleren Akten befinden sich entweder in der Verwaltung oder auf dem Speicher.«

Alexandra nickte. »Um ehrlich zu sein, ich wüsste nicht mal, wonach ich hier suchen sollte. Aber wir wollen uns ja auch nur einmal gründlich in diesem Keller umsehen, ob uns irgendetwas ins Auge fällt.« Sie bog in einen Seitengang ein und betrachtete die Bodenbretter. »Nein, ich glaube, in diesem Raum werden wir nicht fündig«, sagte sie schließlich. »Diese Kartons sind alle gleichmäßig mit Staub überzogen. Hätte der Täter hier kürzlich irgendetwas versteckt, das ihn überführen könnte, dann würde uns das sofort auffallen.«

Während sie redete, blickte sie aufmerksam umher, auf der Suche nach etwas, das vielleicht mit der hitzigen Diskussion der Brüder Dietmar und Siegmund zusammenhing. Doch ihr fiel nichts Verdächtiges auf. Hier war seit Jahren wirklich nichts angerührt worden. Alexandra war im hintersten Winkel des Raumes angelangt und wollte eben kehrtmachen, als sie auf dem Boden etwas bemerkte. Sie betrachtete ihre Entdeckung nur flüchtig, weil sie Bruder Johannes nicht darauf aufmerksam machen wollte. Sie beschloss, erst selbst hinter das Geheimnis der beiden Mönche zu kommen.

Sie musste versuchen, später noch einmal in den Keller zu gelangen und sich allein umzusehen. Immerhin wusste sie jetzt, wo die Kellerschlüssel aufbewahrt wurden. Irgendwie würde es ihr schon gelingen, sie an sich zu nehmen.

»Kommen Sie, es geht noch weiter«, sagte Bruder Johannes und ging zielstrebig zur nächsten Tür.

Alexandra drehte sich kurz zu Tobias um und zwinkerte ihm zu, um ihn wissen zu lassen, dass sie auf etwas gestoßen war. Er folgte ihr mit einem kleinen Schulterzucken.

Als sie den nächsten, deutlich kleineren Kellerraum betraten, entfuhr Alexandra ein leiser Schreckenslaut, standen doch hier vier Steinsärge, die denen aus ihrem Albtraum ähnelten. Aber der Raum wurde von Neonröhren recht gut ausgeleuchtet, sodass sich Alexandras Beklommenheit schnell verflüchtigte.

»Hier ruhen die Gebeine der Gründerväter unseres Klosters«, erläuterte Bruder Johannes und nannte die Namen der vier Mönche. »Dieser Raum ist sozusagen noch ein wenig heiliger als der Rest des Klosters.«

Tobias schaute sich in dem kleinen Kellerraum um. »Sieht nicht so aus, als hätte jemand diesen Ort entweiht.«

Sie gelangten in einen Korridor, der links vor einem Holzverschlag endete, wie man ihn in praktisch jedem Keller fand. »Was ist da drin?«, wollte Alexandra wissen.

»Unser Möbellager«, antwortete Bruder Johannes. »Da stapeln sich schon seit Jahren Tische und Stühle, außerdem Sitzbänke und Schränke in allen Größen.« Er ging hin und schloss das Vorhängeschloss auf, dann öffnete er die Tür. »Wer dort heutzutage noch etwas verstecken will, muss schon über besondere Fähigkeiten verfügen«, sagte er und winkte die beiden zu sich. Dann zeigte er auf die Wand aus übereinandergestapelten Tischen. »Das ist das Werk einiger Theologiestudenten, die uns Mitte der Neunzigerjahre besucht hatten. Weil sie alle kräftige junge Männer waren, haben wir sie gebeten, die nicht benötigten Möbel doch in diesen Kellerraum zu schaffen. Sie haben ganze Arbeit geleistet, wie man sieht ... und uns einen kleinen Streich gespielt. Als nur noch dieser letzte Fleck hier vorne frei war, haben sie mit vereinten Kräften die ineinander verschachtelt gestapelten Tische in die Höhe gestemmt und dann diesen Beistellschrank da unten in die entstandene Lücke geschoben. Wollte man den

Schrank herausholen, müsste man erst einmal die Tische hochheben und fortschaffen. Dazu sind wir aber nicht in der Lage. Und wenn wir es versuchen würden, liefen wir Gefahr, unter dem zusammenbrechenden Turm aus Tischen begraben zu werden.«

»Da kann tatsächlich niemand etwas verstecken«, stellte Tobias fest.

Alexandra drehte sich um, und ihr Blick fiel auf eine Rampe, die vom Erdgeschoss bis hinunter in den Keller verlief. »Was ist das für eine Rampe?«

»Sie verbindet die Küche mit dem Vorratsraum da drüben, damit nicht alles umständlich über die Treppe nach unten und nach oben geschafft werden muss«, erklärte Bruder Johannes, der bereits die schwere Metalltür aufschloss. »Das ist allerdings das Reich von Bruder Dietmar und Bruder Siegmund. Die beiden haben die Küche unter sich. Das ist eine Sache, um die ich mich nicht kümmere.«

Alexandra nickte. Die Worte des Mönchs bestätigten ihren Verdacht, das Bruder Dietmar und Bruder Siegmund etwas hinter seinem Rücken trieben, das nichts mit vertauschter Bettwäsche zu tun hatte. Irgendetwas lief in der Küche des Klosterhotels ab, wovon Bruder Johannes nichts wissen durfte.

»Das ist der Vorratsraum«, sagte der Mönch, nachdem er das Licht eingeschaltet hatte. »Da drüben sind die Kühltruhen, dahinter lagert unser wertvolles Bier. Dort sind die Konserven, daneben das selbst Eingelegte ... eben alles, was man in der Küche benötigt.«

»Darf ich einen Blick in die Kühltruhen werfen?«, fragte Alexandra.

Bruder Johannes zog argwöhnisch eine Augenbraue hoch. »Wenn Sie mögen ...«

Alexandra trat zur ersten Kühltruhe und hob den Deckel

an. »Alles in Ordnung«, sagte sie, als sie auch in die dritte Truhe einen prüfenden Blick geworfen hatte und zu den beiden Männern zurückkam. »Darin ist auch nichts versteckt worden, was uns weiterhelfen könnte. Jedenfalls nichts, was so offensichtlich ist, dass es mir ins Auge gesprungen wäre.« Als sie den Vorratsraum verließen, fiel ihr Blick auf eine Tür an der gegenüberliegenden Wand. »Wohin führt diese Tür?«

»Normalerweise ins Kellergewölbe der Kapelle«, ließ Bruder Johannes sie wissen. »Allerdings ist der Durchgang zurzeit geschlossen, weil die Kapelle renoviert wird. Es soll verhindert werden, dass jemand unbemerkt die Baustelle betritt und verletzt wird.« Er schloss die Tür auf, sodass sie im Schein der Neonröhren im angrenzenden Gang erkennen konnten, dass eine Holzwand den Weg in die Kapelle versperrte.

Auch hier wanderte Alexandras Blick unauffällig zum Fußboden, so wie es in allen Kellerräumen der Fall gewesen war, seit sie im Archiv auf etwas aufmerksam geworden war. Ihr Nicken wirkte wie eine Reaktion auf Bruder Johannes' Erklärungen. In Wahrheit jedoch fand sie eine Vermutung bestätigt. »Tja, das war jetzt alles sehr interessant«, sagte sie und sah unauffällig zu Tobias. »Aber ich glaube, hier ist nichts, das uns einen Hinweis auf Wildens Mörder geben könnte. Trotzdem herzlichen Dank, Bruder Johannes, dass wir uns hier umsehen konnten.«

»Das ist doch selbstverständlich«, erwiderte der Mönch.

Sie gingen die Rampe hinauf und gelangten durch eine weitere Tür, die von Bruder Johannes aufgeschlossen werden musste, in die Küche. Zwei Mönche waren eben damit beschäftigt, das benutzte Frühstücksgeschirr zu spülen. Die beiden drehten sich um und murmelten überrascht einen Gruß, doch dann widmeten sie sich gleich wieder ihrer Arbeit.

Bruder Johannes führte sie durch den Speisesaal zurück ins

Foyer, dann hängte er den Bund mit den Kellerschlüsseln zurück an das Schlüsselbrett hinter dem Empfangstresen.

»Kann ich sonst irgendetwas für Sie tun, um Ihnen bei Ihren Nachforschungen behilflich zu sein?«, wollte er wissen. Alexandra kam es so vor, als wirkte er ein wenig bekümmert.

»Im Augenblick nicht«, antwortete sie. »Aber machen Sie sich deshalb keine Vorwürfe, wenn das der Grund für Ihre etwas ... bedrückte Stimmung ist.«

»Oh, nein, obwohl ich zugeben muss, dass es mir sehr zusetzt, dass in unserem Klosterhotel ein Mann zu Tode gekommen ist und ein Tier vergiftet wurde und es uns nicht gelingt, den Täter zu fassen. Ehrlich gesagt plagt mich die Angst, der Mörder könnte abermals zuschlagen.« Er stockte. »Musste er nur Herrn Wilden töten, oder steht auf seiner Liste noch ein anderer Name? Hatte er von vornherein vor, Kater Brown zu vergiften? Oder ist ihm der Kater bei irgendetwas in die Quere gekommen? Muss in diesem Haus noch jemand um sein Leben bangen?« Er seufzte. »Wenn Sie etwas über Kater Browns Zustand erfahren, sagen Sie mir bitte Bescheid, ja?«

»Das werden wir«, versicherte Tobias ihm.

Kaum hatte der Mönch das Foyer verlassen, sah sich Alexandra aufmerksam um. Am Empfang versah Bruder Andreas im Augenblick den Dienst, und es war unmöglich, den Bund mit den Kellerschlüsseln unbemerkt an sich zu bringen. Es war nicht einmal neun Uhr, verriet ihr ein Blick auf die Uhr. »Komm, setzen wir uns draußen noch einen Moment auf die Bank. Vor neun möchte ich nicht in der Praxis anrufen. Und wenn wir zurückkommen, sehen wir uns noch einmal auf eigene Faust im Keller um.«

Tobias verzog den Mund zu einem schiefen Grinsen. »Wie du meinst. Ich nehme ja an, dass ich früher oder später eine Erklärung nachgereicht bekomme.«

»Wenn du lieb bist ...«

Die Luft war noch nicht allzu warm, und die Bank, die an dem schmalen Weg zur Kapelle stand, wurde nur zum Teil von der Sonne beschienen. Alexandra wählte den Platz im Schatten und sah überrascht zu, wie Tobias sich neben sie setzte und gelassen die Beine übereinanderschlug.

»Ich kann warten«, sagte er. »Früher oder später wirst du's mir erzählen. Weil du sonst noch platzt.« Er lachte und zwinkerte ihr zu. »Nein, im Ernst, ich finde, wir zwei sind ein gutes Team. Wir sollten öfter zusammenarbeiten.«

Sie warf ihm einen verwunderten Blick zu. Doch bevor sie etwas erwidern konnte, kam Tina Wittecker auf sie zugestöckelt.

»Hallöchen, zusammen«, rief sie fröhlich. »Nanu, Sie gönnen sich eine Pause? So müßig kenne ich Sie ja gar nicht.«

»Wir warten darauf, in der Tierarztpraxis anrufen zu können«, erklärte Alexandra. »Und welche ›Entschuldigung‹ haben Sie, dass Sie schon wieder den Kloster-Unterricht schwänzen?«

»Ich habe keine Lust auf gemeinschaftliches Drachensteigen. Die Übung soll den *Teamgeist* stärken. Und gegen dieses Wort bin ich inzwischen allergisch. Schon zu Wildens Zeiten wurde es überstrapaziert, und Assmanns Vortrag gestern Abend handelte auch von Teamfähigkeit und dem ganzen Blabla. Mir reicht's erst mal.«

Tobias schmunzelte. »Kurt Assmann wird nicht begeistert sein, dass Sie den Kurs sausen lassen ...«

»Pah, der soll schön still sein, der Faulpelz. Scheint ja selbst immer noch im Bett zu liegen und zu schlafen. Jedenfalls hat er sich bisher noch nicht blicken lassen.«

Nein, in seinem Zimmer ist er nicht, wollte Alexandra erwidern, biss sich aber auf die Zunge. »Vielleicht hat er ja ... heute

Morgen schon ganz früh das Haus verlassen, um irgendetwas zu erledigen«, sagte sie stattdessen vage und ließ Tina Witteсker nicht aus den Augen.

»Nein, das kann nicht sein. Seine Angeberkarre steht ja dahinten.« Tina zeigte über die Wiese hinweg zum Parkplatz.

»Oh, tatsächlich.« Mit leisem Erschrecken stellte Alexandra fest, dass Assmanns Cabrio tatsächlich dort parkte, wenn auch nicht da, wo Assmann ihn am Samstagmittag abgestellt und wo sie ihn am Vorabend vergeblich gesucht hatte. Der Sportwagen parkte am hinteren Ende des Parkplatzes, halb verborgen vom Transporter des Klosterhotels.

Alexandra wechselte einen alarmierten Blick mit Tobias. Dann hatte Kurt Assmann allem Anschein nach das Gelände ja gar nicht verlassen, um den Laptop in Empfang zu nehmen! Ein unbehagliches Gefühl überkam Alexandra, da sie unwillkürlich daran denken musste, mit welcher Verschwörermiene die leitenden Angestellten beim Frühstück beisammengesessen hatten.

»Na, der wird schon irgendwann auftauchen«, sagte Tina und fügte im Weitergehen augenzwinkernd hinzu: »Im Brunnen liegt er jedenfalls nicht, da habe ich schon nachgesehen.«

Tobias schüttelte amüsiert den Kopf, Alexandra fand die Bemerkung jedoch gar nicht lustig, enthielt sich aber jeden Kommentars. Stattdessen wählte sie noch einmal Assmanns Handynummer. Es klingelte, doch auch diesmal meldete der Mann sich nicht. Wenn er nach ihrer Rückkehr von Dr. Paressi immer noch nicht aufgetaucht war, würden sie etwas unternehmen müssen …

Es war kurz nach zehn, als sie vor der Tierarztpraxis in Echternacherbrück vorfuhren. Sie hatten diesmal Alexandras Wagen genommen, die die Strecke in deutlich gemäßigterem Tempo zurückgelegt hatte, auch wenn sie wie Tobias darauf brannte, Kater Brown an sich zu drücken.

»Schon eigenartig«, wunderte sich Tobias, als hätte er ihre Gedanken gelesen. »Wir kennen den Kater erst seit zwei Tagen, er gehört uns gar nicht, und trotzdem benehmen wir uns beide so, als wäre er schon seit Jahren unser gemeinsames Haustier.«

Alexandra nickte. »Es kommt mir auch so vor, als würde ich den kleinen Schwarzen schon seit einer Ewigkeit kennen.« Sie stellte den Motor ab und stieg aus. Auf der von Bäumen gesäumten Straße war um diese Zeit am Sonntagmorgen nur wenig los. Lediglich ein paar Männer und Frauen waren unterwegs, die, der Kleidung nach zu urteilen, aus der Kirche kamen. Ein kühler Wind wurde vom Fluss herübergetragen. Vögel zwitscherten in den Bäumen. Zwei Amseln jagten sich auf dem Rasen vor dem Doktorhaus.

Tobias und Alexandra gingen die Auffahrt entlang und folgten dem Trampelpfad bis zu der ins Souterrain führenden Außentreppe. Die Tür zur Praxis stand offen.

Dr. Paressi erwartete sie schon. »Ah, dann haben mich meine Ohren doch nicht getäuscht! Kommen Sie herein! Mein kleiner Patient wartet bereits ganz ungeduldig auf seine Entlassungspapiere.« Sie begrüßte die beiden mit Handschlag, dann schloss sie die Tür. »Folgen Sie mir!«, sagte sie und ging vor ihnen durch den Warteraum ins Sprechzimmer. Auf dem Behandlungstisch stand eine große pinkfarbene Transportbox; darin saß Kater Brown, der sofort ein energisches Miauen von sich gab, als er Alexandra und Tobias hereinkommen sah.

»Sie können schon hören, dass es ihm wieder gut geht.« Dr. Paressi öffnete die Gitterverschlüsse an der Vorderseite der Box.

»Ja, mein Süßer, ich bin ja da«, redete Alexandra liebevoll auf den Kater ein. Er kam heraus und stellte sich auf die Hinterbeine, um seinen Kopf an ihrem Kinn zu reiben. Dabei schnurrte er zufrieden. »Es ist ja alles wieder gut. Wir müssen nur noch den bösen Menschen schnappen, der dir das angetan hat.«

»Ich nehme an, Sie würden gern wissen, was meine Untersuchung des Fleischs ergeben hat«, sagte die Ärztin. »Also, der Attentäter ist bei seinem Bemühen, den Kater zu ermorden, glücklicherweise über sein Ziel hinausgeschossen. Ich habe in jedem der Fleischbrocken eine große Menge eines hochkonzentrierten Betäubungsmittels gefunden. Es muss in das Fleisch injiziert worden sein, weil die Konzentration im Inneren am höchsten ist und nach außen immer stärker abnimmt. Dieses Mittel hat einen leicht stechenden Geruch, der eine Katze normalerweise davon abhalten würde, von dem Fleisch zu fressen. Weil es aber injiziert wurde, dringt der Geruch kaum nach außen. Jedenfalls ist das unmittelbar nach der Behandlung der Fall. Je länger das Fleisch nach dem Präparieren liegen bleibt, desto stärker wird es von dem Mittel durchdrungen. Der Attentäter war aber offenbar der Meinung, dass die Nase des Katers zu empfindlich sein könnte. Also hat er die Fleischbrocken in einer Fischsoße gewälzt. Das hat Ihrem Kater Brown das Leben gerettet. Er reagiert nämlich allergisch auf einen Bestandteil dieser Soße, den ich auf die Schnelle noch nicht bestimmen konnte. Ich werde Ihnen diese Information aber nachreichen, damit Sie zukünftig darauf achten können, dass er mit dieser Substanz nicht mehr in Berührung kommt.«

Dr. Paressi streichelte den Kater ebenfalls. »Durch diese Soße wurde bei ihm zunächst eine heftige allergische Reaktion ausgelöst, nachdem er nur ein paar kleine Bissen von einem

Fleischstück geschluckt hatte. Diese Reaktion äußerte sich in einem massiven Anschwellen der Schleimhäute, verbunden mit schwerer Atemnot. Das hat eine Ohnmacht ausgelöst, die ihn aber glücklicherweise daran hinderte, mehr zu fressen. Wie Sie ja selbst sagten, hatte er ein wenig erbrochen, aber das bisschen, was in seinen Magen gelangt war, reichte aus, um ihn in einen tiefen Schlaf sinken zu lassen. Mit der Dosis des Betäubungsmittels, die sich in der ganzen Fleischportion auf dem Teller befand, hätte man zwei Kühe umbringen können.«

Alexandra schlug vor Schreck die Hand vor den Mund.

»Dann hat ihm also seine Allergie das Leben gerettet«, sagte Tobias kopfschüttelnd.

Die Ärztin nickte.

»Und müssen wir jetzt irgendetwas beachten?«, fragte Alexandra. »Muss Kater Brown noch Medikamente nehmen?«

»Nein«, erklärte Dr. Paressi. »Ich habe ihm etwas gegen die allergische Reaktion gespritzt und seinen Magen ausgepumpt. Außerdem hat er eine Infusion mit einem harntreibenden Mittel erhalten, damit die Reste des Betäubungsmittels aus dem Blutkreislauf gespült werden. Seit heute früh ist er wieder topfit. Deshalb habe ich Ihnen auch das Foto geschickt.«

»Ja, das war wirklich eine sehr nette Idee«, sagte Alexandra und trat einen Schritt zur Seite, damit Tobias den Kater ebenfalls ausgiebig streicheln konnte.

»Sie müssen natürlich darauf achten, dass der Attentäter keine Gelegenheit mehr bekommt, einen zweiten Versuch zu unternehmen«, betonte die Ärztin. »Ich könnte den Kater auch noch ein paar Tage hier in der Praxis unterbringen, wenn Ihnen das lieber ist.«

»Das Angebot würden wir gern annehmen«, sagte Tobias. »Aber ich glaube, wir möchten auf Kater Browns Spürnase nicht verzichten. Es könnte ja sein, dass er uns noch einmal auf eine brauchbare Fährte führt.« Er schilderte in groben Zügen, was sich im Klosterhotel zugetragen hatte.

Die Tierärztin betrachtete das Tier nachdenklich, dann hatte sie eine Idee. »Wie wär's, wenn wir ihn an die Leine legen?«

Zehn Minuten später verließen sie die Praxis. Kater Brown trug ein weinrotes Geschirr, an dem eine Ausziehleine befestigt war, die es ihm erlaubte, sich über zehn Meter von Alexandra und Tobias zu entfernen, ohne dass er ihnen entwischen konnte.

Tobias nahm ihn hoch, stieg ein und legte den Kater auf seinen Schoß. »Ich gebe dir die Hälfte zu den Behandlungskosten dazu.«

»Ach was, das ist nicht nötig.«

»Mag sein, aber ich möchte es so«, beharrte er. »Eigentlich müssten wir Bruder Johannes die Rechnung vorlegen, doch die Mönche haben sowieso kein Geld.«

Alexandra bedachte ihn mit einem überraschten Blick, dann erklärte sie sich einverstanden, startete den Motor und lenkte den Wagen auf die Landstraße in Richtung Lengenich.

Kater Brown genoss es, auf Tobias' Oberschenkeln zu liegen. Zugegeben, er hätte Alexandras Schoß vorgezogen, aber sie hielt ja das Lenkrad in der Hand – da war es bei Tobias schon gemütlicher.

Notfalls hätte er sich auch wieder unten in den Fußraum gelegt – alles war besser als diese harte Kiste in der grellen Farbe, in der er die Nacht hatte verbringen müssen, oder der kalte Tisch, auf dem er gelegen hatte. Und zum Glück roch es hier im Auto nicht so unangenehm wie bei der Frau in dem weißen Kittel, die die Erste gewesen war, die er zu sehen bekommen hatte, nachdem er aus diesem eigenartigen bleiernen Schlaf aufgewacht war.

Dass er jetzt dieses sonderbare Ding um den Leib trug, gefiel Kater Brown eigentlich gar nicht. So etwas Albernes hatte er des Öfteren mal an Hunden gesehen und sich im Stillen darüber lustig gemacht. Aber Alexandra hatte es ihm angelegt und gesagt, das müsse sein. Also musste es irgendeinen Sinn haben. Vielleicht war es ja nur vorübergehend, doch das würde sich zeigen.

Er sah noch einmal Alexandra und Tobias an, die beide einen erleichterten Eindruck machten, dann ließ er den Kopf auf die Vorderpfoten sinken und schloss die Augen. Alles war wieder gut, und er konnte sich entspannen.

17. Kapitel

Gegen halb eins, als sie den Wagen auf dem Parkplatz vor dem Klosterhotel abstellten, waren die Angestellten des Laurentius-Hilfswerks noch immer mit ihren Drachen beschäftigt. Alexandra und Tobias hatten zuvor an einer Tankstelle angehalten und zwei Paletten Dosenfutter für Kater Brown und eine Auswahl an Fertigsalaten, Sandwiches und Würstchen im Glas sowie eine Kiste Wasser und einige Flaschen Cola für sich selbst gekauft. Ganz egal, was aus der Klosterküche kommen würde, sie würden davon nichts mehr anrühren. Vielleicht waren sie beide ja nun auch zur Zielscheibe des Giftattentäters geworden.

Sie wollten gerade aussteigen, da klingelte Tobias' Handy. Er unterhielt sich einige Minuten mit jemandem, dann steckte er das Telefon wieder in die Hemdtasche. »Das war Ekki«, sagte er. »Er hat an diesem Sonderheft mitgearbeitet, von dem wir gesprochen haben. Ekki hatte Wildens Handynummer bekommen, und siehe da – er hat das Handy gefunden!«

Alexandras Augen leuchteten auf. »Wo ist es?«

»Langsam, langsam«, erwiderte er. »Ekki hat die letzte bekannte Position des Handys feststellen können, aber ich muss dich vorwarnen: Wir können uns nicht auf ihn berufen; er würde alles abstreiten. Seine Methoden sind nicht ganz legal. Er arbeitet mit Programmen, mit denen er sich in alle möglichen Rechner einklinken kann, um Infos zu sammeln.«

»Und wo ist das Handy?«

»Irgendwo hier in Klosternähe. Der Sendemast oben im Glockenturm ...«

»Da ist ein Sendemast eingebaut?«, wunderte sie sich. »Woher weißt du das?«

»Auch von Ekki. Also, der Sendemast hat gestern in den frühen Morgenstunden das letzte Mal ein Signal von Wildens Handy empfangen, irgendwann zwischen drei und vier Uhr. Das haben andere Sendemasten auch, und anhand ihrer Position hat Ekki feststellen können, dass sich das Handy in einem Abstand von maximal rund hundert Metern nördlich des Klosters befunden hat. Das heißt, es ist nicht im Brunnen gelandet.«

»Befunden *hat?*«, fragte sie.

»Ja. Wenn der Täter es dann abgeschaltet und mitgenommen hat, befindet es sich folglich nicht mehr an dieser Stelle. Und da das Gerät seitdem nicht mehr eingeschaltet wurde, lässt sich auch nicht sagen, wo es jetzt ist.«

»Zwischen drei und vier Uhr war es noch irgendwo hier«, murmelte sie. »Dann hat Wilden um diese Zeit also noch gelebt ...«

»Nicht zwangsläufig«, wandte Tobias ein. »Vielleicht hat der Täter ihn beispielsweise um elf Uhr am Freitagabend erschlagen und in den Brunnen geworfen, und später hat er sich auf die Suche nach dem Handy gemacht. Möglicherweise weil ihm da erst eingefallen ist, dass er es besser beseitigen sollte, da er ihn zuvor angerufen hatte.«

Alexandra grübelte eine Weile über diese Worte nach. »Eins macht mich aber stutzig. Wieso kam das letzte Signal von hier, vom Parkplatz? Ich meine, wenn der Täter Wilden hier niedergeschlagen hat, während der meinetwegen telefonierte, dann hätte der Mörder das Handy doch schnell einstecken und Wilden zum Brunnen schaffen können. In diesem Fall musste er sich beeilen, um nicht beobachtet zu werden. Um das Handy konnte er sich da bestimmt erst später kümmern, nachdem er die Leiche beseitigt hatte. Oder dem Täter fiel erst später ein, dass das Handy möglicherweise noch im Wagen lag. Dann musste er ebenfalls schnell handeln, zum Auto laufen, das Gerät einstecken und das Weite suchen und es erst danach ausschalten. In beiden Fällen wäre das letzte Signal dann aber von woanders gekommen.«

Tobias schaute sie mit fragender Miene an. »Worauf genau willst du hinaus?«

»Dass das Handy vielleicht doch noch im Wagen liegt. Möglicherweise hat der Akku einfach irgendwann zwischen drei und vier Uhr den Geist aufgegeben, und das Gerät hat sich abgeschaltet. Darum kam das letzte Signal von Parkplatz.«

Alexandra kramte in der Türablage, dann hielt sie Wildens Porsche-Schlüssel in der Hand. »Wusste ich doch, dass ich ihn da reingesteckt hatte!«

Auf einmal stieß Kater Brown ein lautes, ungehaltenes Miauen aus. Es schien fast so, als wollte er sagen: Hört auf zu diskutieren und sucht das Handy lieber!

Noch einmal stellten sie den Porsche auf den Kopf und suchten in jedem Fach und in jeder Ablage nach Wildens Mobiltelefon. Kater Brown hatte es sich auf der Motorhaube gemütlich gemacht, die von der Sonne angenehm aufgeheizt war. Die Leine hatte Alexandra ein Stück abgerollt und am Außenspiegel befestigt, damit der Kater ihr nicht entwischen konnte.

»Sieht nicht gut aus!«, seufzte sie entmutigt.

»So ein Mist! Ohne Wildens Handy sind wir so schlau wie vorher.«

»Mag sein. Aber es ist ja auch nur eine Vermutung, dass es uns zum Täter führen könnte.« Sie stützte sich auf dem Fahrersitz ab, um sich aufzurichten, als ihre Fingerspitzen in dem schmalen Raum zwischen Sitz und Mittelkonsole etwas Hartes berührten. Alexandra drückte das Polster zur Seite und schaute in einen nur wenige Millimeter breiten Spalt, in dem etwas Schwarzglänzendes steckte. »Tobias, komm mal!«

Er beugte sich über den Beifahrersitz und linste in den Spalt. »Hm, das gehört wohl nicht dahin.« Tobias schob die Finger in den Zwischenraum. Gleich darauf schüttelte er den Kopf. »Da komm ich nicht ran.«

Hastig schaute er sich um, dann öffnete er das Handschuhfach und nahm ein Taschenmesser heraus. Langsam schob er die große Klinge in den Spalt neben der Mittelkonsole und drückte die Spitze seitlich gegen das schwarze Objekt, um es nach oben zu bewegen. Gerade als er kurz davor war, die äußerste Ecke mit den Fingerspitzen zu fassen zu bekommen, verlor die Klinge den Halt, das schwarze Objekt rutschte zurück in den Spalt … und verschwand dann völlig.

»Nein!«, schimpfte er so laut, dass Kater Brown auf der Motorhaube erschrocken in die Höhe fuhr. Seine Ohren zuckten nervös, als er näher kam und durch die Windschutzscheibe ins Wageninnere schaute.

»Augenblick mal«, murmelte Alexandra und schob tastend die Hand unter den Fahrersitz. Plötzlich hellte sich ihre Miene auf, und sie zog den Arm zurück, um ihren Fund zu präsentieren: ein Smartphone.

Rasch betätigte sie den Ein/Aus-Schalter. Dann verzog sie den Mund. »Der Akku ist tatsächlich leer. Wir müssen das Handy erst aufladen.«

»Gib mal her!«, sagte er und nahm das Gerät an sich. »Ich glaube, da habe ich genau das Richtige.« Er kramte erneut im Handschuhfach und förderte ein weißes Kabel zutage. »Das Ladekabel«, verkündete er freudestrahlend und verband das

Handy mit dem Zigarettenanzünder. Die Anzeige ließ erkennen, dass der Akku geladen wurde, aber als Tobias das Telefon nach einer halben Minute versuchsweise einschaltete, funktionierte es zwar, aber er wurde sogleich nach dem Passwort gefragt. Tobias ließ die Schultern hängen. »Das Handy funktioniert noch, doch ich brauche ein Passwort.«

»Oh Mann, das kann ja alles sein«, stöhnte Alexandra frustriert. »Und jetzt?«

»Tja, da muss Ekki wohl noch mal ran.« Tobias hob eine Hand. »Aber versprich dir nicht zu viel davon! Vielleicht kann er das Passwort ja gar nicht knacken. Jedenfalls wird ihm das nicht in fünf Minuten gelingen.«

»Dann ruf ihn sofort an. Umso schneller kann er sich an die Arbeit machen«, sagte sie. Während Tobias mit dem Kollegen telefonierte, löste Alexandra die Leine vom Außenspiegel. Kater Brown sprang von der Motorhaube und rieb den Kopf an Alexandras Beinen. »Wir können uns ja derweil im Keller umsehen«, schlug sie vor, als Tobias das Gespräch beendet hatte. »Mal schauen, ob wir jetzt unbemerkt an den Schlüsselbund kommen!«

Tobias nickte. »Wildens Handy ist übrigens noch angeschlossen, damit es aufgeladen wird«, ließ er sie wissen. »Ich habe die Konsole geschlossen, damit niemand das Gerät sehen kann und auf die Idee kommt, den Wagen aufzubrechen, um es doch noch verschwinden zu lassen.«

»Okay, alles klar.« Alexandra schloss Wildens Wagen ab, dann gingen sie, jeder mit einer schweren Einkaufstasche bepackt, zum Kloster. Kater Brown trottete in einigem Abstand hinter ihnen her, was dank der Auszugleine kein Problem war.

»Das Geschirr scheint ihn so wenig zu stören wie die Leine«, merkte Tobias an.

»Ja, er ist schon etwas ganz Besonderes, finde ich.« Sie

drehte sich um und stutzte. »Wo ist er hin?« Sie folgte dem Verlauf der Leine und stellte fest, dass Kater Brown in den Seitenweg eingebogen war, der zur Kapelle neben dem Kloster führte. »He, du Räuber, komm her!«, rief sie, aber der Kater sah nicht zu ihr zurück, sondern marschierte zielstrebig weiter. Alexandra wartete schmunzelnd, bis das Ende der Leine erreicht war. Kater Brown blieb stehen, als er den Widerstand bemerkte, und drehte sich um. Seine Augen funkelten vorwurfsvoll, und er ließ ein sehr energisches Miauen hören.

»Nein, *du* kommst jetzt her«, erwiderte Alexandra und zog an der Leine.

Der Kater blieb störrisch stehen, miaute erneut ... und warf sich auf den Boden!

»Das darf doch wohl nicht wahr sein«, sagte sie. »Der hinterlistige Kerl weiß ganz genau, dass ich ihn nie und nimmer einfach über den Boden schleifen würde.«

Sie stellte die Einkaufstasche ab und ging zu dem Kater, der auf der Seite lag und sie herausfordernd ansah. Seine Schwanzspitze zuckte hin und her. Kurz bevor Alexandra ihn erreicht hatte, sprang er jedoch auf und jagte weiter in Richtung Kapelle. Alexandra hätte den Stopp-Knopf der Leine drücken können, um Kater Brown aufzuhalten. Doch sie ließ ihn gewähren. Als erneut das Ende der Leine erreicht war, warf er sich wieder auf den Boden.

»Ich schätze, das dauert noch ein bisschen«, rief sie Tobias zu, der das Schauspiel mit einem ausgelassenen Lachen kommentierte.

»Ich bringe schon mal die Taschen hinein und schaue noch einmal nach Assmann. Vielleicht hat er sich ja inzwischen blicken lassen«, erwiderte er und ging davon.

Alexandra trat auf Kater Brown zu, hakte diesmal jedoch

die Leine ein, damit er nicht noch einmal entwischen konnte. Der Kater stand auf und kam ihr entgegengelaufen. Aber während Alexandra sich bückte, um ihn auf den Arm zu nehmen, ließ sie den Einraste-Knopf los, und Kater Brown schlug einen Haken, lief zweimal um sie herum und blieb dann stehen.

Er hatte Alexandra die Leine so eng um die Beine gezogen, dass sie keinen Schritt mehr gehen konnte. »He, was ist denn in dich gefahren? Willst du, dass ich mir das Genick breche?«

Sie drehte sich um ihre eigene Achse, bis sie sich befreit hatte, und das nutzte der Kater, um noch ein Stück weiterzulaufen. Alexandra schüttelte nachdenklich den Kopf und ließ die Leine locker. Sie wollte herausfinden, was Kater Brown ihr nun schon wieder zeigen wollte. Sein Ziel war offenbar die Kapelle – eine Erkenntnis, die ihr plötzlich ein ungutes Gefühl in der Magengegend verursachte.

Alexandra griff nach ihrem Handy und wählte Tobias' Nummer. »Komm mal schnell zur Kapelle! Ich glaube, unser Sherlock Brown ist auf eine neue Fährte gestoßen!«

Langsam folgte sie dem Kater zu der zweiflügeligen Holztür der Kapelle. Das kleine Gebäude war komplett mit einem mobilen Zaun umgeben, um Unbefugte am Betreten der Baustelle zu hindern.

»Was ist denn los?«, rief Tobias und kam herbeigelaufen.

»Der Kater dirigiert mich zielstrebig zur Kapelle«, entgegnete sie. »Das gefällt mir gar nicht.«

Alexandra sah sich den Zaun genauer an und entdeckte eine Lücke. »Hier ist ein Element aus dem Betonsockel gehoben worden. Jemand könnte diesen Abschnitt des Zauns wieder an den Sockel herangeschoben haben, nachdem er sich durch die Lücke gezwängt hat.«

»Du denkst an Assmann, nicht wahr?«

Sie nickte bedächtig und wurde mit einem Mal ganz blass. »Komm, lass uns nachsehen! Und dann rufen wir die Polizei. Das hätten wir vielleicht schon heute Morgen tun sollen.«

Kater Brown hatte sich einen Weg zwischen den Gitterelementen hindurch gebahnt und zog ungeduldig an der Leine. Endlich hatte er sie so weit, dass sie ihm folgten!

Tobias schob das Gitter zur Seite, sodass sie hinter die Absperrung und in die Kapelle gelangen konnten. Alexandra zog die Tür einen Spaltbreit auf und spähte ins Innere des kleinen Gotteshauses. Die hohen Fenster zu beiden Seiten der Kapelle waren zum Schutz mit einer lichtdurchlässigen Folie zugehängt worden. Im Innern der Kapelle war es beinahe taghell.

Alexandra hatte eben zwei Schritte in das Gotteshaus gemacht, als sie entsetzt aufschrie. Nicht einmal vier Meter vom Eingang entfernt lag eine gekrümmte Gestalt auf den dunkelroten Fliesen. Assmann! Sein Gesicht war ihnen zugewandt, die weit geöffneten Augen starrten ins Leere. Sein Hinterkopf präsentierte sich als eine einzige blutige Masse. Gleich daneben lagen die Überreste einer steinernen Statue, die vermutlich zuerst Assmanns Schädel zertrümmert hatte und dann auf dem Steinboden in tausend Stücke zersprungen war.

Alexandra hielt sich erschrocken eine zitternde Hand vor den Mund, während Tobias nur dastand und ungläubig den Kopf schüttelte. Auch er war unter der Sonnenbräune blass geworden.

Kater Brown setzte sich in einigem Abstand von dem Toten hin, blinzelte mehrmals und schaute sich dann mit leicht zusammengekniffenen Augen in der Kapelle um.

Nachdem Alexandra sich wieder ein wenig gefasst hatte, folgte sie seinem Beispiel. Schließlich legte sie den Kopf in den Nacken und sah nach oben. »Von da ist die Figur runtergefallen«, murmelte sie und zeigte auf die Empore. »Oder runtergestoßen worden.« Auf der Balustrade standen in gleichmäßigen Abständen Heiligenskulpturen; nur an einer Stelle klaffte eine Lücke.

Skeptisch schüttelte Tobias den Kopf. »Ich weiß nicht. Wie groß sind die Chancen, dass das Opfer von einer solchen Figur tatsächlich getroffen wird? Von einem tödlichen Treffer ganz zu schweigen. Überleg mal, von da oben konnte der Täter sein Opfer nicht einmal sehen. Es hätte sich schon unmittelbar unter ihm befinden müssen, damit er einen Treffer erzielen konnte, und es durfte sich auch nicht von der Stelle rühren. Aber Assmann wurde am späten Abend in die Kapelle gelockt. Da war es längst dunkel. Bestimmt hat er sich besonders vorsichtig hier bewegt und auf jedes Geräusch geachtet. Wenn eine Statue bewegt wird, knirscht es. Assmann wäre vorgewarnt gewesen ...« Tobias schüttelte den Kopf. »Nein, ich denke, er ist hier unten niedergeschlagen worden.« Er sah mit zusammengekniffenen Augen zur Empore hinauf. »Guck mal, an der Stelle, wo die Steinskulptur gestanden hat, ragt ein großer Metallstift in die Höhe; damit war die Skulptur offenbar befestigt. Da ist jemand also ganz geplant vorgegangen und hat die Heiligenfigur im Vorfeld gelöst.«

Alexandra gab ihm die Leine, dann ging sie langsam hin und her. Ihr Blick war die ganze Zeit über auf den Boden gerichtet. »Zu schade, dass man nach der letzten Renovierungsrunde hier alles gefegt und gewischt hat, sonst könnten wir auf dem Boden wenigstens die Spuren des Täters zurückverfolgen.« Sie kniete sich hin. »Sieh dir das einmal an!«

Tobias kam zu ihr und ging neben ihr in die Hocke.

»Diese Fliese hier«, erklärte sie. »Sie ist zersplittert, als wäre etwas Schweres hier aufgeschlagen.«

Er schaute nach oben. »Das würde passen. Wenn man die

Figur da oben über die Brüstung geschoben hat, hätte sie ungefähr hier landen können. Allerdings wurde Assmann einen Meter von hier entfernt von der Skulptur getroffen.«

Alexandra richtete sich auf und grübelte. »Das passt alles irgendwie nicht zusammen.« Sie ging die hölzerne Wendeltreppe hinauf, die auf die Empore führte, und betrachtete die Szene von oben. Nach ein paar Augenblicken kehrte sie zu Tobias zurück. »Vielleicht ist das Ganze hier extra so angeordnet worden, um den Eindruck zu erwecken, dass Assmann von der Steinskulptur getroffen wurde. Okay, das wurde er auch, das zeigt ja das Blut an den Bruchstücken. Aber ich würde sagen, er wurde bereits beim Eintreten niedergeschlagen. Dann hat der Täter ihn unter der Empore platziert …«

»Der Mörder hat die Figur also zuvor von der Empore nach unten geschafft, um damit auf Assmann einzuschlagen. Anschließend hat er sie wieder nach oben gebracht und von der Brüstung geworfen, um einen Unfall vorzutäuschen.«

»Aber dabei musste er Assmann unbedingt verfehlen, denn ihm war klar, dass eine Autopsie andernfalls zeigen würde, dass Kurt Assmanns Schädel von der Skulptur an zwei verschiedenen Stellen getroffen wurde. Und das hätte eine Unfalltheorie sofort ad absurdum geführt. Also lässt er die Figur da landen«, sie zeigte auf die zersplitterte Fliese, »anschließend sammelt er die Trümmer ein und arrangiert ein Stück weiter rechts eine Szene, die den Eindruck erweckt, als wäre Assmann unbefugt in die Kapelle eingedrungen und dabei von einer Heiligenskulptur tödlich getroffen worden.«

»Schön und gut«, meinte Tobias dazu. »Nur wäre die Polizei bestimmt spätestens bei der Entdeckung des Metallstifts da oben stutzig geworden. Schließlich springt so eine Statue nicht von selbst aus so einer Halterung.«

Alexandra hob die Schultern. »Das hier ist eine Baustelle.

Hier hat niemand außer den Bauarbeitern etwas zu suchen, also muss die Figur auch nicht gut gesichert auf diesem Stift gestanden haben. Jemand kann sie hochgenommen haben, weil sie im Weg war, und dann nicht wieder richtig zurückgesetzt haben. So ließe sich die Unfalltheorie vielleicht doch untermauern.«

Tobias seufzte und nickte dann. »Du hörst dich schon an wie Polizeiobermeister Pallenberg.«

Sie grinste schief. Ihr Blick fiel auf Assmanns Leiche, und ein Schauder überlief sie. »Komm, wir müssen den Mönchen Bescheid geben, dass es einen weiteren Toten gibt. Ich überlasse es gern ihnen, die Polizei zu verständigen.«

Als sie sich zum Gehen wandten, stand Kater Brown auf und lief mit hoch erhobenem Kopf vor ihnen her in Richtung Tür.

»Lass dir das Leichenfinden bloß nicht zur Gewohnheit werden«, murmelte Tobias bedrückt. »Zwei Tote sind für meinen Geschmack mehr als genug.«

Der Kater warf ihm über die Schulter einen Blick zu, dann miaute er leise, als wollte er ihm aus vollstem Herzen zustimmen.

18. Kapitel

Es war bereits nach vierzehn Uhr dreißig am Sonntagnachmittag, aber Polizeiobermeister Pallenberg war noch immer nicht am Tatort eingetroffen. In der Zwischenzeit waren Alexandra und Tobias an den Fundort von Assmanns Leiche zurückgekehrt, um sich dort noch einmal in Ruhe umzusehen. Kater Brown hatte sie begleitet, denn Alexandra hatte sich vorgenommen, das Tier nicht einmal für eine Minute aus den Augen zu lassen. Sie wussten nicht, wer für die beiden Morde und den Giftanschlag auf den Kater verantwortlich war. Und solange das so war, würde sie alles tun, um das Leben ihres kleinen pelzigen Freundes zu beschützen. Und falls der Mörder nicht gefasst wurde, war sie fest entschlossen, die Mönche davon zu überzeugen, ihr Kater Brown zu überlassen.

Mit Einweghandschuhen ausgerüstet, hatten sie den Toten abgetastet und dabei feststellen müssen, dass er kein Handy bei sich trug. Das war auch zu erwarten gewesen, immerhin war es wahrscheinlich, dass Assmann selbst per Anruf oder SMS in die Falle gelockt worden war.

Gerade wollte Alexandra nach draußen gehen, um nach Pallenberg Ausschau zu halten, als die Tür aufgezogen wurde.

Bruder Johannes trat zu ihnen. Er war kreidebleich. »Es gibt einen weiteren Todesfall? Oh, mein Gott! Bruder Andreas hat mich gerade erst informiert. Zum Glück sind Sie beide wohlauf! Dem Himmel sei Dank!« Er bückte sich zu Kater Brown, um ihn zu streicheln, aber seine Hand zitterte so sehr, dass er sie wieder zurückzog. »Dir geht es wenigstens wieder gut.«

Bruder Johannes' Mundwinkel verzogen sich zu einem kleinen Lächeln, doch gleich darauf kehrte der besorgte Gesichtsausdruck zurück. »Bruder Andreas konnte mir nichts Genaues sagen, er wusste nur, dass es noch einen Toten gegeben hat, und hat die Polizei informiert ...« Er stutzte und sah sich um. »Ist Herr Pallenberg etwa schon wieder abgefahren?«

»Nein, nein. Er ist bislang noch gar nicht aufgetaucht.« Tobias trat einen Schritt zur Seite und gab damit den Blick auf den Toten frei, der in der Nähe der letzten Bankreihe auf dem Boden lag.

Bruder Johannes trat langsam näher und wurde womöglich noch blasser. »Herr Assmann?«, entfuhr es ihm entsetzt, und er stöhnte auf. Er wankte nach links und ließ sich auf die Holzbank sinken. »O Gott, hätte ich ihm doch bloß nicht die Tür aufgeschlossen!«

»Die Tür aufgeschlossen?«, wiederholte Alexandra und fröstelte mit einem Mal. »Wie meinen Sie das?«

Der Mönch fuhr sich fahrig mit der Hand durchs Gesicht. »Herr Assmann kam gestern Abend spät zu mir. Sie waren mit Kater Brown auf dem Weg zum Tierarzt, und er hatte die Unterredung mit seinen Mitarbeitern beendet. Alle waren in ihren Quartieren, das Licht war ausgeschaltet worden, als er auf einmal bei mir klopfte und darauf bestand, dass ich ihm die Eingangstür aufschloss. Er sagte, er müsse noch mal weg. Er wollte mir den Grund nicht verraten. Aber er war sehr ... Ich weiß gar nicht, wie ich es am besten beschreiben soll ... ›Ungeduldig‹ trifft es vielleicht am besten. So als hätte er einen Termin vergessen und müsste sich nun ganz besonders sputen.«

»Um wie viel Uhr war das?«, wollte Alexandra wissen.

»Oh, lassen Sie mich nachdenken... Auf jeden Fall nach elf. Die Lichter waren schon eine Weile aus, und ich hatte mich in mein Zimmer zurückgezogen und saß in der Dunkelheit. Einschlafen konnte ich nicht, weil ich immer an Kater Brown denken musste. Außerdem wartete ich ja auf Ihre Rückkehr und wollte Ihnen aufschließen. Ich hatte Bedenken, Herrn Assmann um diese Zeit noch aus dem Haus zu lassen. Ehrlich gesagt hatte ich auch keine Lust, die halbe Nacht auf ihn zu warten, um ihm wieder aufzuschließen. Aber er beharrte darauf und wischte meine Bedenken beiseite.«

»Zu seinen Plänen hat er wirklich nicht mehr gesagt?«

»Nein, und ich habe ihn auch nicht danach gefragt. Er wollte bei seiner Rückkehr einen seiner Kollegen mit dem Handy aus dem Bett klingeln. Der sollte mich dann wecken.« Bruder Johannes hob hilflos die Schultern. »Ich gab seinem Drängen nach und ließ ihn raus. Er blieb dann in der Nähe des Brunnens stehen und sah zur Straße hinüber, als wartete er auf jemanden. Ein paar Minuten beobachtete ich ihn, wie er unruhig auf und ab ging. Aber dann hatte ich einfach keine Lust mehr, für ihn das Kindermädchen zu spielen.«

Tobias nickte verständnisvoll, und Bruder Johannes fuhr bedrückt fort:

»Nach einer Weile kehrte ich also in mein Zimmer zurück, aber die Unruhe wegen Kater Brown hielt mich weiter wach. Ich begab mich wieder ins Foyer, um Sie hereinzulassen und nach Herrn Assmann zu sehen. Als ich ins Foyer kam, stand er nicht mehr draußen auf dem Platz am Brunnen. Ich ging davon aus, dass derjenige, mit dem er sich treffen wollte, in der Zwischenzeit eingetroffen und mit ihm weggefahren war. Irgendwann sah ich die Lichter Ihres Wagens auf dem Parkplatz … und den Rest kennen Sie ja. Wenn ich geahnt hätte, dass Assmann sich in die Kapelle begibt … Was hat er hier wohl gesucht?«

»Schwer zu sagen«, meinte Alexandra. »Wir vermuten, dass

man ihn mit irgendetwas geködert hat, vielleicht mit einem Beweisstück, das Wildens Mörder hätte überführen können.«

»Aber warum tötet jemand einen Geschäftsführer und seinen Stellvertreter?«, rätselte Bruder Johannes.

»Dieser zweite Todesfall untermauert unseren Verdacht, dass der Täter in den Reihen seiner Mitarbeiter zu suchen ist. Am ehesten kommt einer der leitenden Angestellten infrage, weil sie von Assmanns Tod profitieren würden. Immerhin hätte er wahrscheinlich die Nachfolge von Wilden angetreten, und damit wäre der Posten auf Jahre hinaus besetzt gewesen. Da Assmann jünger war als alle anderen potenziellen Kandidaten, hätte keiner von ihnen mehr die Chance bekommen, vor ihrer Pensionierung doch noch ein paar Jahre als Geschäftsführer tätig zu sein.«

»Und ... wenn Herr Pallenberg wieder genauso reagiert wie bei Herrn Wilden?«, fragte der Mönch beunruhigt. »Wenn er diesen Todesfall auch zum Unfall erklärt, und niemand nimmt irgendwelche offiziellen Ermittlungen auf ...«

Alexandra hob ratlos die Schultern. »Wir können Pallenberg nur die Fakten vorlegen, alles Weitere hängt wohl von ihm ab. Aber ich denke, die Indizienlage wird diesmal ausreichen, um ihn ...«

Ein lautes Knattern unterbrach Alexandra mitten im Satz. Bruder Johannes horchte auf, und auch Kater Brown spitzte die Ohren.

Alexandra und Tobias gingen mit dem Kater zur Tür und drückten sie weit genug auf, um einen Blick nach draußen werfen zu können.

»Was ist denn das?«, fragte sie erstaunt, als sie den Polizisten entdeckte, der auf einem schwarzen Fahrrad mit Hilfsmotor gleich unter dem Lenker den Weg vom Klostereingang zur Kapelle entlangfuhr. Die Dienstmütze hatte er sich tief ins Gesicht gezogen, wohl damit der Fahrtwind sie ihm nicht vom Kopf wehen konnte.

»Das ist eine Solex«, klärte Tobias sie auf. »Eigentlich ein Mofa, aber viel, viel billiger als das günstigste ›richtige‹ Mofa, jedenfalls zu der Zeit, als die Dinger noch gebaut wurden. Als ich zur Schule ging, war es total cool, mit so einer Solex vorgefahren zu kommen …«

Pallenberg hatte das Mofa inzwischen abgestellt und näherte sich der Tür. Tobias' Blick fiel auf einen knallroten Benzinkanister, der vor einer Polizeitasche auf dem Gepäckträger festgeklemmt war.

Der Polizist nickte ihnen zu und ging mit ernstem Gesicht an ihnen vorbei zu Assmanns Leiche.

Bruder Johannes stand von der Bank auf. »Guten Tag, Herr Pallenberg. Danke, dass Sie hergekommen sind.«

»Bruder Johannes«, erwiderte der Polizeiobermeister und drückte ihm die Hand. »Tja, schneller ging's leider nicht. Mein Dienstwagen ist nach zwei Kilometern mit leerem Tank liegen geblieben, weil die Tankanzeige verrückt spielt. Also musste ich meine gute alte Solex aus der Scheune holen. Gleich muss ich dann weiterfahren zu Jean-Louis und einen Kanister Benzin holen, damit ich mit dem Wagen bis zur Tankstelle komme.« Damit wandte er sich dem Toten zu. Er betrachtete ihn einen Moment schweigend. »Um wen handelt es sich? Können Sie mir das sagen?«

»Das ist Kurt Assmann, der Assistent des Mannes, der am Samstagmorgen im Brunnenschacht vor dem Eingang gefunden wurde«, erklärte der Mönch. Alexandra und Tobias ließen Pallenberg nicht aus den Augen.

Der Polizist umkreiste den Toten einige Male langsam und

besah ihn sich von allen Seiten. Dann schaute er sich sorgfältig am Tatort um. Der gesprungenen Steinfliese, der zerbrochenen Skulptur sowie der leeren Halterung an der Empore schenkte er besondere Beachtung. Schließlich stand er nachdenklich da und kratzte sich am Kopf.

Alexandra trat auf ihn zu und sagte leise: »Herr Assmann hat mir gestern Abend nach elf Uhr noch eine SMS geschickt, in der er uns mitteilte, dass jemand ihm Wildens Laptop aushändigen wollte. Offenbar wurde Kurt Assmann von seinem Mörder bewusst hierher gelockt.«

Pallenberg nickte. »Das passt ins Bild. Auf jeden Fall ist er nicht von einer zufällig herabstürzenden Skulptur erschlagen worden. Vieles deutet auf einen gewaltsamen Tod hin, aber Genaueres müssen die Spezialisten feststellen. Geben Sie mir bitte einen Moment Zeit, ich werde noch einmal versuchen, die Kollegen von der Spurensicherung und der Rechtsmedizin zu erreichen, obwohl ich keine große Hoffnung habe.« Er verließ die Kapelle und telefonierte einige Minuten mit seinem Handy. Tobias und Alexandra konnten zwar nicht verstehen, was er sagte, aber sie sahen, dass er verschiedene Nummern wählte und beim Reden aufgeregt gestikulierte.

Schließlich kam er zu ihnen zurück. Sein Gesicht war ernst. »Diese Demo in Trier hat mehr Zulauf erhalten als erwartet. Auch heute sind noch alle Kollegen im Einsatz. Ich bin nach wie vor allein. Vor Montagmorgen kann niemand herkommen, um mich zu unterstützen. Die Spurensicherung ist mit zwei Einbrüchen beschäftigt, und der Gerichtsmediziner, der seinen erkrankten Kollegen vertritt, ist nach Bitburg gerufen worden. Selbst auf der Dienststelle dort ist niemand auf die Schnelle abkömmlich. Es tut mir sehr leid ...«

Alexandra schüttelte fassungslos den Kopf. »Das kann doch wohl nicht wahr sein! Am Montagmorgen reisen die Kollegen der beiden Toten ab – und der Mörder höchstwahrscheinlich mit ihnen!«

»Ich weiß. Doch es ändert nichts daran, dass ich allein bin, dass ich keine Ausrüstung habe, um Spuren zu sichern, und dass ich auch kein Rechtsmediziner bin, der dem Toten da ein Geheimnis entlocken kann. Ich werde so viele Fotos machen, wie notwendig sind, und ich werde die Kapelle verschließen, die Tür mit einem polizeilichen Siegel versehen und die Kollegen von der Spurensicherung gleich morgen früh herschicken. Mehr kann ich im Augenblick nicht tun.«

»Eines sollten Sie noch erfahren: Ein Unbekannter hat versucht, den Klosterkater zu vergiften«, sagte Tobias.

»Gestern Abend«, ergänzte Alexandra. »Jemand hat ihm ein starkes Betäubungsmittel verabreichen wollen, das den Kater beinahe umgebracht hätte.«

Pallenberg betrachtete Kater Brown, der auf dem Steinboden saß und sich putzte. »Und Sie denken, dass dieser Vorfall mit den beiden Todesfällen in Verbindung steht?« Als Alexandra die Frage bejahte, erkundigte er sich: »Wissen Sie, welches Gift zur Anwendung kam?«

»Wir können es erfragen. Bestimmt kann die ... der Tierarzt, der Kater Brown behandelt hat, uns das sagen.«

»Bitte informieren Sie mich, wenn Sie Genaueres wissen!«

»Wie wir eben herausgefunden haben, ist auch Assmanns Handy verschwunden«, sagte Alexandra und rechnete schon mit einer Standpauke, weil sie den Toten auf eigene Faust untersucht hatten.

Doch Pallenberg runzelte nur die Stirn. »Vielleicht hatte er es ja gar nicht bei sich ...«

Alexandra schüttelte aufgeregt den Kopf. »Doch, bestimmt, denken Sie nur an die SMS, die er uns geschickt hatte!«

»Herr Assmann hat mit dem Handy das Kloster verlassen,

ich habe es genau gesehen«, mischte sich da Bruder Johannes ein und erzählte dem Polizisten auch noch einmal von seiner letzten Begegnung mit Kurt Assmann am vergangenen späten Abend.

Polizeiobermeister Pallenberg hörte ihm aufmerksam zu, und mit jedem Wort, das er vernahm, wurde seine Miene ernster. Als der Mönch schließlich geendet hatte, nickte er nachdenklich. »Wie gesagt, ich werde nun die Leiche und den Fundort aus allen Perspektiven fotografieren, den Tatort abriegeln und die Tür versiegeln. Die Mitarbeiter der Ermordeten erhalten die klare Anweisung, das Klosterhotel und die Anlagen bis auf Weiteres nicht zu verlassen. Spusi und Rechtsmedizin werden morgen in aller Frühe hier sein. Mehr kann ich im Augenblick wirklich nicht tun.« Damit drehte er sich um und ging zu seinem Mofa hinaus, um die Polizeitasche an sich zu nehmen.

Kater Brown folgte Alexandra nach draußen. Er war sehr zufrieden, dass sie so schnell verstanden hatte, was er ihr hatte mitteilen wollen. Allerdings war da immer noch die eine Sache, die ihr bislang entgangen war, aber darauf würde er sie bestimmt noch hinweisen können. Er musste nur den richtigen Moment abpassen und ihr den Weg zeigen. Mit dieser Hundeleine müsste das eigentlich klappen.

Nachdem sie das Gebäude verlassen hatten, in dem er den toten Mann gewittert hatte, konnte er wieder ein Stück durchs angenehm kühle Gras laufen, das so schön unter seinen Pfoten kitzelte. Ein knallgelber Schmetterling kam auf ihn zugeflattert, und Kater Brown blieb stehen, um ihn genauer zu betrachten. Der Schmetterling flog kreuz und quer über den Rasen und freute sich seines Lebens. Es war schwierig, seine

Flugbahn vorauszuberechnen, denn er ließ sich mal hierhin, mal dorthin trudeln.

Dennoch duckte sich Kater Brown und spannte die Muskeln an, während seine Augen jede Bewegung des gelben Falters genau verfolgten. Es dauerte eine Weile, aber dann war der Schmetterling nahe genug, und Kater Brown konzentrierte sich ganz genau auf den einen Punkt, den der Falter gleich erreichen musste. Einen Sekundenbruchteil, bevor dieser Moment gekommen war, sprang er hoch, streckte die Vorderpfoten vor und fuhr die Krallen aus, um den Schmetterling zu erwischen ... aber der Falter änderte im allerletzten Augenblick seinen Kurs, und Kater Browns Krallen gingen ins Leere. Verflixt! Schnell warf er einen Blick zu Alexandra hinüber. Wie peinlich! Aber wenn sie über diesen gescheiterten Beutezug amüsiert war, ließ sie sich jedenfalls nichts anmerken.

»Mach dir nichts draus!«, sagte sie nur. »Beim nächsten Mal klappt's bestimmt.«

Hm, ja. Kater Brown setzte sich hin und gähnte. Das machte er immer, wenn er verlegen war und von einer Niederlage ablenken wollte. Vielleicht sollte er sich auch gleich noch einmal putzen ...

Da spürte er auf einmal eine federleichte Berührung hinter dem Ohr und wandte blitzschnell den Kopf. Frechheit! Der gelbe Falter war offenbar zum Gegenangriff übergegangen und wollte ihn attackieren! Na warte! Blitzschnell sprang er hoch und schlug die Vorderpfoten zusammen – nur um ein zweites Mal unverrichteter Dinge wieder auf allen vieren zu landen. Der Schmetterling flatterte fröhlich zu einer der Hortensien hinüber. Doch Kater Brown würdigte ihn keines Blickes mehr, sondern stolzierte beleidigt davon. Er würde dieses freche Ding schon noch bekommen. Es musste ja nicht heute sein ...

Alexandra war noch viel zu erschüttert über die Entdeckung von Assmanns Leiche, um über die Kapriolen des Katers lachen zu können. Schweigend ging sie hinter ihm her. Als er den Brunnen ansteuerte, auf dessen Rand Kater Brown offenbar ein Nickerchen machen wollen, schüttelte sie bedauernd den Kopf. »Nein, mein Kleiner, du musst mich schon begleiten. Ich habe vor, gleich einmal in den Keller hinunterzusteigen. Du wolltest mir da unten doch noch etwas zeigen.«

»Wir gehen zusammen da runter«, beharrte Tobias, der ihnen gefolgt war und nun mit ihnen ins Foyer trat. »Oder reichen dir zwei Morde und ein Giftanschlag auf den Kater noch nicht, um einzusehen, dass wir es mit einem skrupellosen Täter zu tun haben? Ich schlage vor, dass wir ab sofort hier nur noch gemeinsam unterwegs sind.«

Alexandra rieb sich die Augen. »Vielleicht hast du recht. Ich möchte jetzt nur nicht paranoid reagieren. Trotz allem bin ich fest entschlossen, mich im Keller umzusehen«, flüsterte sie.

Tobias warf einen raschen Blick zum Empfangstresen. »Schau mal, der Empfang ist nicht besetzt«, wisperte er, eilte zum Tresen und warf einen prüfenden Blick ins angrenzende Büro. Dann griff er nach dem Bund mit den Kellerschlüsseln und zwinkerte Alexandra auffordernd zu.

»Super! Los, komm!« Alexandra wandte sich mit Kater Brown schon dem Gang zu, der zur Kellertreppe führte, als Tobias' Handy klingelte.

Er sah auf das Display und hob einen Finger, um ihr zu zeigen, dass es ein wichtiger Anruf war. »Ekki, was hast du für mich?«, fragte er, und sofort wurde Alexandra hellhörig. »Ja? Aha … Gut, dann … nein, da muss ich erst zum Wagen gehen. Ich rufe dich in zwei Minuten zurück.«

Noch während er redete, lief er los und gab Alexandra ein Zeichen, ihm nach draußen zu folgen. Schnell nahm sie Kater Brown auf den Arm, um zu verhindern, dass er sich wieder auf den Boden warf, weil er lieber sofort in den Keller hinuntersteigen wollte. Dann eilte sie hinter Tobias her, der bereits den Parkplatz ansteuerte.

»Schließ bitte Wildens Porsche auf und steig schon mal ein, ich hole nur meinen Laptop aus dem Wagen«, rief er ihr zu.

Alexandra nahm auf dem Fahrersitz Platz und öffnete die Mittelkonsole, um Bernd Wildens Handy hervorzuholen, das immer noch am Ladekabel hing. Zwei Minuten später stieg auch Tobias in den Wagen, fuhr den Rechner hoch und wählte gleichzeitig Ekkis Nummer.

»So, da bin ich wieder ... Ja, ist da ... Ja, der fährt gerade hoch ... okay ...« Er drehte sich zu Alexandra um. »Hier kommt das Passwort ... Tipp bitte ein: D ... S ... 21 ... P ... A ... Doppel-L. .. A ... S... und bestätigen.«

Mit zitternden Fingern kam Alexandra der Aufforderung nach und ... atmete erleichtert auf. *Passwort akzeptiert* leuchtete ihr entgegen. »Hat geklappt«, sagte sie.

»Bingo«, gab Tobias weiter. »Sehr gut.«

»Augenblick, hier tut sich was«, rief Alexandra erschrocken. »Das Display sagt: *Daten werden gesendet*. Da stimmt was nicht.«

»Ekki, hast du gehört?«, fragte er, dann nickte Tobias. »Alles okay, Alex.«

»Aber wieso?«

»Warte.« Er widmete sich wieder dem Kollegen am anderen Ende der Leitung, der offenbar Wunder bewirken konnte. »Ins Internet gehen? Ja, wird gemacht, Sekunde.« Er zog den Mobilfunk-Stick aus der Laptoptasche und schloss ihn an das Gerät an, eine halbe Minute später war die Verbindung hergestellt. »So, bin drin.« Dann tippte er eine Webadresse ein. Gleich darauf öffnete sich eine Seite, und Tobias gab in verschiedene Felder das ein, was Ekki ihm diktierte. Schließlich öffnete sich ein Fenster: *Daten werden empfangen.*

»Es läuft«, meldete er an Ekki und ließ ein erleichtertes Seufzen folgen. »Du hast was gut bei mir … Ja, in Ordnung, das machen wir … « Er lachte, beendete das Gespräch und wandte sich dann Alexandra zu. »Ekki holt jetzt alle Daten von Wildens Handy und schickt sie in Kopie an meinen Rechner weiter. Falls das Handy doch noch verschwindet, haben wir die Daten auf dem Rechner. Und … falls uns etwas zustößt, hat Ekki die Daten ebenfalls und kann sie an die Polizei weiterleiten.«

Alexandra nickte beklommen. »Und wie lange braucht dein Kollege?«

»Etwa eine halbe Stunde. Es ist eine ziemlich große Datenmenge.«

Die Minuten krochen dahin. Nach etwas mehr als einer halben Stunde wechselte die Displayanzeige des Handys auf das standardmäßige Startbild.

»So, fertig«, sagte Alexandra aufgeregt. »Wir können loslegen.«

»M-hm … « Tobias nickte. »Auf meinem Notebook ist auch alles angekommen. Ich schlage vor, wir sehen uns das an meinem Laptop an.«

»Lass uns parallel arbeiten«, erwiderte sie. »Du weißt doch, vier Augen sehen mehr als zwei. Am besten fangen wir mit der Anrufliste an. *Gewählte Rufnummern.*« Sie tippte auf das Display, bis sie im gewünschten Menü war, während Tobias auf seinem Rechner nacheinander verschiedene Symbole anklickte.

»Hm, das ist ja interessant«, murmelte er, als er die Übersicht angezeigt bekam. »Wilden hat am Freitag sehr fleißig telefoniert. Sieben ... acht Anrufe, die an eine Handynummer gingen. Und ... sechs Anrufe mit der gleichen Vorwahl.«

»Das ist die Vorwahl von Kaiserslautern«, ergänzte sie. »Bei der Handynummer habe ich einen Eintrag.« Sie sah vom Display auf und drehte sich zu Tobias um. »Assmann.«

»Er hat acht Telefonate mit seinem Assistenten geführt?« Tobias zog die Augenbrauen hoch. »Interessant. Und Assmann hat uns erzählt, dass er nicht wusste, was Wilden vorgehabt haben könnte. Die beiden werden doch nicht bloß übers Wetter gesprochen haben.«

»Ganz sicher nicht«, stimmte sie ihm zu. »Und ... Assmann hat am gleichen Tag vier Mal zurückgerufen. Das geht aus dieser Liste hier hervor.« Alexandra tippte wieder auf das Display. Sie fühlte sich seltsam elektrisiert. Vielleicht würden sie jeden Moment einen Hinweis auf den Täter erhalten ...

Doch Tobias' nächster Einwand dämpfte ihre Euphorie: »Leider hat er am späten Freitagabend keinen Anruf erhalten. Sein Mörder hat ihn also nicht mit einem Telefonanruf aus dem Hotel gelockt ...« Er öffnete ein anderes Fenster und gab etwas ein. »Diese anderen Nummern in Kaiserslautern, die Wilden angerufen hat ... alles Banken und Sparkassen.«

»Die hat er auch schon am Donnerstag angerufen. Doch vorher nicht, und am Donnerstag auch erst am frühen Nachmittag.« Sie schüttelte den Kopf. »Ich wette, Assmann wusste genau, was Wilden von den Banken wollte. Aber was kann das gewesen sein? Wenn es etwas Dringendes zu regeln gab, wäre er doch nicht hergekommen.«

»Dann sehen wir uns doch mal die Liste *Gesendete SMS* an! Vielleicht hilft die uns ja weiter.«

»Hm, alle gingen an Kurt Assmann, wenn ich das richtig sehe«, murmelte Alexandra wenig später frustriert. »Und

Wilden hat das ›Kurz‹ in ›Kurznachricht‹ offenbar sehr wörtlich genommen. Hier: *12–15 M.* Oder hier: *Wernges stimmt zu.*«

»Das taugt nichts. Die Nachrichten sind so knapp abgefasst, dass nur Wilden und Assmann wussten, was das zu bedeuten hat und von wem die Rede ist. Die am Freitag eingegangenen SMS sind übrigens genauso kryptisch ...«

»Verflixt und zugenäht. Weil Assmann tot ist, können wir ihn nicht mehr mit diesen Abkürzungen konfrontieren!« Alexandra hieb ärgerlich auf das Lenkrad. »Wer weiß, vielleicht haben die beiden ausgerechnet, welche Abfindung sie zahlen müssten, um die leitenden Angestellten loszuwerden und durch Leute zu ersetzen, die es nicht auf Wildens Posten abgesehen haben.« Nachdenklich schaute sie von dem Handy auf die völlig andere Darstellung auf dem Laptopmonitor. »Wie hast du die Anzeige sortiert?«

»Nach Datum und Uhrzeit, damit die letzten Anrufe und SMS zuerst aufgelistet werden.«

»Und was ist das?« Sie zeigte auf die oberste Zeile.

»Das ist ein anderes Verzeichnis. Darin sind keine SMS- und keine Anrufdaten enthalten. Es handelt sich dabei um die Diktierfunktion.«

»Wieso steht die da oben?«

Tobias zuckte mit den Schultern. »Vielleicht weil sie zuletzt benutzt worden ist.«

»*Nach* den Anrufen und den SMS?«

Er nickte. »Ja, richtig.«

Alexandra spürte, wie ihr Herz schneller zu pochen begann. »Geh mal da rein!«

Tobias klickte das Verzeichnis an. »Da gibt's nur einen Eintrag. Da, siehst du?«

»Ja. Aber ... schau dir mal diese Dateigröße an. Mensch, das kann doch nicht wahr sein, oder? Das muss ja eine endlose Aufnahme sein.«

»Du hast recht. Siebenundneunzig Minuten. Da ist bestimmt die Diktierfunktion nicht ausgeschaltet worden …«

»Sie ist bis 23.44 Uhr gelaufen.« Wieder deutete Alexandra auf die Anzeige. »Dann hat Wilden um diese Zeit noch gelebt! Klick mal schnell auf *Wiedergabe* und lass die letzten zwei Minuten laufen! Vielleicht hören wir ja irgendwas, das uns weiterhilft.«

Tobias nickte kurz. Seine Wangen waren gerötet, und er schien genauso aufgeregt wie Alexandra zu sein. Mit angehaltenem Atem spielte er den Rest der Aufnahme ab. »Nichts«, sagte er entmutigt, als aus den Lautsprechern des Laptops nur ein regelmäßiges leises Klicken drang.

»Geh weiter zurück!«

Schritt für Schritt wanderte Tobias rückwärts, wechselte von zwei- auf fünfminütige Intervalle, schließlich ging er auf zehn Minuten. Alexandra fürchtete bereits, dass die Diktierfunktion sich nur versehentlich aktiviert hatte und es gar nichts zu hören geben würde, als auf einmal Geräusche aus den Lautsprechern ertönten, die sie zuerst nicht zuordnen konnte. Was war das? Es klang wie ein unterdrücktes Ächzen, dann wie ein Knirschen auf sandigem oder steinigem Boden.

»Das sind nur ungefähr zehn Minuten«, merkte Tobias an. »Ich spiele die Aufnahme von Anfang an ab.«

Die Wiedergabe begann. Tobias und Alexandra lauschten gebannt. Alexandra wagte gar nicht zu atmen, während Kater Brown auf ihrem Schoß lag und im Schlaf leise schnaufte.

Eine Gänsehaut kroch ihr den Rücken hinunter, und sie suchte fassungslos Tobias' Blick. Nach gut zehn Minuten ertönten wieder die Ächz- und Knirschlaute. Sie ergaben nun einen grauenhaften Sinn. Alexandra atmete schockiert aus. »Oh Mann!«

»Das kannst du laut sagen«, murmelte Tobias erschüttert und schluckte mehrmals. Sein Gesicht hatte alle Farbe verloren, und er schüttelte immer wieder ungläubig den Kopf.

»Hätten wir Wildens Handy schon gestern Morgen entdeckt, würde Assmann jetzt noch leben«, flüsterte sie.

»Was machen wir denn jetzt?«

»Wir rufen Pallenberg an«, entschied sie. »Er muss sofort zurück zum Kloster kommen.«

19. Kapitel

Es war neunzehn Uhr am Sonntagabend, als sich alle im Saal III versammelt hatten. Die Mönche saßen auf den Stühlen links des Mittelgangs, die Hotelgäste auf der rechten Seite. Polizeiobermeister Pallenberg hatte neben dem Rednerpult Platz genommen. Alexandra und Tobias standen am Pult, vor sich den Laptop, der mit der Lautsprecheranlage des Saals verbunden war. Nach Absprach mit dem Polizeiobermeister waren sie übereingekommen, die Aufnahme allen vorzuspielen, die sich an diesem Wochenende im Klosterhotel aufgehalten hatten.

Kater Brown lag auf einem Beistelltisch in der Nähe. Er hatte die Pfoten eingeklappt und musterte die Anwesenden aus unergründlichen grünen Augen. Seine flaumigen schwarzen Ohren zuckten von Zeit zu Zeit leicht.

Alexandra hatte sich nach der ungeheuerlichen Entdeckung, die sie gemacht hatten, endlich wieder so weit gefasst, dass sie ruhig und sachlich sprechen konnte. »Guten Abend«, begrüßte sie die Anwesenden mit lauter, klarer Stimme. »Danke, dass Sie alle hergekommen sind. Wir danken auch Herrn Pallenberg, der inzwischen wie wir davon überzeugt ist, dass nicht nur Herr Assmann, sondern auch Herr Wilden umgebracht wurde.«

»Wir haben in den letzten zwei Tagen sehr viele Theorien durchgespielt«, ergriff Tobias das Wort. »Und wir mussten dabei feststellen, dass einige Personen in diesem Raum ein mehr oder weniger ausgeprägtes Motiv hatten, sowohl Herrn

Wilden als auch Herrn Assmann aus dem Weg zu räumen. Zunächst hatten wir Kurt Assmann auch im Verdacht, weil er durchaus Bestrebungen gehabt haben könnte, Herrn Wildens Platz einzunehmen. Nach Assmanns Tod allerdings mussten wir uns von dieser Theorie verabschieden. Aber es waren ja immer noch genug Tatverdächtige übrig, dass wir nicht mal mit Sicherheit sagen konnten, ob für beide Morde ein Täter verantwortlich war oder ob vielleicht bloß jemand die Gelegenheit genutzt hatte, Herrn Assmann zu töten und den Verdacht auf Bernd Wildens Mörder zu lenken.«

»Wollen Sie jetzt Agatha Christie nachspielen und jedem von uns ausführlich darlegen, aus welchem Grund er Wilden und Assmann ermordet haben könnte?«, warf Kramsch ungehalten ein. »Ich finde, es ist eine Unverschämtheit, dass Sie Verdächtigungen aussprechen, die an Rufmord grenzen.«

»Herr Kramsch, ich wüsste nicht, dass wir Sie als Tatverdächtigen bezeichnet hätten«, erwiderte Alexandra ruhig.

»Ich habe das nicht nur auf mich bezogen, sondern auf alle meine Kollegen!«

»Oh, aber Sie müssen doch zugeben, dass das Nachrücken auf einen begehrten Geschäftsführerposten durchaus ein Motiv für einen Mord darstellen könnte.«

»Vielleicht in Ihrer verdrehten Welt«, konterte Kramsch, dessen Gesicht vor Ärger gerötet war. Alexandra beschloss, sich nicht weiter auf eine so fruchtlose Diskussion einzulassen. »Meine Damen und Herren, wir möchten Sie nicht mit einer langatmigen Zusammenfassung unserer Überlegungen langweilen, und wir möchten Sie auch nicht unnötig auf die Folter spannen. Stattdessen werden wir Ihnen ein Tondokument vorspielen, das erst heute Nachmittag in unseren Besitz gelangt ist.«

Sie trat an den Laptop und tauschte einen raschen Blick mit Herrn Pallenberg. »Die Wiedergabe der Aufzeichnung beginnt jetzt.«

Bruder Johannes, auf dessen Gesicht sich vor Aufregung rote Flecken gebildet hatten, hob schließlich eine Hand. »Wenn Sie gestatten, Frau Berger, Herr Rombach, würden meine Brüder und ich noch gern ein Gebet sprechen und den Herrn bitten, mit dem Täter Nachsicht zu üben.«

Alexandra und Tobias nickten.

Wenig später klickte Alexandra das Start-Symbol an.

»Aktennotiz vom Zwanzigsten des Monats, zweiundzwanzig Uhr und zehn Minuten. Assmann daran erinnern, dass Direktor Magnussen von der Sparkasse eine gesonderte Spendenquittung für sein besonderes Engagement in der Sache erhält«, ertönte Wildens Stimme aus den Lautsprechern. Die Köpfe einiger seiner früheren Mitarbeiter ruckten hoch, und Yasmin Tongers Augen weiteten sich erschrocken. Im Hintergrund hörte man das leise Rauschen des Windes, der sich in Baumkronen verfing. *»Außerdem eine Quittung an Frau Ho…«*

»Da sind Sie ja, Herr Wilden«, erklang da eine vertraute, aber ungewöhnlich energische Stimme. *»Haben Sie alle Vorbereitungen getroffen, um Ihren teuflischen Plan in die Tat umzusetzen?«*

»Bruder Johannes? So spät noch unterwegs?« Ein Klacken ertönte – offenbar war dies der Moment, da das Handy in den Spalt zwischen Sitz und Mittelkonsole gerutscht war.

Ein Raunen wurde im Saal laut, und die Blicke der Anwesenden wanderten zu Bruder Johannes hinüber, der mit gesenktem Kopf reglos auf seinem Platz saß. Nur seine ineinander verkrampften Hände, deren Knöchel sich weiß unter der Haut abzeichneten, verrieten seine innere Anspannung.

»Ich habe Sie etwas gefragt!«

»Es ist kein teuflischer Plan. Reden Sie nicht einen solchen Unsinn, Bruder Johannes!«, widersprach ihm Wilden in der ihm eigenen ruppigen Art. *»Sie haben sich von Ihrer Bank etwas aufschwatzen lassen, um Ihr geliebtes Kloster zu retten, und dabei ist nichts Besseres herausgekommen als ein Abenteuerspielplatz für Erwachsene. Mit diesem lächerlichen Hotelkonzept werden Sie in einem halben Jahr auf Grund laufen. Dieser Quatsch, den Leuten um zehn Uhr abends das Licht abzustellen und ihnen das Mittagessen vorzuenthalten, um sie an die armen, hungernden Kinder in Afrika zu erinnern, zieht ein Mal. Aber von Ihren Gästen werden bestenfalls zehn Prozent wiederkommen. Ich habe das Konzept unseren vier Hausbanken vorgelegt, und alle sind der gleichen Meinung.«*

»Mich interessiert die Meinung dieser Banker nicht ...«

»Sie wird Sie spätestens dann interessieren, wenn die Gäste wegbleiben und Ihre Bank die nächste Rate fordert.« Wilden lachte spöttisch. *»Dann greift sich die Bank Ihr schönes Kloster, und Sie sitzen auf der Straße.«*

»Ach, und Sie meinen, mit Ihrem Konzept ergeht es uns besser?«

»Ja – wenn Sie kooperieren. Ein Luxushotel mit Wellness und allem Drum und Dran ist das, was heutzutage in Scharen Gäste anlockt.«

»Ich will aber kein Luxushotel hier haben«, beharrte der Mönch. *»Ich will mein Zuhause behalten und den Menschen vermitteln, was mir und meinen Brüdern wichtig ist.«*

»Was Sie wollen und was nicht, Bruder Johannes, interessiert mich nicht.« Wieder lachte Bernd Wilden kalt. *»Dieses Kloster gehört Ihnen nicht mehr, sondern der Bank. Ich fahre jetzt zurück nach Kaiserslautern, und morgen früh um acht Uhr unterzeichne ich die Kreditverträge. Mir ist nämlich der Kredit bewilligt worden, mit dem ich das Klosterhotel von Ihrer*

Bank übernehmen kann. Dort wird man mit dem größten Vergnügen auf mein Angebot eingehen, wie ich erfahren habe, und ist froh, diesen Kasten loszuwerden, bevor die ersten Verluste eingefahren werden.«

»Das können Sie nicht machen! Das dürfen *Sie nicht!«*, rief Bruder Johannes, und seine Stimme klang mit einem Mal ungewohnt schrill.

»Sie haben die Wahl, was mit Ihnen und Ihren Brüdern passiert«, redete Wilden ungerührt weiter. *»Sie können gern bleiben und für mich arbeiten. Schließlich kennen Sie sich hier aus.«*

»Für Sie werde ich niemals arbeiten«, sagte der Mönch aufgebracht. *»Eher werde ich …«*

Es folgte eine kurze Pause, dann erklang wieder Wildens spöttische Stimme: *»Eher werden Sie* was*? Na, Bruder Johannes? … Ja, das dachte ich mir. Große Reden schwingen, aber dann ganz schnell einknicken, wenn's brenzlig wird.«*

»Ich werde das nicht zulassen! Ich lasse nicht zu, dass Sie meinen Traum zerstören!«

»Sie können's ja mit einer Sitzblockade versuchen, aber das wird mich auch nicht daran hindern, nach Kaiserslautern zu fahren.«

»Nein! Sie werden nirgendwohin fahren!«

»Lassen Sie mich sofort los, Bruder Johannes! Kommen Sie, sehen Sie doch endlich ein, dass Sie mich nicht aufha…«

Ein dumpfes Geräusch – offenbar ein Schlag – unterbrach den Mann mitten im Satz, der stöhnte vor Schmerzen laut auf, aber ein zweiter Schlag brachte ihn endgültig zum Schweigen. Dann waren ein Knirschen und ein leises Ächzen zu hören. Jemand atmete schnaufend, als bewegte er mühsam etwas Schweres von der Stelle. Schritte kamen zurück, und Augenblicke später fiel eine Wagentür zu.

Tobias stoppte die Wiedergabe. »Ab dieser Stelle der Aufnahme ist nur noch das leise Ticken einer Analoguhr zu hören, die in einem Ablagefach von Herrn Wildens Wagen lag. Sein Handy hat noch ungefähr neunzig Minuten lang aufgenommen, dann war der Akku leer, und es hat sich abgeschaltet.«

Im Saal herrschte fassungsloses Schweigen. Alle Blicke waren auf Bruder Johannes gerichtet, der von seinem Platz aufgesprungen war. Sein Gesicht hatte alle Farbe verloren, doch seine Augen brannten wie von einem irren Feuer.

Pallenberg schaute Bruder Johannes an.

Der Mönch straffte die Schultern und reckte den Kopf wie jemand, der davon überzeugt war, richtig gehandelt zu haben. Doch seine Stimme klang ungewohnt brüchig, als er zu sprechen begann. »Was soll ich dazu noch sagen? Sie haben ja alle gehört, was Herr Wilden vorhatte. Er wollte uns alles wegnehmen. Das konnte ich doch nicht zulassen! Nicht nach allem, was wir für den Aufbau des Klosters geleistet haben.« Sein Blick, der von dem Polizeibeamten über Tobias zu Alexandra und wieder zurück zu Pallenberg wanderte, schien um Verständnis zu flehen. »Ich habe nicht aus niederen Motiven gehandelt, sondern bei all dem nur an meine Mitbrüder gedacht.« Sein Tonfall klang nun wieder energischer, selbstbewusster. »Manchmal gibt es eben keine andere Lösung als Gewalt, um ein Unheil abzuwehren … und Herr Wilden war das Fleisch gewordene Unheil, ein wahrer Teufel. Jemand *musste* diesen Mann doch stoppen, sonst hätte er alles zunichtegemacht, wofür wir so hart gearbeitet haben – und immer noch hart arbeiten. Wir alle hier hätten unser Zuhause, unsere Zuflucht verloren.« Bruder Johannes senkte den Blick und nickte mehrmals, als wollte er sich selbst bestärken. Dann murmelte er: »Der Herr weiß, ich habe das Richtige getan.« Als er die Hände vor der Brust faltete und den Blick zur Zimmerdecke emporhob, verriet nur das Zittern seiner Finger seinen inneren Aufruhr.

Alexandra spürte, wie sich die feinen Härchen auf ihrem Rücken aufstellten, und sie schüttelte ungläubig den Kopf. »Und deshalb musste auch noch Assmann sterben, nicht wahr? Weil er alles über Wildens Vorhaben wusste.«

Bruder Johannes erwachte aus seiner Versunkenheit und sah sie aus funkelnden Augen an. »Herr Assmann war doch noch schlimmer! Er war fest entschlossen, Herrn Wildens Plan trotzdem in die Tat umzusetzen, und weil er vermutete, dass einer von uns etwas mit Wildens Tod zu tun hatte, kündigte er an, uns vor die Tür zu setzen. In ein paar Wochen wären wir alle obdachlos gewesen.«

Pallenberg ergriff wieder das Wort. Sein Gesichtsausdruck verriet nichts als professionelle Sachlichkeit. »Und wie haben Sie die beiden Männer umgebracht, Bruder Johannes? Ich konnte auf der Aufnahme zwei dumpfe Schläge hören.«

»Mit einem Hammer ... einem Holzhammer«, verriet Bruder Johannes. »Ich bin Herrn Wilden zum Parkplatz gefolgt ... und habe zweimal auf ihn eingeschlagen. Danach habe ich ihn im Schutz der Dunkelheit zum Brunnen geschleift und in den Schacht geworfen. Ich hoffte, man könnte später nicht mehr feststellen, dass ihm vor dem Sturz in die Tiefe der Schädel zertrümmert wurde.«

»Und letzte Nacht haben Sie Kurt Assmann in die Kapelle gelockt, nachdem Sie ihm – wahrscheinlich mit einer SMS – die Übergabe von Wildens Laptop angekündigt hatten«, folgerte Tobias leise. »Ihn haben Sie auch mit dem Hammer niedergestreckt und dann alles so arrangiert, dass es nach einem Unfall aussehen sollte.«

Bruder Johannes zuckte mit den Schultern und drückte wieder den Rücken durch. Er schien tatsächlich davon überzeugt zu sein, das Richtige getan zu haben. »Ich hatte meine Gründe.«

Einen Moment lag ungläubiges Schweigen über dem Saal, dann sagte Polizeiobermeister Pallenberg: »Mich würde noch interessieren, wie Sie sich in beiden Fällen so spät am Abend aus dem Kloster geschlichen haben. Sie mussten doch befürchten, von irgendjemandem gesehen zu werden. Einer Ihrer Mitbrüder oder einer der Gäste hätte im Haus unterwegs sein können. Wenn Sie dabei beobachtet worden wären, wie Sie nachts das Kloster verlassen, wäre der Verdacht doch gleich auf Sie gefallen …«

»Ich werde nichts von dem leugnen, was Sie über mich und meine Motive in Erfahrung gebracht haben«, erklärte der Mönch gelassen. »Aber was Sie noch nicht wissen, werde ich Ihnen auch nicht verraten.«

»Ich glaube, ich kann Ihre Frage beantworten«, sagte Alexandra anstelle des Mönchs und zog die Kellerschlüssel hervor, die Tobias ihr gegeben hatte. »Bruder Johannes, Herr Pallenberg, wenn Sie uns in den Keller begleiten würden? Ach ja, Bruder Siegmund und Bruder Dietmar, es wäre schön, wenn Sie beide auch mitkommen könnten.«

Die Mönche tauschten einen unbehaglichen Blick, standen aber auf und kamen zu ihnen.

Wie auf ein Stichwort sprang Kater Brown von dem Beistelltisch. Für den Moment hatte Alexandra ihm die Leine abgenommen; er trug nur das Geschirr.

Gemurmel im Saal wurde laut, als die kleine Prozession sich in Richtung Kellertür in Bewegung setzte.

Im Kellergeschoss angekommen, eilte Kater Brown mit steil aufgerichtetem Schwanz voraus und setzte sich vor die Tür, die in den angrenzenden Raum führte.

»Ja, ich weiß, mein Kleiner«, sagte Alexandra. »Du willst

mir dort schon lange etwas zeigen. Gleich habe ich Zeit für dich. Aber zuerst muss ich noch etwas anderes erledigen.«

Kater Brown sah ihr interessiert zu, wie sie aufschloss. Kaum war die Tür einen Spaltbreit geöffnet, huschte er hindurch und verschwand in der Dunkelheit.

Alexandra schaltete das Licht ein, dann bedeutete sie den anderen, ihr zu folgen. Der Kater war nicht zu sehen, als sie den nächsten Raum betrat. Zielstrebig ging sie an den Regalreihen vorbei, bis sie die linke hintere Ecke erreicht hatte. Vor einem der Regale dort blieb sie stehen und zeigte auf den Boden. »Sehen Sie diese Kratzer da unten?«, fragte sie die anderen, die ebenfalls näher gekommen waren.

»Diese bogenförmigen Streifen? Sie sehen so aus wie die Kratzer unter einer Tür, unter der sich Steinchen festgesetzt haben, die dann beim Öffnen über den Boden schaben.«

Der Polizist richtete sich auf, warf Alexandra einen anerkennenden Blick zu und betrachtete das Regal, dann sah er zu Bruder Johannes. »Das ist offensichtlich eine Geheimtür. Wären Sie so freundlich, sie für uns zu öffnen?«

Der Mönch nickte schweigend, ging an Alexandra vorbei, schob einen Karton zur Seite und drückte auf die Holzplatte, die an der Regalrückseite befestigt war. Ein Teil der Platte gab nach, ein Mechanismus wurde in Gang gesetzt, und das Regal bewegte sich wie eine Tür an Scharnieren zur Seite. Dahinter kam eine schmale, steile Treppe zum Vorschein, die nach oben führte.

»Ich glaube, wir müssen nicht erst dorthinaufsteigen, um zu sehen, wohin die Treppe führt«, meinte Alexandra. »Sie endet unter dem Regal in Ihrem Quartier, in dem Sie Ihre Krimisammlung aufbewahren, nicht wahr, Bruder Johannes?«

Der Mönch nickte und schenkte ihr ein spöttisches Lächeln.

»Auf dem Weg konnten Sie unbemerkt Ihr Quartier verlassen.« Sie wandte sich zu den anderen um. »Aber kommen Sie bitte!« Die Gruppe folgte ihr. Im Nebenraum standen die Steinsärge. Auf einem von ihnen hatte sich Kater Brown niedergelassen. Seine Blicke folgten der kleinen Prozession, die sich an ihm vorbei in den Korridor bewegte, von dem aus man in den Vorratsraum der Klosterküche gelangte.

Am Durchgang zur Kapelle blieb Alexandra stehen. »Dort entlang konnte Bruder Johannes über den Umweg durch die Klosterkapelle nach draußen gelangen.«

»Dort entlang?« Pallenberg sah sie ungläubig an. »Doch wohl kaum durch die Holzwand da. Der Weg ist ja bewusst versperrt worden, damit keiner die Kapelle betritt.«

»Der Weg ist nicht ganz versperrt.« Alexandra zeigte wieder auf den Boden. »Bruder Johannes ist, wie Sie wohl selbst sagen müssen, recht schmal gebaut. Die Bretter schließen unten nicht mit dem Boden ab. Der Freiraum ist groß genug, dass jemand von Bruder Johannes' Statur dort mühelos hindurchpasst.« Sie schaute über die Schulter zurück und fragte den älteren Mönch: »Wollen Sie es Herrn Pallenberg vorführen?«

Der Mann schüttelte den Kopf. »Danke, nein.«

»Dann frage ich Sie jetzt noch einmal: Geben Sie auch den Mord an Kurt Assmann zu?«, vergewisserte sich der Polizist.

Der Mönch hob die Schultern. »Ja. Ich habe getötet, ich wurde überführt, ich werde dafür büßen. Trotzdem habe ich mein Ziel erreicht: Weder Herr Wilden noch Herr Assmann kann uns wegnehmen, wofür wir so sehr gekämpft haben.«

»Und das ist zwei Menschenleben wert?«, entfuhr es Alexandra fassungslos.

»Wilden und Assmann haben nur an sich und ihren persönlichen Profit gedacht«, stellte Bruder Johannes klar. »Ich hingegen habe selbstlos gehandelt und wollte nur meine Brüder schützen. Bin ich deshalb ein schlechterer Mensch als diese beiden?«

»Sie sind ein zweifacher Mörder«, entgegnete Pallenberg. »Mehr hat mich nicht zu interessieren.« Damit zog er die Handschellen aus dem Gürtel.

Sie schlossen sich mit einem metallischen Klicken.

»Augenblick bitte, Herr Pallenberg«, meldete sich Alexandra zu Wort. »Ich glaube, hier gibt es noch etwas, was Sie interessieren dürfte.« Sie ging in den Nebenraum zurück, wo sie vor dem Sarkophag stehen blieb, auf dem sich Kater Brown niedergelassen hatte. Bei ihrem Anblick miaute der Kater laut, stand auf und kam ihr ein Stück entgegen, um seinen Kopf an ihrem Arm zu reiben.

»Bruder Dietmar und Bruder Siegmund, würden Sie mir jetzt bitte verraten, was hier drin ist?« Dabei zeigte sie auf den Steinsarg.

Die beiden Mönche wirkten ehrlich erstaunt und tauschten einen ratlosen Blick miteinander.

»Was haben Sie zu verbergen, von dem nicht einmal Bruder Johannes erfahren soll? Und bitte verschonen Sie mich mit weiteren haarsträubenden Geschichten!«

Auch der Polizist und Bruder Johannes waren ihnen in den Kellerraum gefolgt, Letzterer sah seine Glaubensbrüder verständnislos an.

»Ich denke, darin befinden sich die sterblichen Überreste eines der Gründerväter unseres Klosters. Von etwas anderem weiß ich nicht«, erwiderte Bruder Dietmar verunsichert. »Ich weiß überhaupt nicht, was Sie meinen.«

»Okay«, sagte Alexandra. »Dann werden wir jetzt diesen Sarg öffnen. Immerhin ist Kater Brown offenbar der Meinung, dass wir darin etwas Wichtiges entdecken werden, sonst hätte er sich nicht so zielstrebig daraufgesetzt.«

Als wollte er ihr zustimmen, sprang der Kater laut maunzend auf den Boden.

»Öffnen? Aber … Wie sollen wir denn den Deckel von der Stelle bewegen?«, wollte Bruder Siegmund schaudernd wissen. »Das ist doch massiver Stein.«

»Nehmen Sie mir bitte die Handschellen ab, Herr Pallenberg!«, sagte Bruder Johannes da. »Die beiden haben nichts verbrochen. Ich kann Ihnen zeigen, wie sich der Steinsarg öffnen lässt.« Dabei warf er Kater Brown einen zornigen Blick zu und knurrte: »Es stimmt, dass Katzen vom Teufel persönlich auf die Erde geschickt wurden! Darum haben sie auch von jeher die Nähe von Hexen gesucht … die Nähe des Bösen.«

Alexandra fuhr zu ihm herum. »Dann müssten sie Ihnen in Scharen nachlaufen. Haben Sie deswegen versucht, Kater Brown zu vergiften? Damit er uns nicht zu diesem Sarg führt?«

Wortlos ließ der Mönch sich die Handschellen abnehmen, dann näherte er sich dem Sarkophag. Er strich mit den Händen langsam über die Oberfläche, als suchte er etwas. »Särge wie dieser wurden in den Dreißigerjahren gern so hergerichtet, dass man sie als Versteck benutzen konnte. Dort wurden während des Dritten Reichs wichtige Dokumente aufbewahrt, die keinem Unbefugten in die Finger fallen sollten.« Er drückte auf eine unscheinbare Verzierung am Sargrand. Im nächsten Moment wurde der Deckel ein Stück nach oben gedrückt. Nun konnte er auf zwei massiven Schienen zur Seite geschoben werden.

In dem Sarg lag etwas, das in dicke Plastikfolie gewickelt war. Der eigentlich transparente Kunststoff war nicht mehr durchsichtig, da er etliche Male übereinandergelegt worden war.

»Noch eine Leiche?«, entfuhr es Pallenberg mit einem

Ächzen und er presste sich ein Taschentuch vor die Nase. In seinen Augen war unverkennbarer Schrecken zu lesen.

Alexandra nickte. Sie spürte eine leise Übelkeit in sich aufsteigen, die nicht nur von dem süßlichen Verwesungsgeruch herrührte, und sah zu Tobias hinüber.

Auch ihm stand das Entsetzen ins Gesicht geschrieben. Langsam drehte er sich zu Bruder Johannes um. »Das ist Abt Bruno, nicht wahr?«

Der Polizist stöhnte auf.

»Er wollte uns im Stich lassen«, sagte der Mönch leise. »Ich erhielt einen Anruf vom Landschaftsverband, weil bei den Anträgen für die Förderung unserer Behindertenwerkstatt eine Angabe vergessen worden war, und man wollte das ganz unbürokratisch auf dem kleinen Dienstweg erledigen. Sonst hätten wir die Abgabefrist versäumt und damit riskiert, nur den halben Zuschuss in Höhe von zwanzigtausend Euro zu erhalten. Zuerst nahm ich an, dass es sich um einen Irrtum, eine Verwechslung handelte, aber die Daten zum Kloster selbst stimmten alle. Nur dass es hier keine Behindertenwerkstatt gab. Nein, das stimmt nicht ganz: Die Bankverbindung war ebenfalls nicht die unsrige. Es handelte sich um ein Konto, das Abt Bruno auf den Namen des Klosters eingerichtet hatte, von dem jedoch sonst niemand wusste. Ich schlich mich in einem unbeobachteten Moment in sein Zimmer und durchsuchte die Unterlagen. Dabei stieß ich auf dieses Konto und stellte fest, dass sich darauf noch ein paar Tage zuvor fast zwei Millionen Euro befunden hatten und es danach komplett leergeräumt worden war. Der Betrag war als ›Auszahlung‹ vermerkt worden, aber es gab keinen Vermerk darüber, was anschließend damit geschehen war.

Als ich am Abend Abt Bruno auf dem Klostervorplatz begegnete und er mir wie nebenbei erzählte, er habe vor, am nächsten Morgen für zwei Tage nach Köln zu fahren, um dort mit dem Kardinal zu reden, wusste ich, er wollte sich in Wahrheit absetzen! Ich stellte ihn zur Rede, er stritt nichts ab, und er war so unverschämt, mich auch noch auszulachen. Er fühlte sich völlig sicher. Aus irgendeinem Grund war er davon überzeugt, ich würde ihn nicht aufhalten. Er verspürte nicht die mindeste Reue, und es kümmerte ihn nicht, was seine Unterschlagungen für uns alle bedeuteten. Ich war außer mir vor Zorn und … zog den Hammer aus der Tasche meiner Kutte. Ich hatte gerade im Foyer einige neue Bilder aufgehängt. Und als der Abt mir den Rücken zuwandte, um mich einfach stehen zu lassen, schlug ich ihn nieder. Anschließend schaffte ich ihn durch die Kapelle in den Keller, wickelte ihn in die Plastikfolie und legte ihn in diesen Sarg.«

»Und dann haben Sie Ihren Mitbrüdern erzählt, der Abt sei nach Köln abgereist?«, fragte der Polizist.

Bruder Johannes nickte. »Ja. Als wir nichts mehr von ihm hörten und von unterschiedlichsten Stellen immer wieder nach dem Abt gefragt wurden, erkundigte sich Bruder Andreas in Köln nach ihm. Natürlich wusste man dort nichts von einem Termin mit Abt Bruno. Die anderen waren ratlos. Wir sahen in seinem Zimmer nach, ob es dort einen Hinweis auf sein Verschwinden gab, und dabei entdeckte ich dann ›zufällig‹ den besagten Kontoauszug. Wir fanden außerdem die gefälschten Anträge, und das brachte meine Brüder auf den Gedanken, er müsse wohl das Geld abgehoben und sich ins Ausland abgesetzt haben. Keiner von uns machte sich auf die Suche nach dem Abt, schließlich wusste niemand, wohin er sich gewandt haben könnte. Es gab ja keine Reiseunterlagen. Und die polizeilichen Ermittlungen liefen ins Leere.«

»Nur Kater Brown suchte ihn«, warf Alexandra ein und streichelte den Kater, der nun auf einem der anderen Särge saß und von dort das Geschehen interessiert verfolgte.

»Ja, der Kater sprang jedes Mal auf diesen Steinsarg, wenn er mit einem unserer Brüder in den Keller ging. Zum Glück wunderte sich niemand darüber, aber dann … dann veranstaltete er dieses Theater auf dem Brunnenrand, das Sie auf Herrn Wildens Leiche aufmerksam hatte werden lassen.«

»Und deshalb beschlossen Sie, den Kater zu vergiften, bevor er auch noch auf den toten Abt aufmerksam machen konnte?«, fragte Alexandra zornig.

Bruder Johannes hob hilflos die Arme. »Verstehen Sie denn nicht? Er hätte alles in Gefahr gebracht. Das musste ich verhindern. Zum Glück verwahrten wir in unserem Sanitätsraum noch Medikamente, die Bruder Elmar mitgebracht hatte, als er seine Tierarztpraxis aufgab und sich uns anschloss.«

Tobias schüttelte den Kopf. »Dann wären wir sicher die Nächsten gewesen?«

Bruder Johannes zuckte resignierend mit den Schultern, antwortete jedoch nicht.

Alexandra konnte nicht verhindern, dass ihr ein Schauder den Rücken hinunterlief.

»Zum Glück haben wir Wildens Handy noch rechtzeitig gefunden«, sagte Tobias, kam zu ihr und legte einen Moment den Arm um sie.

Alexandra wehrte sich nicht dagegen. »Es gibt noch etwas, was mich interessiert. Bruder Dietmar und Bruder Siegmund, was treiben Sie beide hinter dem Rücken von Bruder Johannes?«

Die beiden Mönche schraken zusammen, als sie plötzlich wieder im Mittelpunkt des Interesses standen, und schauten sich an. Ihre schuldbewussten Mienen sprachen Bände. Dann räusperte sich Bruder Dietmar und gestand leise:

»Nun, es ist so … da ist dieser belgische Getränkegroßhändler, der uns das Trappistenbier von der Abbaye de Walthéry liefert. Nach der zweiten Lieferung hat er uns einen Vorschlag gemacht …« Der Mönch sah kurz zu Bruder Johannes hinüber, dann blickte er betreten zu Boden. »Er hat ein Imitat im Angebot, das aus China importiert wird und das vom Geschmack und von der Farbe her nicht vom Original zu unterscheiden ist. Es kostet im Einkauf nicht einmal ein Zehntel des Originals, und der Großhändler liefert uns sogar die Etiketten, die täuschend echt wirken. Zu jeder Palette Duc de Walthéry bekommen wir zwei Paletten Billigbier. Wir kleben die falschen Etiketten auf und verkaufen es zum üblichen Preis.« Er hob entschuldigend die Arme. »Aber wir stecken den Gewinn nicht in die eigene Tasche. Vielmehr steigern wir so die Einnahmen unseres Klosters.«

»Ihr täuscht und betrügt unsere Gäste?«, rief Bruder Johannes aufgebracht. Sein Gesicht war vor Zorn gerötet.

»Es hat niemand gemerkt«, rechtfertigte sich Bruder Siegmund. »Nicht einmal dir ist es aufgefallen. Wir wollten nur einen Beitrag dazu leisten, die Schulden möglichst zügig abzubauen.«

»Ich muss schon sagen, Sie haben ein seltsames Empfinden von Recht und Unrecht«, murmelte Pallenberg kopfschüttelnd, als Bruder Johannes so aufbrauste, und legte ihm wieder die Handschellen an. »Frau Berger, Herr Rombach, ich … also … ich möchte mich bei Ihnen entschuldigen. Ich hätte nach dem Auffinden der ersten Leiche am Samstagmorgen durchaus gründlicher ermitteln müssen. Es tut mir leid.«

Alexandra nickte nur stumm. Wer konnte schon sagen, ob das entscheidende Beweisstück, das Handy mit der entlarvenden Aufnahme, früher gefunden worden wäre, wenn Polizeiobermeister Pallenberg gleich die Ermittlungen aufgenommen hätte? Sie selbst hatten es bei der ersten Durchsuchung von Wildens Wagen ja auch nicht entdeckt. Sie reichte dem Polizeiobermeister ihre Visitenkarte und notierte auch noch rasch Tobias' Handynummer darauf. »Falls Sie noch Fragen an uns haben, rufen Sie uns an.«

Pallenberg bedankte sich, dann verabschiedete er sich und führte Bruder Johannes ab.

Alexandra nahm Kater Brown auf den Arm und drückte ihn an sich. Der warme Katzenkörper fühlte sich seltsam tröstlich an, und einen Moment verbarg sie das Gesicht in dem weichen Fell des Tieres. Dann stiegen auch Tobias und sie ins Erdgeschoss hinauf.

Die Mönche und die Hotelgäste hatten sich auf dem Platz vor dem Kloster versammelt und sahen schweigend zu, wie Bruder Johannes von Polizeiobermeister Pallenberg zum Streifenwagen geführt wurde.

Als der Polizeiwagen davonfuhr, blickte Bruder Johannes starr vor sich hin. Seine Mitbrüder würdigte er keines Blickes mehr.

»Tja, das war's dann wohl«, sagte Alexandra leise, während sie langsam in Richtung Parkplatz schlenderten.

»Unsere erste Zusammenarbeit«, ergänzte Tobias. »Das wird ein interessanter Artikel. Mal sehen, wem wir die Story von den Klostermorden verkaufen können! Bin schon gespannt, was uns als Nächstes erwartet.«

Sie sah ihn überrascht an. »Habe ich das gerade richtig verstanden? Was *uns* als Nächstes erwartet?«

»Na ja, wir sind doch ein gutes Team, oder nicht?«

Einen Moment schwieg Alexandra, dann konnte sie sich ein Lächeln nicht verkneifen. »Ja, das waren wir tatsächlich.« Spontan beugte sie sich vor und drückte ihm einen Kuss auf die Wange. Er fiel kürzer aus als ursprünglich beabsichtigt. Aber sie wollte keine falschen Hoffnungen in Tobias wecken. »Danke für deine Hilfe.«

»Ich danke *dir*«, erwiderte er, und seine Augen strahlten. »Und was machen wir jetzt?«

»Was du jetzt vorhast, weiß ich nicht, ich werde jedenfalls noch heute Abend abreisen. Ich verbringe keine Minute länger hinter diesen Klostermauern.« Sie setzte Kater Brown auf den Boden und wollte gerade die Leine aus ihrer Handtasche nehmen, als der Kater wie ein Blitz davonschoss und auf eine Amsel zujagte, die im Erdreich unter einer der Hortensien gepickt hatte und nun panisch aufflog.

»Ach, verflixt!«, schimpfte Alexandra, als der Kater um die nächste Ecke verschwunden war.

»Der wird schon wieder auftauchen«, sagte Tobias, klang aber selbst nicht allzu überzeugt.

Missmutig ging sie neben ihm zu ihrem Zimmer und packte ihre Sachen zusammen.

Zurück im Foyer, verabschiedete sie sich von Bruder Andreas und verließ dann das Klosterhotel.

Alexandra stellte eben die Reisetasche in den Fußraum vor dem Beifahrersitz ihres Wagens, als jemand nach ihr rief.

»Frau Berger! Frau Berger!« Bruder Jonas eilte mit wehender Kutte auf sie zu. In den Händen hielt er eine Kiste. »Ich habe gerade gehört, dass Sie abreisen, und ... Na ja, ich kann gut verstehen, dass Sie nicht länger bei uns bleiben wollen. Trotzdem möchte ich mich auch im Namen meiner Brüder entschuldigen. Ich weiß, für das, was Bruder Johannes getan hat, gibt es keine Entschuldigung, und Bruder Dietmar und Bruder Siegmund werden die Konsequenzen ihres Handelns tragen müssen. Aber wir anderen hier können nur hoffen, dass Ihre Kritik über unser Hotel nicht allzu vernichtend ausfallen wird. Als Zeichen unseres guten Willens möchten wir Ihnen und Ihrem Kollegen eine Kiste Trappistenbier schenken – *echtes* Trappistenbier natürlich.«

»Danke, Bruder Jonas«, antwortete sie nach kurzem Zögern. »Ich weiß diese Geste zu schätzen, doch das ist nicht nötig. Was meinen Reisebericht angeht, halte ich es im Moment für besser, wenn ich vorerst gar nicht über das Hotel schreibe. Es wäre nicht fair, Sie alle unter den Eindrücken leiden zu lassen, die ich während meines Aufenthaltes gewonnen habe. Er war eben von den schrecklichen Morden überschattet ... Ich werde meiner Redaktion vorschlagen, in zwei oder drei Monaten eine andere Reporterin herzuschicken. Sie kann dann unter hoffentlich erfreulicheren Bedingungen recherchieren.« Sie schwieg einen Moment und räusperte sich. »Sie sollen allerdings wissen, dass mein Kollege und ich vorhaben, den Kriminalfall als Story an eine Zeitung oder an ein Magazin zu verkaufen. Aber da wird dann Bruder Johannes im Mittelpunkt stehen. Vielleicht muss der Name des Klosterhotels ja gar nicht genannt werden.«

Bruder Jonas nickte. »Danke, und ... möge Gott Sie behüten!«

»Ja, Sie auch«, entgegnete sie.

Der Mönch wandte sich zum Gehen. Auf dem Vorplatz des Klosters kam ihm Tobias mit seinem Gepäck entgegen. Die beiden wechselten noch ein paar Worte, dann ging Tobias weiter.

»Hast du Kater Brown irgendwo gesehen?«, fragte Alexandra bedrückt, als er zu ihr trat.

»Nein, tut mir leid«, antwortete er. »Ich habe auch noch im Kräutergarten nach ihm gesucht, aber er ist verschwunden. Sei nicht traurig! Vermutlich mag er keine Abschiedsszenen.«

»Ja, vermutlich. Dabei wollte ich ihn doch von hier fortbringen ...«

»Ihm droht ja keine Gefahr mehr.«

Sie nickte tapfer und befahl sich, nicht länger über den kleinen schwarzen Kerl nachzudenken, weil ihr sonst noch die Tränen kommen würden. Aber sie hätte sich wirklich gern von ihm verabschiedet …

»Und wie sollen wir jetzt mit unserem Artikel vorgehen?«, wollte Tobias wissen. Er hatte sein Gepäck verstaut und trat seltsam verlegen von einem Bein aufs andere.

»Ich schlage vor, ich schreibe einfach mal eine Rohfassung, dann kannst du ergänzen und überarbeiten.«

Tobias nickte. »Ich höre mich derweil schon mal um, wer die Story haben will, doch ich glaube, die werden wir ziemlich schnell los.«

»Ja, das denke ich auch.« Alexandra schaute einen Moment in die Ferne, dann riss sie sich zusammen. »Okay, also dann … Ich rufe dich an, oder ich maile dir … Wenn wir uns nicht schon vorher im Verlag treffen.«

»Ja …« Er zögerte noch einen Augenblick und fuhr ihr sanft mit dem Finger über die Wange. Dann wandte er sich um, stieg in seinen Wagen und fuhr kurz darauf davon.

Alexandra stand noch ein paar Minuten gedankenverloren da und betrachtete das Klosterhotel, das im letzten Licht des Tages dalag. Die Vögel in den Bäumen sangen ihr Abendlied, Grillen zirpten, ansonsten war alles still. Beim Anblick dieses friedlichen Bildes wäre wohl niemand auf die Idee gekommen, dass an diesem Ort drei Menschen brutal ermordet worden waren.

Kopfschüttelnd schloss sie die Beifahrertür, ging um den Wagen herum und stieg ein. So ungern sie auch in die anbrechende Nacht hineinfuhr, wollte sie diesen Ort nun endgültig hinter sich lassen. Vielleicht entdeckte sie ja unterwegs eine Pension, in der sie übernachten konnte.

Als sie den Wagen wenig später auf die Landstraße lenkte

und Gas gab, sah sie mit einem Gefühl der Erleichterung, wie das Klosterhotel im Rückspiegel immer kleiner wurde und schließlich ganz verschwand.

Epilog

Kater Brown öffnete die Augen und blinzelte in die zunehmende Dunkelheit. Er gähnte zufrieden, streckte sich kurz und kuschelte sich gleich wieder in die flauschige Decke, die Alexandra zwischen Beifahrersitz und Rückbank gestopft hatte. Da hatte er ja mal wieder ein ausgesprochen bequemes Plätzchen gefunden!

Von hier aus musste er den Kopf nur ein Stückchen nach links drehen, dann konnte er Alexandra sehen, die das Steuer in den Händen hielt und den Wagen über die verlassenen Straßen lenkte. Einen Moment überlegte Kater Brown, ob er miauen sollte, um sie auf sich aufmerksam zu machen, doch dann beschloss er, damit noch ein wenig zu warten. Umso größer würde ihre Überraschung sein! Außerdem wirkte das gleichmäßige Brummen des Motors so einschläfernd auf ihn, dass ihm schon wieder die Augen zufielen. Kein Wunder, die letzten Tage waren doch einigermaßen aufregend, aber auch erfolgreich gewesen, und er hatte sich ein kleines Nickerchen redlich verdient.

Alexandra würde schon früh genug merken, dass er sich in ihren Wagen geschlichen hatte. Wie wohl sein neues Zuhause bei ihr aussehen würde?